マイケル・Aの悲劇

ダニエル・アレン
那波かおり＝訳

Cuz: The Life and Times of Michael A. by Danielle Allen

筑摩書房

マイケル・Aの悲劇

マイケル・Aの悲劇　目次

はじめに　006

I　釈放と復帰　009

1 ガーデン・パーティー 二〇〇九年七月／2 仮釈放の日 二〇〇六年六月／3 捜査その一 二〇〇九年七月／4 始動 二〇〇六年六月–七月／5 仕事 二〇〇六年七月／6 捜査その二 二〇〇九年七月／7 学校 二〇〇六年八月／8 葬儀 二〇〇九年七月二七日／9 住居 二〇〇六年八月／10 どん底 二〇〇六年一一月／11 最後の日々 二〇〇八年八月–二〇〇九年七月

II　地獄　075

12 罪と罰／13 家族はどこ？ 弁護士はどこにいた？／14 人生の節目／15 ノルコ／16 マイケルにとっての地獄／17 面会その一／18 面会その二

／19 眩暈《めまい》／20 カリフォルニア史上最大の山火事／23 初めての歩み／24「ヤバい、逃げろ！」／25 ギャングバングとは何か／26 家族の離散／27 子どもたちを助ける限界／28 天使の街／29 ジ・エンド／30 私の胸のロケットのなかには

III 許しなき社会 177
21 火と氷／22 シングルマザーとしての出発／23

結び――つぎには何が？ 262

情報源に関する覚え書き 273
謝辞 275
訳者あとがき 278
『マイケル・Aの悲劇』に寄せて 285
原注 296

本書は事実を記したノンフィクション作品である。
ただし、一部の名称と人物を特定できる事柄には変更が加えられている。

叔母カレンと、奪われた幾多の命に捧ぐ

はじめに

いとこのマイケルは、二〇〇九年にこの世を去った。六年後の二〇一五年、私は彼の物語を――一九七九年に生まれ、九五年、一六歳になる三カ月前にロサンゼルスで逮捕され、その後一一年間を獄中で過ごした、私のいとこの物語を書こうと決意した。

そして、書くための発掘作業に着手した。最初はマイケルと彼の人生に関するいちばん近い記憶を拾い、さらに下の層へと掘りはじめた。時を遡り、古い地層をさぐり、彼の死を、刑務所時代を、逮捕と幼年時代を理解しようと努めた。それは考古学者の作業の進め方に似ていたし、研究者として私自身が培ってきたやり方でもあった。

親族の誰ひとり、マイケルに関する法的文書、裁判文書を持っていなかった。獄中から送られてきた手紙や写真はあった。まだ掘り当てられていない、誰とも共有されていない、検証もされていない水源もあった。私はカリフォルニア州に対して公文書開示請求をおこない、マイケルの法的な記録を根気強く再構成していった。

と同時に、親族の記憶も採掘した。こうして、私たち親族は、彼の人生と死について初めて語り合った。マイケルを帰らぬ人にしてしまった屈辱と罪悪感がそれぞれの心にあまりにも強くこびりついていたために、私たちは彼の人生を、彼が死ななければならなかった理由を、それぞれの心の底に沈めて生きていた。

その沈黙の闇から、マイケルの物語をたぐり寄せようとしたのだが、引き揚げられてくるものは物語ではなく、物語の無数の断片であることに気づいた。獄中にいる人々が、そこでの経験を自由に語ることはない。出所しても、沈黙を守る。古代ギリシア人が言ったように、舌の上に牡牛をのせているかのごとく。マイケルの親族ひとりひとりに、彼についての思い出があった。彼の手紙は、ある部分には明晰な光を当てた。やっとのことで入手した法的文書は、時間軸上の出来事に日付という錨《いかり》をおろす助けになった。

しかし、集めた断片を組み立て、理解に向かって近づいていかなければならなかった。カージャック未遂を自供した一五歳のマイケルは、遠い過去の記憶のなかにとどまっていた。私は彼の子ども時代へと分け入った。それは、私がこの手でつかみとってこられる彼の物語の断片だった。

そういうわけで、この本はひとりの人間の誕生から始まり、あらゆる出来事が日のもとに晒《さら》された、まっすぐな時間軸に沿って、最後の死まで進んでいくような物語にはならない。伝記であり回想録であるけれど、読者にとって読み慣れた形にはならないかもしれない。事実の発掘と理解を書きとどめるためには、表層を切り裂いて深層へ掘り進み、最後は物事の最も原初的な形を削り出さなければならなかった。

そうすることが、この一度は失われた物語を取り返し、語るための唯一の方法だったと私は信じている。

ですから読者のみなさん、どうかご寛容に。心して先に進んでください。そしてどうか、あなた自身がこのような旅をすることにはなりませんように。

釈放と復帰　I

限界とは
そこから抜け出せない
私たちひとりひとり
——チャールズ・オルスン[*1]

1　ガーデン・パーティー　二〇〇九年七月

「ダニエル、きみに電話だ。お義父《とう》さんから」

私は夫のいとこたちと会話していた席からはずれた。イングランドの淡い日差しのもとでのガーデン・パーティー。庭で遊ぶ花柄のサンドレスを着た子どもたちを話題に、とりとめもなくおしゃべりをしていたところだった。折り畳み式テーブルから離れると、私は夫から携帯電話を受け取り、そのまま何歩か進んだ。

「こんにちは、父さん」

「ダニエル……マイケルのことだが」

父の話しぶりは、大学教授を退いたあとも、つねに隙がなく歯切れがよかった。けれどもそのときは、メリーランド州から大西洋の天空を飛んでくるはずの声が、まるで大昔の海底ケーブルを伝ってくる音声のように、ひび割れて頼りなく聞こえた。

「死んだ」

「え?」

「死んだ。車のなかで撃たれているのが見つかった」

「どういうこと?」

「死んだんだよ」

「すぐにそちらに行く」

マイケル……。私のいとこ、私のベイビー。

イングランドの春の朝にはときどき淡く霞《かすみ》がかかる。いまは七月だというのに、そんな春霞のような白い紗《しゃ》のカーテンが、突然、空と周囲の柳の木々と私のあいだに降りた。へなへなとすわりこみそうになり、夫の腕にかかえられた。「ジム、私たち、行かなくちゃ」

「なんだって?」

「マイケルが死んだ」

「えっ?」

「死んだのよ。私たち、行かなくちゃ」

そう、ただちに行かなければならない——カリフォルニアへ、サウス・セントラルへ。

こうして私たちはイングランドからアメリカへと旅立った。

2　仮釈放の日　二〇〇六年六月

それより三年前、ある木曜日の未明――。私は、かつてない期待感で昂《たか》ぶって、カリフォルニア州ハリウッドの、椰子《やし》の木々に囲まれたリゾート・マンションにいた。二〇〇六年、六月二九日。そのころは、現在の夫、リヴァプール出身で哲学者のジムではなく、最初の夫、一九五〇―六〇年代のハリウッドで育ち、大学で詩学を教えるボブと暮らしていた。腎臓形《キドニー・シェイプ》のプールの脇を抜けて、母から買い取った白いおんぼろBMWに乗りこむころには、軽やかな、甘美とさえ言ってよい高揚感につつまれ、まだ静寂のなかにある六月の大気を胸いっぱいに吸いこんだ。

奇妙なことだが、その数年後に第一子のノラを産んだときでさえ、これほどの至福は感じなかった。ジムに付き添われてノラの誕生を待っているときには、喜びのなかに不安が混じっていた。〝復活〟は、誕生を凌駕《りょうが》する経験なのかもしれない。

少なくとも、六月のあの一日はそうだった。私は叔母の家に車を向けた。サウス・ロサンゼルス〔ロサンゼルス市とわずかにその近隣を含むロサンゼルス郡南部の地域。旧称サウス・セントラル〕のとあるブロック、通りの角から数軒先にある漆喰仕上げの小さな家だった。通りの角には、麻薬取り引きの巣窟になりそうな怪しげな廃屋が厳重に封印されて、強面《こわもて》の番兵のように建っていた。

叔母の家は穏やかなたたずまいだった。あちこちが壊れていても、その小さな白い家はこざっぱりとして、夜明けには美しい朝日の色に染まった。〝天使の街〟（ロサンゼルスという街の名は、スペイン語で〝天使たち〟を意味する。一七八一年にメキシコからこの地に入植した人々によって名づけられた）の貧困は、凍てつく冬の斜陽化工業地帯《ラスト・ベルト》ほどには、ひどい見てくれをしていない。

叔母のカレンは四〇歳。父の一二人きょうだいの末っ子だった。カレンは私たちを引き連れて、彼女の第三子であるマイケルを車で迎えに行くことになっていた。いわゆるR&R——ただし一般的な保養休暇《レスト・アンド・リクリエーション》ではなく、引き受け手続きと釈放《レセプション・アンド・リリース》のために。これも刑務所生活が大量に生みだすブラックユーモアのひとつだ。

カレンの同行者は、マイケルより一歳半年上の〝大姉ちゃん《ビッグ・シス》〟ことロズリンと、彼女の赤ん坊——マイケルにとっては甥っ子にあたる八歳のジョシュア、そして私。マイケルは、大きく枝葉を広げたわが一族のなかのいちばん下の娘が生んだ、いちばん下の息子だった。

この日と同じことを、愛するいとこが仮釈放される日に刑務所まで迎えに行くことを、人生でもう一度繰り返すとしたら、きっと、私の喜びは不安に押しつぶされてしまうだろう。あのときも理性のレベルでは、社会復帰がどんなに厳しい道のりになるか、ひとりの人間の針路を変えるのがどんなにむずかしいことかは、わかっていた。けれども頭のなかで道のりの厳しさを予測することと、この身をもって全身全霊で敗北というひとつの結果を受けとめることとはまったくちがう。

あのときは、みんながマイケルのための〝おかえりパーティー〟を心待ちにしていた。パーティーには、おじたち、友人たち、いとこ、またいとこ……もはや何親等かもわからない遠い親戚までやってくることになっていた。叔母の家の前の禿《は》げた芝生のかたわらに折りたたみ式の椅子とテーブルを持ち出し、紙のテーブルクロスの上にフライドチキンや甘いお茶をならべる手筈がととのっていた。

マイケルが誕生したとき、私は八歳だった。彼は私が初めて腕に抱いた赤ん坊で、私たちはいっしょに子どもからおとなへと成長した。大きな一族のなかでも、とびきり愛された〝ザ・ベイビー〟。そして彼は〝私のベイビー〟でもあり、人を惹《ひ》きつけてやまないエネルギーとユーモアにあふれていた。

私たちがマイケルを失ったのは、彼が一五歳の誕生日を迎える直前だった。彼はその後、生涯のほとんど半分の歳月を刑務所で過ごし、私たちの前から姿を消した。そのマイケルが私たちのもとに戻ってくるのだ。

でもとにかくきょうは、彼を迎えにいって、彼自身がどうしたいのかをちゃんと訊かなければ——私たちはそう思っていた。いつもの面会者用の第二タワーではなく、第八タワーの駐車場に午前八時に車を停めて、指示されたとおり、仮釈放される人たちを乗せた白いバンが現れるのを待った。

待つ側の駐車場への到着時刻は午前八時きっかり。早すぎても遅すぎてもいけない。早いラッシュアワーと重なるので、ロサンゼルスから目的地まで、余裕を持って二時間は見ておかなければならない。だが現地に着いてしまえば、あとはひたすら待つだけ。もしかしたら一時間。もしかしたら半日。どれくらい待つことになるかは誰にもわからなかった。

刑務所までの道中のことは、うっすらとしか憶《おぼ》えていない。待っていたことを憶えているが、その恐ろしく長い時間に自分が何を考えていたかは思い出せない。私たちは神経を昂ぶらせたまま車内でひたすら待った。駐車場には日陰をつくる緑の木立があった。この点が、マイケルがそれ以前にいたノルコの刑務所とはちがった。ノルコの刑務所は、州間高速一〇号線と一五号線が交わるあたり、黒いリボンのように長く伸びたリヴァーサイド郡の西端に位置する、埃っぽい小さな街にあった。

〝太陽のような笑み〟という表現は、あまりにもありきたりな喩《たと》えだろうか。しかし、笑みを浮かべたとたんに陽光が射すような彼の笑みを、ほかにどう伝えればいいのだろう？ 長い時間が流れてようやく、マイケルが私たちの前に現れ、笑った。歯も歯茎もぜんぶ剥き出しにする大きな笑い。顔半分が笑いに乗っ取られ、黒い肌に白い歯がまぶしく映えた。少年時代に陸上競技をやっていたとすぐにわかる、あの弾むような足取り。幼いころから天然のバネをたくわえた身体だった。

それは刑務所に面会に行ったときも、一〇年の服役をへて仮釈放されることになった日も変わりなかった。ほかの何百万人もの受刑者と同じように、彼の思春期後期と成人前期は鉄格子の向こうに消えた。それでもマイケルは、私たちのほうに弾むような足取りで近づいてきた。これでどうして〝救い給え《ホサナ》〟を歌わないでいられるだろう?「神は偉大なり」と称えないでいられるだろう?

豊かな胸をもち、深いブラウンの肌にプラム色の頰紅を差した、情に厚いマイケルの母親は、そのときすすり泣いていたと記憶する。カレンがマイケルの話をするときいつも言い添えるように、「万事が益となるように共に働く」〔新約聖書「ローマの信徒への手紙」第八章二八節〕とつぶやいたかもしれない。細かいところまで明確に憶えているわけではない。

何がしたい?と、私たちは彼に尋ねるつもりだった。返事として返ってくる要望を満たすのが私の仕事だ。このときから私は彼を支えつづけた——そう、彼が再収監されるまでの数カ月間ずっと。彼を支えたのは、もちろん、私ひとりではない。ただ私は、継続的に、毎日のように、彼を支援した。援助する義務を持ついとことして、援助できる資金を持つ者として。一族のなかで両親が大学卒で、自分も大学に行くことを期待され、それを果たして、専門職に就いた者として。

私は覚悟していた。少なくとも、覚悟していたつもりだった。初めて赤ん坊を迎える親たちが期待で震えながらおしゃべりするように、私たち一族はこの数カ月間、膝を突き合わせて話し合いをした。大学を退任した私の父、看護師である叔母カレン、マイケルの兄と姉……みんながお金と時間をやりくりして、マイケルを迎える準備をした。もちろん私も、私の夫で退任間近な詩学の教授であるボブも。

私たちは計画を立てたものの、当初の希望どおりにはいかなかった。マイケルは刑務所内で消防士を務め、その仕事をとても気に入っていた。だから、理想を言うなら、仮釈放中から消防施設で働くことができればどんなによかったか。リヴァーサイド郡に親類がいて、マイケルを引き受けてもいいと言ってくれた。その親類の家に住みこみ、そこから学校へ通い、森林火災と闘う消防士になるという手もあったはずなのだ。

しかし、法律上、仮釈放者は犯罪を犯したその土地に居住しなければならない。つまりマイケルの場合は、ロサンゼルス郡に。そして、ロサンゼルス郡が犯罪多発地域であることは言わずもがなだった。しかし法に定められた仮釈放者への制限ゆえに、私たちは最初の計画をあきらめ、最良の代替案を出そうと知恵を絞った。かつてこの国をイラク戦争に駆り立てた、あの国防長官がいみじくも言ったように、「いまある兵団の総力戦で挑むしかない」のだった。

その第一歩は、ロサンゼルスに戻る車中で、マイケルにこれから何がしたいかを訊くことだった。私たちがそれを尋ねると、マイケルは答えた。まず下着を買いたい、と。

3　捜査その一　二〇〇九年七月

父から電話を受けたあと、私たちはすぐにガーデン・パーティーの席から離れた。だから、そよとも揺れなくなった柳の枝が、ふたたび揺れはじめたかどうかはわからない。それでも地球がおぼつかなげに元の動きを取り戻すあいだに、私たちは南カリフォルニア行きの航空券を予約し、事の詳細を突き止めようとした。誰もよくわかっていなくて、結局インターネットからの情報に頼るほかなかった。最初に見つけたのは、地元放送局KTLAのネット記事だった。

路上の車から銃弾を浴びた男性の遺体見つかる[*2]

ロサンゼルス発――サウス・ロサンゼルスで多数の銃弾を撃ちこまれた男性の遺体が見つかったことを、この土曜日に警察が発表した。ロサンゼルス市警によれば、金曜日の午後五時二〇分頃、西六〇丁目一〇〇〇番地に車で寝ている不審者がいるとの通報を受け、ロザリオ・エレラ巡査が現場に向かった。車内を調べたところ、毛布にくるまれて助手席に伏している男性はすでに死亡しており、その身許はマイケル・アレクサンダー・アレンさん（二九歳）とわかった。被害者の上半身には複数の銃痕が認められた。事件の経緯も容疑者も不明。警察は事件に関する情報の提供を呼びかけている。ロサンゼルス市警犯罪／ギャング／殺人課、213-485-1383か、ロサンゼルス市警二四時間対応非緊急通報専用回線、1-877まで。

ニュースはどれもこんな感じだった。どのように殺されたのか、どうして車のなかにいたのかは誰にもわからなかった。ただ遺体に関する情報が、ロサンゼルス市警の公式サイトにあった。

車のなかで発見された遺体の男性[*3]

ロサンゼルス市警は、七月一七日、二九歳の男性が射殺された事件の捜査に市民の協力を求めている。昨日午後五時二〇分頃、なかで人が寝ているように見える不審な車輛があるとの通報を受け、無線呼び出しに応じて七七分署のパトロール班が西六〇丁目一〇〇〇番地に出動した。現場で、寝具にくるまれ助手席に伏していたマイケル・アレンさん（黒人男性、二九歳）を見つけ、死亡を確認した。車輛と被害者の遺体はそのまま検視局まで運ばれ、検視局で遺体が車から降ろされた。

警察は、〝車輛と被害者〟を平台のレッカー車にのせたのだろうか、それとも牽引したのだろうか。まわりの車からは「眠っている男性」が見えたのだろうか。ギリシアの神々ならば、冥府に向かうカロン〔ギリシア神話に登場する冥界の川の渡し守〕の舟よろしく、錆びついたレッカー車が道を行くのを見て、嗤《わら》ったにちがいない。アメリカという国、われらが血まみれ文化のなかにおいては、あまりにも日常的な死の光景であり、死者を〝証拠〟として運び去るのは、不慮の死にほどこされる最も適切かつ基本的な儀式だ。

もちろん、被害者の遺品を近親者に引き取らせるには、遺体発見現場の街角ではなく、検視局へ呼び出すほうが適切なのだろう。しかし、六〇丁目とヴァーモント通りの角――あのみすぼらしいコンクリート製の縁石と、黒っぽいアスファルトに並走する陰気な側溝のほうが、検視局の滅菌されたオフィスよりも、愛する人を喪《うしな》った悲しみを煮溶かす大釜としてふさわしい。

マイケルを思い出すとき、あの検視局の効率的なお役所仕事と、ストレッチャーのカラカラと鳴る車輪の音を真っ先に思い浮かべる者は、私たち親族のなかにひとりもいない。みなの頭に浮かぶのは、あの都会の絶望で何もかもが掻き消される街の一角だ。ヴァーモント通りと六〇丁目の角。そここそ悔しさに地面を叩き、泣きわめいて歯ぎしりし、悲しみに引き裂かれる場所としてふさわしい。

私と夫が大西洋とアメリカ大陸を横断する飛行機を待っているころ、カレンと彼女の娘――マイケルの〝大姉《ビッグ・シス》ちゃん〟、ロズリンが、死者のささやかな遺品を引き取りにいった。

その小さなハッチバックの助手席には血痕らしきものが付着していたが、ロズリンも日々の暮らしに困窮し、車を必要としていたから、すぐに引き取って、それを自分の車として使えるようにした。

4 始動 二〇〇六年六月—七月

仮釈放されたマイケルのために、盛大な〝おかえりパーティー〟が開かれた。みなの気分が軽かった。午後いっぱいつづいた浮かれ騒ぎは、近所の人たちの関心も引いていたようだ。私たちは一度ならず、あでやかな化粧の同じ女性が、車高の低い金茶色のベンツに乗って、様子を確かめるように、ゆっくりと家の前を通り過ぎるのを目撃した。

それでもパーティーが終わると、私たちはすぐに仕事に取りかかった。マイケルは大好物のドリトス、フライドチキン、姉のつくるマカロニ&チーズをたいらげるためにたっぷりと時間を割き、服役しているあいだに生まれた八歳のジョシュアを始めとする甥っ子、姪っ子たちと、サッカーのビデオゲームを楽しんだ。だが一方で、自分の生活を早く築きたいとも思っていた。刑務所内で消防士として活躍していた彼は、もう一度打ちこめるものを見つけて、人に誇れるような人生を送りたいと願っていた。

私たちは、時間を無駄にしなかった。マイケルより八歳年上の私は、その夏ロサンゼルスにとどまり、シカゴ大学人文科学部の学部長として、在宅勤務をつづけることにした。四歳から学校に通いはじめ、学校から離れたことは一度もなく、その前年、同大学史上最年少の三二歳で、学部の最高責任者に任命された。寛大で協力的な上司がいたとはいえ、そう長いあいだ遠く隔った土地から仕事をするわけにはいかない。この重責をこなせるのかどうか、疑われてもおかしくない年齢だ。私は学長も、そのまた上司である総長も失望させたくなかった。つまり仕事の重圧によって、マイケルといっしょにいられる期間には限界があった。

私はマイケルといっしょにタスク・リストをつくった。仕事のことも家のことも、私はまずタスク・リストをつくることから始める。ふたりで効率よくリストを片づけていった。保護観察官——マイケル自身がまずまず許容できると判断した女性の保護監察官——に会いにいき、今後やるべきことを把握した。いや、正確に言うなら、私は一〇年来乗っているBMW325を保護監察官のオフィスの前に停めて待っていた。

結局、私は彼の保護監督官と一度も顔を合わせなかった。あのころは喜んで運転手役を引き受けていた。いま思い返せば、マイケルは、自分の重罪犯としての人生から私を遠ざけようとしていたのだとわかる。彼は別の一面だけを——大学に行っていたかもしれない自分だけを、私に見せようとした。

保護監察官との面談がすむと銀行へ行き、マイケルの口座を開いた。それから図書館へ行き、私もいっしょになかに入った。マイケルは利用者カードをつくり、コンピューターの使い方を少しだけ覚えた。こうして職探しの入口にたどり着いて、彼は、投獄されたときにはまだ存在しなかったグーグル検索を初めて知ることになった。

つぎは運転免許証の取得だった。受刑者でつくる消火隊に参加していたとき、マイケルは仕事の一部として車を運転していたが、正式な運転免許証は持っていなかった。一五歳で逮捕されてから二六歳になるまでの一一年間、刑務所以外の世界を知らなかったのだ。でもようやく車の運転免許証を手に入れて、大好きな車に乗れる。銀行と図書館で用をすますと、ただちに車輛管理局に向かった。車輛管理局で彼が試験を受けているあいだ、私は外で待った。驚くまでもなく、マイケルは一発で合格した。

こうしていよいよ、私たちの本格的な職探しがはじまった。〝従業員募集〟の広告を見かけるたびに、マイケルは申し込み用紙をもらって記入した。実にたくさんの場所で記入した。世界的大不況はまだ二年ほど先の話で、世間は好景気に沸いていた。だが、別の意味で、ロサンゼルスの街が変化していることに、私たちは気づいていた。黒人居住区が黒人だけのものではなくなっていたのだ。

ハンバーガーを食べようと、マイケルの実家から六ブロックほど離れたマクドナルドに立ち寄ったとき、〝従業員募集〟の貼り紙を見つけた。マイケルは申し込み用紙をもらいに行くのをしぶったが、私が説き伏せた。彼がカウンターに近づいて用紙を求めると、レジの奥に横並びになったラテン系の女性店員たちに、さっと冷ややかな空気が流れた。店員のひとりが申し込み用紙をマイケルに手渡し、彼がそれを書きあげてから店を出た。でも、連絡は来ないだろうという予感が私たちにはあった。応募したほかのどこからもまだ連絡が来ていなかった。

カリフォルニアは、六〇年ぶりという猛暑に見舞われていた。私たちは毎日、灼《や》けつく日差しから逃れて涼しい図書館に行き、求人広告のサイトに目を通した。セイフウェイ、バーガーキング、ベストバイなどの大手チェーン店に絞ったほうがいいという考えに私たちは傾きつつあった。大企業のほうが、組織内で昇進するチャンスがあるのではないか。誰かひとりでも――大勢のなかのたったひとりでも――マイケルにチャンスを与える人がいてくれるなら。そして、マイケルが力量を示すことができるなら。グッドウィル、ホームデポ、シアーズなどの大手企業が、応募者をまとめて面接する日をもうけていることもわかってきた。私たちは労力をそちらに振り向けることにした。

そして七月後半の気温が華氏一〇〇度〔摂氏約三八度〕を超えた猛暑の日、ついにマイケルの努力が実を結んだ。シアーズと、空港の食品サービス会社から面接日の案内が届いたのだ。待ちに待った瞬間だった。でも私にとっては、不安が押し寄せた瞬間でもあった。マイケルが同じように不安に駆られたのかどうかはわからない。でも、一五歳でカージャック未遂事件を起こして以来、一一年間刑務所にいた彼が、雇われるべき人材であることを面接でどう説明するのか、私はひどく気を揉んだ。

彼は自分の過去を、ぜんぶまるごと、つつみ隠さず話さなくてはならない。元犯罪者であることを伏せるには、服役期間が長すぎた。しかも、軽微な罪を重ねたのではなく、一九九〇年代の初頭、ロサンゼルスで市民を震撼させていた類いの犯罪なのだ。彼は、人生をやり直そうと決意した理由を話さなければならない。私たちは予行演習をしてみたが、それは長い語りのほんの一部であり、まるごとではなかった。

私は、彼が犯した罪に関する釈明を、どんなかたちでも、始めから終わりまで聞いたことがなかった。これも後付けの考えになってしまうが、何をどう語ろうと、否応なく省略せざるをえないものがあり、そこに私が質問を差し挟むのを、マイケルは是《よ》しとしなかったのだ。彼は、私のどんな質問にも応じたくなかったのだろう。

ほどなく、彼にとって最も信頼のおける話し相手であった姉のロズリンでさえ、弟の秘密には立ち入れなかったことを知った。マイケルがしょっちゅう釈明を、内省を、約束を語ってくれるものだから、私たちの誰ひとり、彼が隠し事をしていることに――とりわけ最後のあたりは――気づかなかった。

マイケルはよくしゃべった。少年期には吃音《きつおん》まじりの早口で、のべつまくなしにしゃべっていた。私たちは言葉の洪水のなかに呑みこまれてしまったものを見つけられなかった。

彼は、愛されることを求めるすべての人に、愛を注ぐことができた。人が彼に求めるものを与えた。そして結局のところ、私たちはほんとうの彼を知らなかった。彼自身さえ自分が何者であるのかを、わかっていなかったのかもしれない。いまになってそう思う。

マイケルと私はいっしょに面接の練習をした。消防士として活躍したことについて、その仕事が大好きだったことについては、とりわけ何度もくり返した。

新しいカーキ色のズボンにボタンダウン・シャツを着たマイケルと、ハリウッドに向かった。サンタモニカ通りとウェスタン通りの交わるところへ、シアーズ社へ。ロサンゼルスの地図を州間高速一〇号線を折り目として南北にたたむと、サウス・ロサンゼルスにあるマイケルの実家と、いまはもうないそのシアーズ社の建物が、ちょうどぴったり重なり合った。それが、願ってもないチャンスが到来する兆しのように思われた。

5　仕事　二〇〇六年七月

シアーズ社人事部オフィスの二階は、何もかも落ちついたベージュ色だったが、明るい照明が、壁のすそ板やリノリウムの床の傷みを目立たせていた。出迎えてくれた人はみな親切だった。

その日もカーキ色に身をつつんだマイケルが面接を受けているあいだ、私は廊下の壁ぎわに並べられたパイプ椅子のひとつにすわっていた。あのころは待つのが仕事だったから、考える時間はたっぷりあった。でも、なぜ自分がそこにいるのかについては考えなかった。その設問が頭に浮かぶことさえなかった。なぜならこれは、私の大切なベイビー、いとこのマイケルの一大事なのだから。

仲良し五人組——私、弟、三人のいとこのなかで、マイケルがいちばん年下だった。五人は玄関ポーチの階段の段差のように、上から順に一八カ月ずつあいだをあけて誕生した。何十人もいとこがいる大きな一族のなかで、特別に親しく結びついた歳の近い五人。私が五人のなかの最年長で、ほかの四人のリーダーだった。

だからその数年前も、マイケルの兄、濃褐色の肌でときどき鬱《うつ》が訪れるニコラスを、コミュニティ・カレッジ〔大学前期教育や職業訓練を提供する公立の二年生大学〕経由で、この場所に引きずるように連れてきた。そして、待つときにはいつも、自分のタスク・リストについて、つぎに何をすべきかについて考えていた。この日はたっぷり四五分待ったところでドアが開き、マイケルがシアーズ社の倉庫係の職を得たことを知った。

そのときの気持ちは、安堵という言葉だけでは、とても言いあらわせない。止まっていた時間が動きだした、まさにそんな感じだった。この物語には未来があり、もしかしたらハッピー・エンドが待っているかもしれない。唐突に頭のなかで想像がふくれあがった。

これからは、明日よりずっと先の未来について考えてもいいように思える。夢物語を描かないように自分を戒《いまし》めていたけれど、心の端っこを見えない手でくすぐられているような気がした。こんなふうに本気で希望をいだきはじめる瞬間こそ、この種の旅では最も危険な曲がり角にちがいない。警戒をゆるめていいわけがない、ぜったいに。そうは思っても、うまくいくかもしれないという期待を払いのけるほど、強靭な自制心は持ち合わせていなかった。これは私自身のことを言っているのだが、マイケルも同じだったと思う。

良い知らせのあと、私たちは当初の予定どおり、もうひとつの面接が待つロサンゼルス国際空港に意気揚々と向かった。

私たちはひとつのチーム、二人組だ。〝最強双子パワー《ワンダー・ツイン・パワー》、炸裂《アクティヴェート》！〟〔一九七〇年代の人気アニメで、男女のスーパーヒーロー「ワンダーツインズ」が変身するときのキメぜりふ〕どうして私たちはチームを組んだのか。それは私たちがいとこどうしで、いっしょに育ち、切っても切れない関係にあったからだ。でも、もうひとつには、私がこの一族のなかでは柔軟な対応力と資力を持つ者、つまりは堅実で安定した暮らしを営む、最も（血縁として）近い人間だったからだ。私しかいなかった。誰かにセイフティネットが必要なときには、私がつねにバッター・ボックスに立った。

ロサンゼルス国際空港までのドライブは、いつも幸福な時間をもたらしてくれる。海岸に近づくにつれて、空気が変わるのがわかる。サウス・ロサンゼルスを出て、州間高速一〇号線のすぐ北からミッドシティ、カルヴァーシティと、ヴェニス通りを西に向かっていく道のりもある。そんなバスの旅が、それから数カ月のうちに、マイケルのお気に入りのひとつになった。

私たちは子どものころ、冷たい太平洋でボディサーフィンをするのが大好きだった。はるか沖合の嵐がもたらす大波は素晴らしかった。私たちは海で冷えた体を浜辺の温かな砂に埋めて、オレオ・クッキーやぶどうやポテトチップスを食べ、そのあとはスポンジ製のラグビーボールを投げ合った。こうして体が暖まると、また海に飛びこんだ。

あの面接のときの空港行きが、マイケルにとっては出所後初の海岸地区へのドライブだったと思う。陽炎が視界をゆがませ、ジェットエンジンの臭気がただよっていても、空港手前の高速四〇五号線を越えると、空気が湿り、海がすぐ向こうに広がっているのがわかった。その日は格納庫やオフィスやサービス会社が並ぶ、空港の裏側に車を向けた。マイケルは、ふたつ目の就職先候補として、空港から飛び立つ飛行機に機内食を提供する会社の面接を受けた。

彼はここでも面接に合格した。会社の採用担当者が「きみを雇いたい。その笑顔が気に入ったよ」とマイケルに言った。そう、マイケルの笑顔は最高だった。それは誰でも最初に気づいた。それから目に入るのが、高いほお骨、黄褐色の肌、大きく笑ったときの白い歯、しなやかな体つき。見栄えのする人だった。誰もが太陽に顔を向けるように、彼のほうに引き寄せられた。マイケルは活力と暖かさの源だった。

6　捜査その二　二〇〇九年七月

マイケルの遺体が発見された翌日の土曜日、叔母カレンは、警察からの電話で、息子の死を知らされた。ロサンゼルス郡保安局の車が家の前に横付けされたのは、そのすぐあとだった。まだ夜は明けきっていなかった。

娘のロズリンは、母親からの要領を得ない電話に肝をつぶして、手近なフード付きスウェットをつかみ、実家に駆けつけた。車が見つかったこと、弟が死んだことしかわからなかった。カレンは、娘の到着に一瞬だけ安堵した。警察に伝えられることが何もなく、マイケルと仲の良い姉のロズリンなら、捜査の手がかりになりそうな何かを知っているのではないかと思ったのだ。

カレンは、息子がそれより二日前の木曜日の夜に、家に来るだろうと思っていた。だがマイケルは現れず、金曜日は一日じゅう、心配しつづけた。いつもなら暖かな七月のはずが、その週は気温が徐々に下降し、例年の平均気温を大きく下回った。カレンの不安は、気温が下がるほどにふくらんだ。ロズリンも不安で押しつぶされそうになっていた。その週の月曜日、彼女は誰かからマイケルが死んだと告げられる夢を見て、泣きながら目覚めた。マイケルにその夢の話をすると、「おれがそんな簡単に死ぬわけないよ」と返ってきた。

しかし、彼はこうも言ったそうだ。「姉ちゃん、おれに何かあったら、ブリーのしわざだって警察に言ってくれよ」ブリーというのは、マイケルの恋人だった。

ロズリンとマイケルは、ほぼ毎日、携帯電話でしゃべっていた。その週、不安をつのらせたロズリンは、いつにも増して弟と連絡を取り合うようにした。金曜日、マイケルは一日じゅう電話に出なかった。弟が電話を取らないとき、ロズリンは呼出音を聞くだけで、弟が移動中だと察することがあった。金曜日の電話の呼出音も、そんなふうに、やけに陽気に鳴り響いていた。

母親のカレンと同じく、ロズリンにも、夢を見たことと弟が恋人について警告したことのほかは、警察に伝えることはほとんどなかった。むしろ捜査官のほうに、彼女らに語るべき話があった。

彼らにとって、マイケルはマイケルではなく、〝ビッグ・マイク〟だった。街ですれちがいたくない危険人物のような呼び名を初めて聞かされ、カレンとロズリンはショックを受けた。

そういった話を少しあとになって知った。マイケルの死の前日、英国時間の夕刻、哲学者の夫と読んだ本について語り合っているとき、めずらしくマイケルからメールを受け取った。メールが送信されたのは、ロサンゼルス時間の、木曜日の午前中だった。

そのわずか数週間前、マイケルは、ニュージャージーでの私たちの結婚式に参列してくれた。私は当時、アインシュタインが在籍したことで知られる、その地の研究所に勤めていた。六月の結婚式に出るために、マイケルは出所後初めて飛行機に乗った。私にとっては二度目の結婚式だった。最初の結婚式には、両親とひとりの友人以外は誰も招待しなかった。一生恥じ入るけれど、弟さえ招かなかった。

でも二度目のときには、家族全員に参列してもらい、私たち夫婦がつくっていく絆に加わってほしいと思った。マイケルは、私の最初の夫ボブと仲がよかったにもかかわらず、新しい夫との式では受付係をつとめ、会場の扉の前で参列者たちに笑顔を振りまいていた。

祝宴のあと、マイケルといっしょに撮った写真を彼に送った。私はこの日のために奮発したアルマーニ製のドレスを着ている。マイケルはベージュのジャケットに深紅のシャツ。いつもどおりにハンサムだった。シャツと合わせた深紅のワニ革の靴は、みんなをほほえませたが、残念ながら写真におさまっていない。

私のもとに届いたメールには、写真へのお礼が記されていた。

7/16/09

マイケル・アレン〈MICHAELALLEN4@YAHOO.COM〉
6:47PM

写真をありがとう。メールをチェックしていなくてごめん。飛行機のチケットを印刷したときからずっと見ていなかった。あなたのことが大好きだし、あなたが幸せそうに楽しんでいると、おれも幸せな気持ちになる。土曜日に電話するつもりだけど、何時ごろがいいのかな。都合のいい時間を知らせてほしい。大好きなあなたがそばにいなくてさびしい。

変わらぬ愛をこめて　マイケル

死のおおよそ二四時間前に、彼はこんな短い手紙をいくつか書いていた。ロサンゼルス時間で木曜日の午前一〇時四七分、彼はコンピューターを使った。この手紙が彼との最後のコンタクトになったことは、せめてもの幸運だったと思っている。

遺体発見の翌日から、警察が捜査への協力を呼びかけはじめた。

この事件に関する情報をお持ちの方は、七七分署殺人課、犯罪／ギャング／殺人課担当刑事、R・グスマン、K・ホワイト、213-485-1383、時間外は、ロ

著者の結婚式にて、著者といとこのマイケル

サンゼルス市警二四時間対応非緊急通報専用回線、1‐877までご連絡ください。携帯電話で「犯罪　情報提供」で検索するか、www.lapdonline.orgにログイン、「情報提供」をクリック。携帯電話を用いるときには番号はLAPDから。匿名による通報にも対応します。

これ以外に私たちが知ったのは、警察がひとりの女性を捜索していることだった。そう、マイケルの美貌の美容師の恋人、ブリーが姿を消していた。おそらくは、彼女の金茶色のベンツも見つかっていなかった。

7　学校　二〇〇六年八月

マイケルは、就職先としてシアーズ社を選んだ。順当な選択だった。ロサンゼルス国際空港より通いやすく、信頼できるし、将来性がある。事業規模の大きさゆえに、福利厚生やその他の面でも、より多くの機会が用意されていた。

仕事が確保されると、私たちは学校と住居に目を向けた。私たちには確認リストがあり、こなすべき手続きがあり、それらを乗り切っていくだけのチームワークがあった。目標は、マイケルがフルタイムの仕事に就き、カリフォルニアの名のあるコミュニティ・カレッジに入学すること。半世紀ほど前には、このような短期大学が、社会的進出のチャンスを得るための確かな手段となり、黄金州《カリフォルニア》を動かすエンジンにもなっていた。二〇〇六年から学費は有料になったが、それでも四年制大学に比べれば割安だ。

今度こそ、私の出番だった。結局のところ、学校に詳しいのは私だけなのだ。マイケルの母、カレンは大学を出ていなかった。兄のニコラスは、途切れとぎれに警備の仕事をしており、一度カルヴァーシティのロサンゼルス・コミュニティ・カレッジに入学したが、最後までつづかなかった。姉のロズリンは入学まで至っていない。私は、学校について、まずまず深い専門知識をもっていた。その夏、私はふたたび学校さがしに、マイケルといっしょに取り組んだ。

一般教養コースと消防技術プログラムが充実した、ヴァレーグレンにあるロサンゼルス・ヴァレー・カレッジが第一候補だった。卒業生には俳優のトム・セレックやケヴィン・スペイシーがいた。地下鉄レッドラインの駅が、シアーズ社から約一・五キロほど離れたサンタモニカ通りとヴァーモント通りの交差点にあり、キャンパスからさほど遠くないノース・ハリウッドにつながっているのも便利だった。

マイケルは、服役の最初の一年目に、唐突に創意あふれる文章家になり、電光石火のスピードで一般教養修了検定《GED》〔高校卒業と同等の資格を与えるための試験〕に合格した。その後一一年間の刑期を通して、インディアナ大学のいくつかの通信制教養課程を終了した。

私たちは、消防技術プログラムへの道が開かれているという点からロサンゼルス・ヴァレー・カレッジを再検討した。それが最終的に目指すゴールだった。連邦政府奨学金の申請書類の藪《やぶ》を掻き分けながら前に進もうとした。奨学金を申請するためには、マイケルの兵役登録〔一定年齢の米国市民・永住権保持者の男性に義務づけられた国の緊急時の選抜徴兵に備えるための登録〕を証明する必要があったが、刑務所にいた彼に登録の機会はなかった。

それでもお役所仕事が繰り出す障害物をひとつまたひとつと乗り越えながら、人けのない八月の盛夏のキャンパスに、ギレアドの乳香〔旧約聖書にある魂を癒やすとされる香料〕のような安らかな静けさを見いだすこともあった。大きな丸石が転がり、さまざまな砂漠植物が生えるなかに、無造作に置かれた海老茶《えびちゃ》色のピクニックテーブル。そこが私たちのお気に入りの最も静かな場所だった。半世紀でいちばん熾烈で致命的だった七月の熱波が過ぎ去ったことに安堵し、私たちはおしゃべりを止めて陽を浴びた。

ロサンゼルス・ヴァレー・カレッジの入口。それが“角の門”であることを信じた

こうしてひと息つくと、またつぎの仕事に取りかかった。カレッジの個別指導センターや図書館に行き、インターンシップ、仕事、貸しアパートなどを案内するさまざまなチラシを集めて検討した。

そう、そこにはチャンスの門があった。古代ギリシアの詩人ホメロスの叙事詩『オデュッセイア』のなかに、つぎのような一節がある。夢にはふたつの門があり、真実を告げる夢は〝角《つの》の門〟から、人を欺く夢は〝象牙の門〟からやってくる——。

私たちは、ロサンゼルス・ヴァレー・カレッジの入口にある、柱廊付きの玄関が、正夢をもたらすという〝角の門〟であると信じていた。マイケルはいましもこの門をくぐり抜けようとしていた。

8　葬儀　二〇〇九年七月二七日

マイケルの葬儀の日はとても慌ただしかった。教会へ行ったり、親族で食事をとったりしたが、何をするときも神経が張りつめていた。

マイケルは釈放されたあと、〝火の柱《ピラー・オブ・ファイヤー》〟と呼ばれる教会に通うようになった。平屋建ての教会で、表看板には迷える人々を呼びよせる神の炎が描かれていた。マイケルが逮捕される前は、この火の柱教会が家族で通う教会でもあったが、逮捕がきっかけで、彼の母親のカレンと牧師が仲違いしてしまった。

その牧師、アンドリュー・ラインハート師は、眼鏡をかけた長身瘦軀《そうく》の人で、灰色の髪の生えぎわが後退していた。聖書のなかから現れたような堂々たる赤に金糸のガウンを身につけ、蛍光灯のもとで説教をした。

あの赤い衣の人たちをごらん
神がすぐに水を乱してくださる
モーゼが民を導いたときのように
神がすぐに水を乱してくださる

〔黒人霊歌「水のなかを歩め（Wade in the Water）」より。逃亡するときは痕跡を消すために水のなかを行けという、奴隷労働者への隠されたメッセージが含まれている〕

マイケルの逮捕からずっと、カレンと牧師の反目はつづいていた。カレンは、ラインハート師が道徳を説くのは上っ面にすぎないと考えるようになった。師の交友関係には怪しげな人物も多かった。

　そのひとりは悪名高いポン引きで、その人が死んだときには師が葬儀を執りおこなった。カレンが言うには、あの教会に通っても、結局、教会の掃除、使い走り、定時の扉の開け閉めなどを仰せつかって、ラインハート師に仕えるだけ。彼女は神に仕えたいと望んでいた。

　だが、悩める思春期のマイケルの目に、アンドリュー・ラインハートは、頼りがいのある一人前の男として映ったようだ。出所後、彼は火の柱教会に戻った。死の一週間前、あのつとに有名な、どんよりと曇るロサンゼルスの六月、彼はひとりになりたくて、教会の屋根の上にのぼった。

　子ども時代から、つらいことから逃れるために、彼はよく屋根にのぼった。カレンは、マイケルが彼自身のことをよくわかっていないのではないかと考えるようになった。彼は周囲の人々が彼に求めるものを映し出す鏡だ。求められるものを返す勘が良すぎるあまり、自分自身がほんとうは何者であるかを立ちどまって考える機会がなかった。でも、ときどきは屋根に登って、自分の内面を見つめようとしていたのではないか——カレンはそう考えていた。

隠された誘惑の罠は、私たちの不意を突く
心は、思慮なき言葉や行為に血を流す
これほど最善を尽くして、なぜまだ試されるのだろう
でも、いつかそのうち、わかる日が来るだろう
〔奴隷の子として生まれ、苦学して黒人牧師になったチャールズ・ティンドリー作詞作曲による聖歌「いつかそのうちわかるだろう（We'll Understand It Better By and By）」より〕

ラインハート師は、マイケルの葬儀を火の柱教会でおこなうべきだと考えた。なんと言っても、マイケルは彼の教区民なのだから。しかしカレンは、ラインハート師にまかせては神聖な葬儀にならないだろうと考え、息子の葬儀が、彼女の通うベツレヘム・テンプル教会でおこなわれることを望んだ。かくして追悼の礼拝をふたつの教会でおこなうために、朝早くから取りかからねばならなかったが、私たちはそれを遂行した。

ベツレヘム・テンプル教会の礼拝は、私が幼いころ、ジョージア州南部の祖母を訪ねた

ときに見た礼拝を思い起こさせた。胸の張り裂けそうな歌があり、化粧っ気のない信心深い女性たちがいた。みな帽子をかぶり、扇を持ち、いまにも気絶しそうに見えた。自分がそのとき何を着ていたか思い出せないし、どう見えていたのかもわからない。でも、葬儀だから黒ずくめだとしても、いわゆる〝ヤッピー風〟〔都会育ちの若いエリートの好むファッション〕の装いだったと思う。カレンは支えられなければ、立っていられなかった。牧師が可動式の屋根を持ちあげて、空気を入れた。私たちは涙の川ができるほど泣きに泣いた。

ああ、私たちは主を待つだろう
あの川のほとりに降りて
ああ、私たちは主を待つだろう
あの川のほとりに降りて
〔黒人霊歌「あの川のほとりに降りて（Down by the riverside）」より。〝あの川〟とはイエス・キリストが洗礼を受けたと言われるヨルダン川のこと〕

会衆席は、横一列が二〇席ほどある、横に広く奥行の狭い空間だった。薄青色のカーペットが敷きつめられ、なだらかに傾斜した屋根から風と光が入ってきた。

試練は四方の闇にひそみ、私たちには理解できない
神が祝福された約束の地へと導いてくださる遥《はる》かなる道のりも
だが、神はその目で確かめ、私たちを連れていってくださる
私たちは死ぬまでついていく
なぜならいつかそのうち、私たちにもわかるだろうから

ベツレヘム・テンプル教会で礼拝が終わると、カレンの家で簡単な昼食をとり、今度は火の柱教会に急いだ。前とはかなり雰囲気がちがった。街の住人たちが教会に集まり、ごった返していた。教会は人でいっぱいだったが、私たち親族の知らない人たちばかりだった。刑事たちも来ていた。殺人事件はまだ解決していなかった。葬儀に誰が現れるかを見ておこうというのだろう。

この教会の会衆席は、中央通路をはさんで左右それぞれに八席ほどしかなかった。蛍光灯に照らされていても、平らな低い天井の下の空間は暗い印象を与えた。壁から壁まで敷かれた青いカーペットは、椅子のビロードの青い張り地や、内陣《ないじん》として使われているカーペット敷きの演壇の青い内張りと合わせてあった。

ラインハート師は、自分のことにしか関心がないようだった。追悼のスピーチは、教会

に通ってくる人々の成功を彼自身の手柄であるかのように語ることに終始した。彼は声を張りあげた。親愛なるみなさん、そこにすわるダレソレは事業で成功をおさめ、通り向かいのナニガシは仕事で高い地位に就いた。それもこれも、私の励ましがあってこそ。なのに、それに値するだけの称賛を誰も与えようとしないのはどういうことか――。

その後、彼は金貸しと弁護士について反ユダヤ的な暴言を吐いた。金貸しと弁護士が、かつかつの暮らしを営む人々をいっそう苦しめている、と。この暴言と教会にたむろする警官の存在という、『ゴッドファーザー』のオープニングを彷彿とさせる状況に、一カ月前に結婚したばかりのイギリス人の夫は目を白黒させた。

この話のどこにマイケルがいるというのだろう?

彼はそこにはいなかった。言葉のなかにも、事実として、柩《ひつぎ》のなかにも。

私はその数日前にアメリカに戻り、マイケルの遺体と対面していた。彼のピクリとも動かない陰鬱な顔は、かすかに灰色味を帯びていた。サテンで内張りした柩のなかに、マイケルは、一カ月前に私の結婚式に参加したときと同じスーツを着て横たわっていた。

最初に見たとき、なんて大きいんだろうと思った。身長は一七三センチ、私より五センチほど低い。それまで彼を大きいと思ったことはなかったが、愛するいとこの動かない顔を見つめ、同時に、彼ががっしりしていることに驚いた。こんなたくましい体つきだったのに気づいていなかった。柩のなかの人にほほえみはなく、あの光も、軽やかさも消えていた。
あれから時が流れた。いまこうして――この文章を書きながら――私は、あの日、自分が見たのは、愛するかわいいいとこのマイケルではなく、柩のなかに横たわる〝ビッグ・マイク〟だったのだと認めざるをえない。ある詩の一節が（少しだけアレンジされて）頭を掠《かす》めていく。

あなたの人生の
不可逆な出来事
それがあなたをすっかり変えてしまった
（私は）その出来事を抜きにして
あなたの顔を思い描くことができない……[*4]
〔カリフォルニア生まれの詩人、学者フランク・ビダートの「あなたは休めない（You Cannot Rest）」の一節〕

いつビッグ・マイクがマイケルに取って代わったのかを知ることは、いとこに何が起きたのかを理解する私の旅において最も過酷な部分だった。古い歌は「いつかそのうちわかるだろう」と歌いかける。写真の記録は、いつ光が消えたのかを教えてくれる。いずれはそこにたどりつく――この物語のもうちょっと先で。しかしそれはすでに「人生の不可逆の出来事」が起きてしまったあとだった。

気の滅入る、さんざんな葬儀のさなかに、私は、マイケルはもうどこにもいないのだと悟った。屋根の上にもいない。私たちが対面したあと、マイケルの遺体は火葬された。だから、柩のなかにもいなかった。

ラインハート師の執りおこなった葬儀はマイケルの魂を消し去ってしまった。それでも師にはわずかながらも、まだ何か足りないと直感するぐらいのまともさは残っていたらしく、マイケルについて話したい人は誰であろうと演壇に上がってほしいと会衆席に呼びかけた。私の弟、一九三センチのしなやかな体つきで、同じ年頃の親族男性のまとめ役であるマークが、会衆席から立ちあがり、私たちの前で初めてスピーチをした。

「ぼくは、マイケルが大好きだった」彼はそう切り出し、心臓が三回打つくらいの間を置いた。

「みなさんも、そうじゃありませんか?」

弟は彼の知っているマイケルを、愛情深くて陽気で茶目っ気のあるマイケルを振り返り、マイケルの魂のために祈った。弟の言葉に、上気した顔に、愛が宿っていた。そのひとときだけ、私はマイケルが戻ってきたような気がした。

葬儀のあと、カレンの知らない子連れの女性が近づいてきて、叔母の手に何枚かの紙幣を押しつけようとした。

「ビッグ・マイクにはよくしてもらいました」と、彼女は言った。

「あの人はいつも、私たちが大丈夫かどうか気にかけてくれました」これが、私たちの知らないビッグ・マイクが見えてきた始まりだった。

教会をあとにした私たちは、カレン叔母の家に集まり、最後のお別れ会をした。マイケルは、射殺された他の何百万人の人々と同じように、永遠にいなくなってしまった。私たちは、小さな芝生の庭と路上に折りたたみ椅子を持ち出し、フライドチキンや甘い紅茶を並べた簡易テーブルのまわりに集まった。そして、もう一度、一族の大切なベイビー、マイケルの死を悼んだ。

マイケルが一五歳で投獄されたとき、私たちは一度、彼を喪った。一一年後、彼は私たちのもとに戻ってきた。そして私たちは、二九歳になったマイケルを、ふたたび喪った。今度は永遠に。約束の地へと向かった、もう二度と戻ってはこないマイケルを、親族一同が心から偲《しの》んだ。

どうやって乗り越えたのでしょう
主よ、私はどうやって乗り越えたのでしょう
私の魂は振り返り、問いかける。

主よ、私はどのように乗り越えたのでしょう？
おお、ヨルダン川の水はとても冷たく、
あなたの体を凍えさす。だが魂は凍えない
私の魂は振り返り、問いかける
どうやって乗り越えたのでしょう
〔ゴスペルシンガーのクララ・ウォードが作詞作曲した「どうやって乗り越えたのでしょう（How I Got Over）」。マヘリア・ジャクソンやアレサ・フランクリンなど多くの歌手によって歌い継がれてきた〕

おとなたちは疲れて、動くのが億劫《おっくう》になっていた。私の最初の夫と二度目の夫が、この日初めて、長く言葉を交わした。昼食時とこの午後の会話で、彼らはゆっくりと少しずつ、お互いに歩み寄り、和解した。

一五歳以下の、つまり服役前のマイケルを知らない、あるいは幼すぎて憶えていない子どもたちが、狭い通りに停められた車のあいだで駆けっこをしていた。ふたりの叔父が、路上に白線を引いてゴールを決め、勝者の名前を呼んだ。マイケルの姪っ子が優勝だった。彼女はきっと将来のチャンピオンだ。私たちは立ちあがって見守りながら、子どもたちといっしょに楽しんだ。

「この子の足の速さは、子ども時代のあなたみたいだ」優勝した少女の父、マイケルの兄で私のいとこのニコラスが私にそう言った。

9　住居　二〇〇六年八月

仮釈放から数週間、マイケルと私はジグソーパズルのように、社会復帰に必要なピースを集めて、嵌《は》めこむ作業を進めていった。最初は、仕事に関するピース、つぎは学校。最初の取っかかりがうまくいけば、あとはきっと流れに乗れる。

ふたりとも、それをよくわかっていた。つぎに必要とされるピースが住まいだということも。マイケルにとっては母親の家を離れて自立するチャンスだ。もちろん、住まいは職場にも学校にも近いことが望ましい。三つの主要なピース——住居、仕事、学校が完璧にそろえば、全体がうまく回りだすだろう。ただし住居の家賃は、マイケルがシアーズ社のかぎられた給金でまかなえる額でなければならない。私たちはいっしょに不動産広告を漁った。目ぼしいものを見つけると、車で現地まで行って、家主と話し、候補を絞った。

そしてやっと、理想的な物件を見つけた。場所はヴァレーグレンのアセル通りで、マイケルが入学するコミュニティ・カレッジとは数ブロックの距離だった。小さな一軒家の奥のガレージを改装した、ワンルームの住居。私たちは——どちらだったか記憶がない——電話を入れて、まだ借り手がついていないことを確かめた。家主が内部を見せてくれることになった。マイケルはすでに自分の経歴を大家に語る練習を重ねていた。準備万端だった。

家主の住居は申し分なかった。ロサンゼルスでは昔からよく見かける簡素な平屋建て。腰ほどの高さの白い鉄製フェンスに囲まれ、高さ六メートルほどの、白い化粧漆喰を施した二本の門柱が入口にあった。家の前の芝生には車二台が停められる白いコンクリートの駐車場。フェンスに沿って灌木と薔薇が植えられ、白い花が咲いていた。

私はひとりでその家に近づいた。玄関に出てきたのは、ふたりの女性。ひとりはおおよそ六〇代、もうひとりは彼女の娘とおぼしき三、四〇代。南米か中東の出身だと思われた。白いコンクリートの駐車場、白い外壁、真珠色の薔薇のまぶしさに引き替え、家のなかは、こぎれいだったが、暗くて狭かった。私は黒いTシャツにリネンのパンツ、足もとはサンダル履きというカジュアルな恰好で、自己紹介した。

いちばん最初に、自分は大学教授で、刑務所から仮釈放されたばかりのいとこを支援していると説明した。そのいとこがロサンゼルス・ヴァレー・カレッジに入学手続きをすませ、シアーズ社に職を得たということも。アパートの手付金は私が払うし、保証人にもなる。若くして服役したいとこにとっては、これが大切な更生のチャンスであることも付け加えた。彼はとても前向きです。いまから直接、彼の話を聞いてもらえませんか？

親子はその場で承諾してくれた。今度は私が家の外で待ち、マイケルが大家になるかもしれないふたりと話す番だった。マイケルなら、その軽やかな身ごなしとまぶしい笑顔で、誰でも魅了できると私は思っていた。

やがて三人がにこやかに家から出てきた。親子はアパートのなかを見せると言い、私とマイケルを家の裏手に導いた。部屋の壁は、大家の家と同じ白い漆喰塗りだった。備え付けのコンロと電気ヒーター。壁はおそらく防音でも断熱仕様でもないが、とても清潔で落ちつく部屋だった。自分がここに入居しても、快適に暮らせるだろうと思えた。コミュニティ・カレッジに歩いていけるというのも好条件だった。

マイケルも、ここに住みたいと言った。私たちは遅い午後の日射しのなかで、大家の親子と握手した。きょうはもう遅いので、あす小切手を持参すると約束した。サウス・セントラルに戻る道中、私は歌いだしたい気分だった。隣にいるマイケルも同じだろうと思っていた。大家の親子が私たちを見つめて、アパートを貸すことを快諾してくれたとき、彼女らの信頼と寛大さを天の贈り物のように感じた。いや、この一日そのものが、天の贈り物ではないかとさえ思った。

だから、こんなにうまくいったのだ、と。

出所からまだほんの一カ月なのに、マイケルは運転免許、銀行口座、図書館利用カードを取得し、そのうえ仕事まで見つかった。カレッジに入学許可が下り、手ごろな家賃の、便利で安全で快適な住まいも見つかった。これらは具体的で重要な、揺るぎない足場。新しい人生のスタートラインだ。

すぐに消防施設で働けず、ロサンゼルスのアスファルト・ジャングルに戻らなければならないとしても、マイケルの将来がより具体的に見えてきた。私たちは正夢をもたらす〝角《つの》の門〟を抜けて進んでいける。私はそう確信した。

サウス・セントラルのマイケルの実家の前まで行き、白のBMWから彼を降ろした。今夜は久しぶりにぐっすり眠れるだろうと思った。しかしその夜、彼から電話がかかった。あのアパートに入居するべきかどうか迷っている……。自分が重い石になって高いところから井戸の底まで落とされたような気がした。どうしてまた……、と私は尋ねた。

どうもしっくりこない、とマイケルが言った。

しっくりこないって?

彼はその理由を説明できなかった。ただなんとなく、これだとは思えない……。

ひと晩考えて、あすの朝また話し合いましょう、と私は言った。

翌朝、私のほうからマイケルに電話した。やっぱり、あのアパートに決める、と彼は言った。私は安堵し、必要な銀行手続きのために外出した。同じ快晴の空の下、マイケルはシアーズ社の職場に向かった。

昼どきになり、彼が電話をかけてきた。彼は、私がもう手付金を払ったかどうかを知りたがった。まだ払っていなかった。彼の仕事が終わったら、車に乗せて、いっしょに大家のところへ行くつもりだったのだ。彼は、また気が変わったんだ、と言った。

あのアパートにはぜんぜん住む気になれない……。

「なんなの？」私は思わずきつい口調になった。

ショックを受けて、彼を詰問した。

「あのアパートに住みたくないって、どういうこと？　ねえ、マイケル、いったい何言ってるの？」

マイケルは、仲間がここに来たとき、気に入ってくれるかどうかわからない、と言った。いま思い返せば、その返事に驚いたものの、〝仲間〟というのが何を意味するのかまでは訊き返さなかった。マイケルはあえてその言葉を用いて、彼自身のプライバシーを主張したのだ。それが私の神経を尖らせたのだと思う。

でも瞬時にはそういったことまで考えが回らず、ただ驚いて口をつぐみ、質問を呑みこんだ。私は、いまは答えを出さないで、もう少し考えましょう、と言った。意見の不一致は、私たちのあいだではめずらしいことだった。

数時間後、マイケルがまた電話してきて、やっぱりあのアパートがいいので、仕事のあと迎えにきてほしい、と言った。

ところが、彼を車で拾おうとする直前、また電話がかかった。「決めたよ」と、マイケルが言った。「あのアパートはやめておく」

唖然《あぜん》とした。この一連の将来性ある計画にどうして背を向けられるのか、私にはどんな理由も思いつけなかった。彼の希望に私の助言を足しながら、ふたりでいっしょに、細かな点まで計画を練りあげてきた。私はそう思っていた。マイケルのほうから、私たちの計画を頓挫《とんざ》させようとする気配や、あるいはそうなるかもしれない不安を匂わせることはいっさいなかった。

もしかしたら、私が彼の話に耳を傾けようとしていなかったのか……。いや、そんなことはない。むしろマイケルが、すべてをさらしているように見せかけつつ、自分にとって重要な事柄には煙幕を張る技術を磨きあげていたのだろう。

私たちふたりのあいだで、激しい言葉の応酬があった。私は怒りにまかせて問いただしたにちがいない。でも、彼の断固たる態度が記憶に刻まれているだけで、この最後の会話について細かな点までは憶えていない。

じゃあ、代わりにどうするの？　それだけは間違いなく尋ねた。マイケルは母親の家に住み、そこからバスでシアーズ社に、ロサンゼルス・ヴァレー・カレッジにも通うつもりだと言った。その三カ所を線で結ぶと、三辺が一四×一六×三五キロメートルの三角形になる。車を持たない者にとっては、ロサンゼルスの最悪の交通事情を縫って移動する、魔の三角形だ。

でももう、私にできることは何もない。時はすでに八月半ばで、まもなく大学の新学期がはじまろうとしていた。新入生たちを歓迎し、新しい教職員を指導し、予算を組むという仕事が待っていた。私はマイケルのためにボタンダウン・シャツを何枚か買い足し、時間の許すかぎり彼と過ごしたあと、新学期の準備をするためにシカゴに戻った。

ただし、夏休暇に入る前の〝夏講座〟を終えた段階で、私は学部長のポストから身を引こうと決意し、より研究に打ちこめる教授職をニュージャージー州に見つけていた。そんなわけで、シカゴに戻った私の最初の仕事は、まず学長に、つぎに総長に辞意を伝えることだった。

10　どん底　二〇〇六年一一月

マイケルには私たちが、つまり彼の家族と一族がついているから、仮釈放者の悪しき典型にはならないはずだと信じていた。だがまずカレッジから、計画が壊れはじめた。

予想できていたことだが、通学に時間がかかりすぎた。マイケルは二週間と通えなかった。仕事は一一月までつづけたが、突然、取り乱した電話がかかってきた。ひどく混乱しているようだった。もうだめだ、と彼は言った。これ以上やっていけない、と。

私はロサンゼルスを発つ前、冬休みには戻るけれど、私を必要とするときには、電話をかけてくれればいつでも戻る、と約束していた。彼から電話を受けたあと、私はオヘア空港に直行し、ミシシッピ川を越えて、この国の西へと飛んだ。いやな予感が脳裏を掠め、生きた心地がしなかった。最悪の事態だけは避けなければという思いでいっぱいだった。

どうにか間に合い、彼を夕食に連れ出した。彼はひどく落ちこみ、涙もろくなっていた。ロサンゼルスに滞在できる時間は二四時間しかなく、私はそのあいだに彼をなんとかどん底から引き上げようとした。

マイケルの語った事の顚末はこうだった。ある日、仕事のあとでラテン系の複数の同僚から「黒んぼ《ニガー》」と呼ばれ、駐車場で喧嘩になった。そして彼は仕事場から立ち去り、二度と戻らなかった。上司にも同僚にも、仕事を辞めると言わなかった。ただ歩み去ったのだ。

これで振り出しに戻った。いや、それ以上の後退かもしれない。なぜなら、信頼できない人物であることを雇い主に証明してしまったのだから。彼はほとんどの時間を家で、文字通り家のなかで過ごすようになった。甥っ子のジョシュアとその弟と、サッカーか野球のビデオゲームをやっていた。

物騒な界隈では、確かに、子どもたちといっしょに家のなかにずっといることが、最も安全な過ごし方だった。それでもおとなとの付き合いが恋しくなると、マイケルは家の通りの角にある、小さな食堂まで出かけていった。

彼には未来が見えなかった。つぎにどんな一歩を踏み出せばいいかもわからなかった。夏の終わりに摘み取るはずだった果実が消えてしまった。

私が夢見ていたものが雲散霧消した。

私にはマイケルのためにできることは、もうほとんどなかった。だからせめて話に耳を傾けるように努めた。もし彼が新たな職を得たなら、住居のことで彼を助けられる。だが私の仕事上、ロサンゼルスに長くとどまって、彼の求職活動を前と同じように支えるのは無理だった。シカゴには片づけるべき仕事がありすぎた。

一一月は終身在職権《テニュア》を審査する季節だ。大量の学術論文を読んで、何度も会議を重ねて検討する仕事を放り出すわけにはいかない。学部長が出席しない終身在職権検討会議などありえないし、それを怠れば、私の職務能力の評価にもかかわるだろう。

だからマイケルは、つぎの一手をひとりで見つけるしかなかった。クリスマス休暇にはには数週間、カリフォルニアに戻る予定だったので、そのときには彼と過ごす時間をもっとつくれるはずだった。

そう、約束を守って呼ばれたから飛んで来たものの、ほんとうの意味で彼を支えるためにとどまりつづけることはできなかった。

冬休み直前、大学が学年度末の私の辞職を公表した。私は夫のボブとともに心機一転、ロサンゼルスまで飛んだ。冷えこみのきつくなるシカゴから離れられるのがうれしく、冬場に収穫されるオレンジやナッツを味わうのを楽しみにしていた。

ロサンゼルスに到着してすぐに、マイケルがうれしい電話をくれた。アパートを見つけたというのだ。手付金を払うところまで来ているという。そのアパートをいっしょに見に行かないかと誘われた。

こうして、私とマイケルは、一九二〇年代に建てられたというクラフツマン様式〔カリフォルニアに多く見られる、高級な木材と職人的な木工を生かした建築様式〕の建物の、四階のフロアを訪れた。ファウンテン通りから少し奥に入った場所で、国道一〇一号線が見おろせた。広くてゆったりした造りで、床はつややかな板張りだ。マイケルは、彼と恋人のブリーがどんなにこの部屋に移り住みたいと思っているかを語りはじめた。

私は面食らった。彼が誰かと付き合っているなんて、ましてや同棲を考えているなんて思ってもみなかった。大げさに反応しないように心がけたが、私の顔は内心の驚きを伝えていたにちがいない。感情を抑圧する技術を学ばなければならないとしたら、私の場合はむしろ職業的な危機になる。

仕事がどうなっているかは知っておきたい、と私はマイケルに言った。新しい職が見つかったということ？　ブリーは何をしてるの？　彼女は仕事に就いているの？　私たちふたりの声が、がらんとしたアパートの壁に反響した。マイケルが寄りかかった窓台の向こうに、空と一〇一号線が見えた。

マイケルとの会話がここまで険悪になったのは、人生でこの一度きりだ。私の詰問に答える彼は、心なしか恥じ入るような態度を見せた。いいや、仕事はしていない、と彼は言った。ブリーは美容師だけど、彼女も仕事はしていない。あなたも彼女も、いったい何考えてるの？　気づくと私はそう問いただしていた。彼はほとんど答えられなかった。私をある程度あてにした計画だったことは察しがついた。

私はそのとき、それまで知らなかったマイケルに出会ったような気がした。ある種の計算高さ――それまでのマイケルには見たことのないものだったし、それからのちも二度と見ることはなかった。ブリーとの話し合いを、私は求めなかった。ただし、これだけははっきりと言った。無理よ、ふたりとも仕事に就いていないのなら、手付金も数カ月分の家賃も払えない、契約時の連帯保証人にもなれない。

マイケルの顔がこわばった。

彼は、わかった、と言った。

それでおしまいだった。

私は彼の助けになれると信じてきた。正夢をもたらす〝角《つの》の門〟をくぐれますようにと願ってきた。でも、いまになって気づく。私のベイビー、大事ないとこを自立させようとしたのは夢物語だった。自立させたいという気持ちはいつも私のなかにあって、もしかすると、私が勝手にそれを望みすぎたのかもしれない。

このときから、私はマイケルの信用をなくした。電話での会話は、物事の表層をなぞるだけで、深いところまで潜って確かめることはなくなった。私には、彼をどうやって助ければいいのかわからなかった。私にはもはや何が起こっているのかもわからないのだから、打つ手がない。

あとになって知ったことだが、その数カ月後、マイケルは母親の友人のもとで配管工見習いとして働きはじめた。刑務所でいくつかの職業資格を取っていたのが幸いした。彼はブリーと頻繁に会っていた。ブリーの独占欲は暴力的なものだったが、マイケルはますます彼女と過ごす時間が増えた。母親のカレンによれば、マイケルはその年の一二月から翌年五月までの間に、ブリーから三度もナイフで切りつけられた。そのたびに、マイケルは、路上で強盗に遭ったことにして切り抜けようとした。

母親が冗談めかして、「マイケル、あなたには生命保険を掛けておいたほうがよさそうね」と言ったが、彼は否定しなかった。

仮釈放から一年にもならない二〇〇七年の五月か六月、マイケルはブリーの愛人のひとりと喧嘩になった。ブリーの浮気を疑い、その現場をおさえたら、彼女との関係から抜け出せると考えたのだ。ある夜遅く、彼女の部屋の窓の下に忍びより、ふたりいっしょのところを発見した。

マイケルは当時、そのことを手紙に書いていた。「毎日、ベッドから出ていきたくないと思ってた。でも、彼女が浮気してると考えるだけで、居ても立ってもいられなくなった。もし浮気の現場を見つけたら、その場で、別れる決心がつくだろう。おれはそう考えた。別れを切りだす度胸はなかったけど、もし浮気の現場をおさえたら、関係を解消するのがもっと簡単になるだろうと思ったんだ。間違ってたよ、ダニエル。大間違いだった。言うまでもないが、浮気相手が喧嘩をふっかけてきた。そして、言い争いになった。相手は警察を呼んだ。だからいま、おれはここにいる」

その〝言い争い〟から、マイケルは〝仮釈放規定違反〟によって、ふたたび刑務所へ。刑期は満期まで、まる一年延びた。すなわち仮釈放の二〇〇八年六月から、二〇〇九年六月まで。これを知らされたとき、どんな気持ちだったかを、ここで伝えられたらと思う。でも、私にはできない。

あまりにも痛烈な敗北であったため、マイケルの死後、彼が刑務所に戻ってからの記憶が私のなかからごっそりと抜け落ちてしまった。刑務所にいる彼に小包を何度か送ったのだと思う。何通も手紙を書いたはずだ——なぜなら、手もとに彼からの返信があるのだから。言い添えるなら、あの再収監の知らせを受け取る前から、私の状態はかなりひどかった。最初の夫、ボブとの結婚生活が壊れつつあった。公的にも私的にも、お互いに相手に求めるものが多すぎて、対処できなくなっていた。

ともあれ、私にはマイケルの再収監からあとの記憶がない。おそらくは、彼との決裂を招いたあの空っぽのアパートでの激しい口論ゆえに。そしておそらくは、敗北感の大きさゆえに。

マイケルの死後何年ものあいだ、私のいとこは一五歳で刑務所に行き、二六歳で出所し、一年後に亡くなった、と人々に説明していた。二度目の収監から彼の死までがすっぽりと抜けているのは、この間の記憶を完全に喪失していたからだ。カレン叔母から受け取った二〇〇七年八月の日付のある手紙に、マイケルの刑務所の住所が記されているのを見つけたとき、私は初めて、彼が刑務所に戻っていたことに気づいた（〝思い出した〟という言葉は正確ではないだろう）。

この私の記憶の錯乱にこそ、真実の種が宿っている。ただ表層的だったのではなく、マイケルの晩年の二年間、私はそこにいなかった。刑務所に戻ってからの一年間と、ふたたび釈放されてからの一年間――仮釈放期間と、少なくとも法的にはやっと自由の身になった人生最後の三週間。

そのひと続きの時間が私から失われていること、そしておそらくはその間、マイケルにとって私が失われた存在であったこと。それを最も痛切で、最も深く恥じ入る事実として、私は認めなければならない。

しかしいまなら、自分の恥辱が引き起こした記憶のゆがみを正すことができる。だからここに、いとこの人生の必要最小限の歴程を記しておこう。

11　最後の日々　二〇〇八年八月―二〇〇九年七月

二度目の服役中にマイケルの目から光が消えた。子どもたちが学校で毎年写真を撮るように、受刑者にも恒例の写真撮影がある。また、面会者と写真を撮ることもある。私たちのもとには、刑務所のなかで成長していくマイケルの姿が写真として遺されている。二度目の服役のときに撮られた最後の写真を除けば、写っているのは私がいつも見ていたマイケルだ。

初期の写真には、彼の磊落《らいらく》さを伝える笑顔がある。彼の目は、ある種の開かれた印象を与える。それらがあってこそ、ああ、マイケルだと（少なくとも私には）認識できる。でも、最後の写真にはそのどちらもない。

笑顔も、目の光も。

二〇〇八年、バラク・オバマが歴史を揺るがす、初回の激しい選挙戦の最後の数カ月を戦っていたさなか、マイケルは出所した。株価大暴落が彼から遠く隔たったエリートたちの世界を焼き尽くす数カ月前のことだ。

これでようやく母親の家に、やすらいだ暮らしに戻れるはずだった。私たちはそう願った。だが出所から数週間で、カレンが心臓手術を受けることになり、それが母子ふたりを疲弊させた。

世界が断崖のへりに引っかかっているような数カ月間、母親思いだったマイケルは、カレンの面倒をよく見ていた。だが秋が深まるにつれ、母子がいっしょに過ごす時間は徐々に少なくなっていった。マイケルは定期的に実家に現れ、必要なものが足りているか、母親がきちんと服薬しているか、快適かどうかを確認したが、そのころはすでにブリーの家に住んでいた。

マイケルが仮釈放規定違反で再収監されるまでの数カ月間、母親のカレンとブリーはお互いを憎み合い、水面下の戦いをつづけていた。ブリーは、マイケルの再出所を機に、カレンと和解協定を結ぼうとした。ブリーのほうからカレンに電話し、マイケルが自分と暮らしたがっていること、カレンと争うのは望んでいないことを告げた。

カレンには受け入れがたい提案だった。服役経験のあるふたりの喧嘩には暴力が伴った。ブリーが過去に殺人未遂の罪で服役していることを、カレンは知っていた。母親の保護本能が赤信号を灯していた。

カレンにとって息子が暴力を振るうのを見たのは、マイケルとブリーが家の前の小さな芝生の庭で喧嘩したときの一度きりだった。その喧嘩は、ブリーが通りで駐車中の車のウ

左上／マイケル・アレン、セントラル少年刑務所にて、母のカレン・アレンとともに。1995年秋
右上・左下／マイケル・アレン、カリフォルニア州ノルコの更生施設にて。撮影時期は不明
右下／マイケルとカレン・アレン、カリフォルニア州ノルコの更生施設で、面会日に。2004年

インドーを叩き割り、手当たりしだいカレンの家の壁に物を投げつけるところからはじまった。マイケルが外に出ていき、二度と来るなと叫んだ。そこから激しい言い合いになった。家の窓越しだったが、カレンは、マイケルがブリーに殴りかかるのを見た。驚いて彼女は外へ飛び出し、仲裁に入った。

厄介事はこのときだけにとどまらなかった。母親も姉のロズリンも、二度目の出所までは、マイケルが酔っぱらうのを見たことがなかった。一五歳でカージャック未遂事件を起こしたときの相棒デヴォンと、彼はふたたび連絡を取り合うようになった。

ある夜、彼はデヴォンを連れてパーティーから帰宅した。パーティーでは〝ピンク・パンティーズ〟(アイスクリームを、ウォッカ、ピンク・レモネード、氷とブレンダーで混ぜ合わせた飲み物)がふるまわれたということだった。この飲み物には、気づかないうちにアルコールが体に回るので、〝忍びよる者《クリーパー》〟という別名がある。

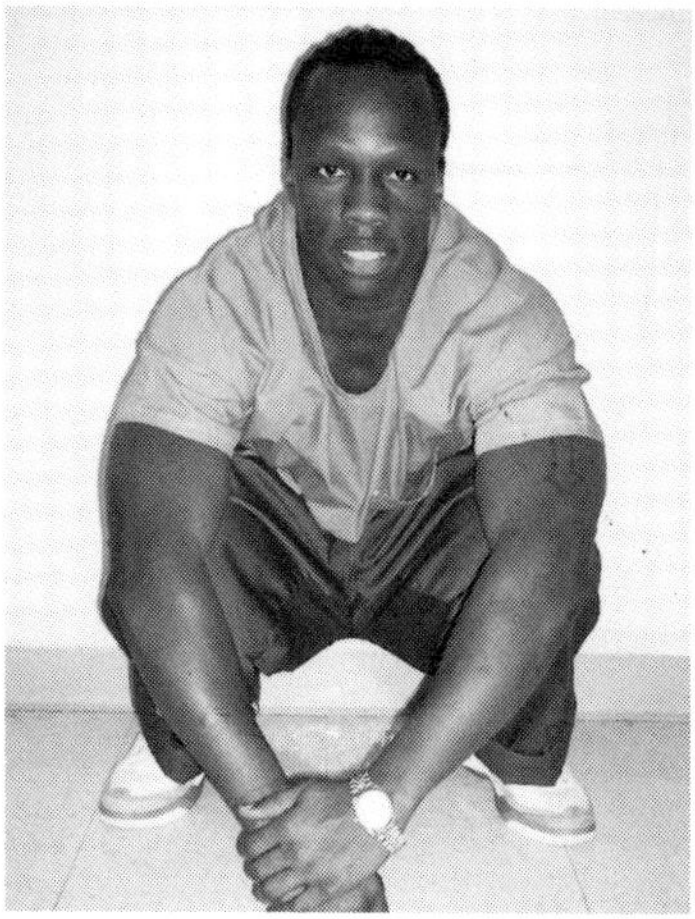

マイケル・アレン。
2007–2008年の二度目の服役のとき

マイケルはすすり泣いており、立っているのがやっとで、ときどき奇声を発した。母親の顔を見ると、激しく泣きじゃくり、そのあと牧師のラインハート師に電話した。ブリーととにかく別れたいと思っているのに、それができない、と彼は電話で話した。古代ローマの詩人カトゥルスが訴えるような心情だったのかもしれない――「憎みながらも、恋しい。なぜと問われもしようが、わからない。ただそう感じるし、ひたすらに苦しい」[*5]。

二〇〇八年一〇月、マイケルはロズリンの助けで、彼女が夜間に働いているテレビ局に職を得た。昼間に撮影されたホームドラマの字幕をつくる仕事だった。庶民の夢を描くドラマのせりふを、夜中にカタカタと打ちこむ人々がいる一室を想像してみてほしい。マイケルはこの職場で、ロズリンの同僚で友人のひとりと肉体関係をもつようになった。ブリーがそれを嗅ぎつけ、恋敵《こいがたき》に対して執拗に嫌がらせの電話をかけるようになった。電話の内容はしだいに脅迫へとエスカレートしていった。一一月、バラク・オバマがアメリカ史の慣例を打ち破って大統領選に勝利した直後、マイケルは仕事を辞めた。

同じ月、マイケルは初めて姉との約束をすっぽかした。いや、最初はそう見えた。ロズリンは、弟の携帯電話にメッセージを送り、引っ越しの手伝いをマイケルに頼んだ。だが行くと返事しておきながら、彼は当日現れなかった。こんな当てにならないことを、マイケルはけっしてしないはずだった。

結局あとになって、彼がメッセージを受け取っていなかったことが判明した。ブリーがマイケルの携帯電話を持ち出し、彼になりすまして返信していた。マイケルを自分とは関わりのない世界から、家族や他の恋愛関係から遠ざけておきたかったのだ。

マイケルは半年ごとに血液検査を受けていたが、どこかの時点で、ＨＩＶ陽性であることが判明した。カレンと私は知らされておらず、ロズリンだけがそれを聞いていた。彼が肉体関係をもった四人の女性に、この事実を告げたことも、ロズリンを通して知った。彼の死後、母親は息子とのあいだに子をもうけている人がいるなら、援助するつもりだと宣言したが、名乗り出る人はいなかった。彼の複雑な交友関係について、私たちはこれくらいのことしか知らない。

一二月になった。多くのアメリカ国民は、バラク・オバマが、進退きわまったこの国の舵取りをうまくやってくれるだろうと期待していた。だが、マイケルはそんな世間に背を向けるように、完全に閉じられた世界に生きていた。ブリーの家で暮らし、〝ビッグ・マイク〟になり、彼女のベンツと、スバルの緑色のトラックに乗っていた。

その冬、彼はロズリンに、ベンツのなかにタオルでくるんで隠していた銃を見せた。春になると、麻薬ビジネスに手を出し、そのために少なくとも一回、テキサスに行った。二〇〇九年五月一五日、国境に近いアリゾナ州ピマ郡で、スピード違反切符を切られた記録がある。

マイケルの死後、彼の殺人事件を捜査する刑事が、彼の部屋からマリファナと合成麻薬ＰＣＰを発見した。断片的な情報のみで全体を把握するには至らないが、このころ、ブリーとマイケルはガソリンスタンドに強盗に押し入る計画を立てていたらしい。厄介事はこれだけにとどまらなかった。ほかにも名状しがたいトラブルが起きていたようだ。

マイケルがブリーと、カレンの家の芝生の前で大喧嘩し、彼女に殴りかかったのも、この五月のことだった。争いの原因はおそらく、ピマ郡への旅と関係があり、口には出せない種類のことだった。ブリーが車のウインドーを壊しはじめたとき、カレンは警察に通報しようとした。だがマイケルが強く制した。もし警察が来たら、今度はとても長く帰ってこられなくなる――なぜなら、「ふたりの人間をひどく痛めつけたから」だと、彼はそう言った。

その後、マイケルとブリーは外で激しい言い合いになった。カレンは、ブリーがマイケルに向かって、警察を呼んでやると脅すのを聞いた。マイケルは、おまえもそこにいたんだから、そんなことをしたらおまえだって困ることになるぞ、と返した。

カレンは、マイケルがこう言うのも聞いた――「なら、やれよ。おまえのいとこに言って、おれを撃《ヒット》ってくれって頼めよ」。彼がすでに殺し屋《ヒットマン》のいる世界に、注文ひとつで人が殺せる世界に身をおいていることを示す、生々しい証言だった。

その夜から、カレンの神への祈り、いつもの神との対話には、マイケルを悲惨な運命からお救いください、が加わった。「私は、マイケルに苦しんでほしくなかった」と、彼女は振り返る。愛する息子を喪うことは大きな痛手となったが、それでも彼女は息子の死後、ある種の平安を見いだした。死は、息子にとって、苦しみから解放される唯一の道だったとカレンは信じている。

一〇〇〇年以上も前に、神学者アウグスティヌスが、著書『神の国』のなかで、そのような心情について触れている。〈もっとも親愛なる者の死によって、死すべき人間の生は、ときにはよりゆるやかな、ときにはより厳しい苦しみを受けるものである。しかしながら、私たちは、私たちの愛する者が、魂において死んだことを知らされるよりは、その肉体の死を聞いたり見たりするほうを好むであろう。じつに地はもろもろの災いに満ちており、聖書に「地上における人間の生は試みではないか」と記されているのも、それゆえではないだろうか〉[*6]

私が旅行と講義とニュージャージー州での新しい仕事とで疲労困憊しているとき、マイケルのそばにいて事態の悪化を直観しているのは、カレンとロズリンだけだった。息子の解放を祈るカレンの祈りは、真実を突いていた。

一方ロズリンは、マイケルが射殺される週の月曜日、誰かがマイケルが死んだと告げにくる夢を見た。それは、弟の人生の軌道をすでに把握していた彼女の魂の一部が、昼間の抑圧を解かれて発した声だったのかもしれない。だが母子は、このような嫌な予感に別々に対処した。

小さいとはいえ紛れもない心の声を、ふたりが分かち合うことはなかった。ふたりから遠く離れていた者には、それがわからなかった。いや、会っても、それが見えなかった。教会の扉の前で、マイケルは私たちの結婚式の客を笑顔で出迎えてくれた。そんな彼を悪魔が追いかけているなんて、私たちは知るよしもなかった。

私と夫のジムの新しい生活が始まり、シャンパンで満たされたあの輝かしい六月の結婚式から一カ月になろうというころ、警察が軽微な窃盗の容疑でブリーを逮捕した。それから二週間後、ブリーはマイケルを殺害した容疑で再逮捕され、予謀の殺意を持った殺人として起訴された。警察の発表によれば、マイケルを自宅のキッチンで射殺したということだった。

事件の夜、現場のそばを、中学生の少年が偶然通りかかっていた。彼は目撃してはいないが、怒鳴り合う声、何かがぶつかる音、銃声を聞いた。マイケルを殺害したブリーは、親族の手を借りて遺体から血の汚れを落とし、死化粧さえ施した。そのあとマイケルの遺体を毛布でくるみ、彼の小型のハッチバックにのせ、遺体発見現場となった通りの角まで運転した。ブリーの親族三人も、従犯者として起訴された。

ブリーは、無罪を主張した。

検察は事件を証明するために、ブリーのこれまでの暴力行為を列挙する準備に力を入れた。裁判の報道によれば――

検察側は、ミズ・ブレントが過去においても、銃によって暴力を行使した証拠を挙げようとしている。証言によると、二〇〇三年、ミズ・ブレントは、バス停で居合わせた男性を銃で撃った。男性は彼女を男だとからかい、笑った。検察は、この告訴には至らなかった事件も、本事件の動機に関する資料になると主張している。

公選弁護人は弁護の準備を進めた。ふたたび報道によれば――

弁護側によれば、ミズ・ブレントは、故人と長く交際関係にあった。関係は不安定で、アレン氏はミズ・ブレントに対して傷害、脅迫行為、襲撃、つきまといを繰り返していた。ふたりの関係が終わりを迎えた日、不幸にも本事件が起きた。ミズ・ブレントの過去の逸脱行為は本事件とは類似性、関連性がなく、したがって本事件の動機を説明するために必要な事実にはあたらないと弁護側は主張している。

事件から一年と半年後、陪審員の選出を終えた段階で、ブリーは司法取引に応じ、故殺の容疑に対して〝不抗争の答弁〟〔罪は認めないが、起訴内容については争わず、有罪の判決を受けることを認めるとする申し立て〕をおこなった。これによってブリーことアイゼア・ブレントに、一二年の拘禁刑が宣告された。今回、ブリーは性別適合手術を受けたあとだったため、女子刑務所に収監された。

マイケルとブリーは、お互いに服役囚として、ノルコにある男性刑務所、〝カリフォルニア・リハビリテーション・センター〟で出会い、恋人関係になった。夏生まれのブリーは、マイケルより二年と少し年上だった。ふたりは身長も体重もほぼ同じ。

カレンの理解によれば、ブリーはその刑務所に、恋人に対する殺人未遂の罪で服役していた。公的な記録を見ると、アイゼアの名で、〝銃器を用いた暴行および死に至る可能性もある傷害〟で有罪宣告を受けている。二五歳でマイケルのいる刑務所に入所したとき、ブリーはまだ女装のトランスジェンダー女性に移行する初期段階にあった。そしてマイケルより早く出所したのち、性別適合手術を受けた。

二〇〇六年のマイケルの〝おかえりパーティー〟のとき、金茶色のベンツが家の前をゆっくりと何度か通り過ぎた。あれは、マイケルを迎えにきたブリーの馬車《チャリオット》だったのだ。ブリーがマイケルより一年早く出所したとき、誰もがふたりの関係は終わったと思っていた。そして、マイケルの帰る家は、彼の実家だと思いこんでいた。あの出所の日に、マイケル自身が何を思っていたのか、何を望んでいたのか、いまとなっては知りようがない。

マイケルは、ブリーをあのパーティーに招待しなかった。それでも彼女はやってきたし、そこにいたかったのだろう。

マイケルが、白いフェンスに真珠のような薔薇が咲いていた、アセル通りの小ぎれいなワンルームのアパートを借りるかどうか迷っているとき、彼の頭にあったのは、おそらくは、タイトなドレスを着て金茶色のベンツで乗りつける官能的なブリーのこと、彼女をあの親切な女性ふたりの家主に紹介しなければならないことだった。ブリーという〝仲間〟を新居に招待していたら、いったいどうなっていただろう？

アセル通りのアパートを借りるかどうか悩んでいる二四時間のあいだ、マイケルの頭にあったのは、人生で初めての、そして唯一の恋人を切り捨てるかどうかという問いだったはずだ。

そう、ブリーを選ぶかどうか。

彼はブリーを選んだ。

ある詩の一節にあるように、彼の〈矢は飛んだ〉。彼の弓から〈みずからを解き放つごとく〉[*7]。

マイケルは、彼の人生にとって決定的な選択をした。

地獄　II

「更生プログラムは、少年犯罪者への処遇として多くの支持を得ているとは言いがたい。長く放りこんでおけば思い知るだろう、という理屈が現行システムを支えている。明らかにこれは問題だ。刑事司法制度には更生プログラムのためのリソースがない。もちろん、現行のあらゆる理論には欠点がある。ただし、こと少年犯罪に関しては、この国の誰も、いや、この世界の誰も、答えをつかんですらいないのだ」

——一九九五年九月六日付ロサンゼルス・タイムズ紙の記事「暴力犯罪の新しい波——増加する少年犯罪にどう対処すべきか答えを見いだせない専門家たち」より、ある専門家の発言。

12 罪と罰

一五歳のとき、あなたはどこにいただろう? 目を閉じて、思い出してみてほしい。

一五歳のとき、私には真鍮《しんちゅう》ベッドを置いた寝室があった。ベッドにはローラ・アシュレイ製の青と白のストライプの上掛け、窓にはお揃いのカーテン。木製のロールトップ・デスクの鍵付きの抽斗《ひきだし》には、夏の短期間の音楽合宿で淡い恋をしたドイツ青年から送られてくる疚《やま》しい手紙——当時ドイツ語はほとんど読めなかったのだが——など、親には見せられない秘密が詰まっていた。

私は不器用で不安定だった。人生において自分の居場所はどこにあるのかと悩み、しばしば孤独感に陥った。高校二年生になり、学校代表の陸上チームのキャプテンを務めていたけれど、不安で孤独だったことも事実だ。

クレアモント高校のクラスのなかで、私はおおかたの人より誕生日が遅かった。クラスメートの多くは二年生になるとすぐに運転免許を取ったが、私にはまだ免許がなく、友だちの車に乗ることも許されていなかった。高校時代に唯一外出禁止を言い渡されたのは、友だちの車で地元の大学まで行ってフランス語クラスに紛れこんでいたのを、図書館員の母に見つかったときだった。

私は、大学関係者の子として、大学街で育った。街のみんながママとパパを知っていた。両親は、私と弟のマークが幼いころに、父のキャリアにどんなに有利なポストが他の土地にあろうと、子どもたちが高校を卒業するまでは引っ越しをしないという一大決心をした。そのおかげで、私は同じひとつの土地で成長することができた。誰もが私を知っていて、大学の講義にこっそり紛れこんだとしても、すぐにばれてしまうような土地で。

一五歳のころの日々がどんなふうだったかを憶えていない人など、まずいないだろう。それほど思春期の悩みや苦しみは、心に消えない痕《あと》を残す。

友だちの車を使って大学の講義に忍びこんでから八年後、一五歳のいとこ、マイケル・アレクサンダー・アレン——彼もまだ運転免許は持っていなかった——が、カージャック未遂容疑で初めて逮捕された。その数カ月後、一六歳になった彼は、カリフォルニア州トーレンスの裁判所にいた。出入り口に二重の両開きの扉がある、この国の典型的な法廷の被告席に、手錠をはめられ、オレンジ色の囚人服を着せられて立っていた。一九九五年一二月と翌年一月、二回の開廷をへて、判事はマイケルを成人として起訴する決定を下した。

九月に逮捕されたとき、マイケルは母親のカレン、当時一七歳の姉のロズリンとともに、ロサンゼルスのインペリアル・ハイウェイ沿いの、寝室がひとつのアパートに暮らしていた。部屋を洋服だんすで仕切っただけの寝室でマイケルとロズリンが眠り、カレンは居間のソファベッドを使っていた。

そして私は、遠く離れたイギリスの大学院に進み、古代アテネの犯罪と懲罰について学んでいた。その分野を専攻したのは、監獄をほぼ必要としない、先進的な民主主義国家が存在していたという事実に、強く心を動かされたからだった。

子ども時代はマイケルとその家族を頻繁に訪ねていたが、事件の前の数年間は、おもに休暇のときに会うだけになっていた。一九九四年、私はケンブリッジ市内を流れるカム川の岸辺で、友人と詩の習作をしたり、古代アテネの政治について議論したりしていた。

その年の六月には、O・J・シンプソンが警察から必死の逃亡を試み、殺人容疑によって逮捕された。私はその事件にショックを受けた。私にとって人生で初めていだいた将来の夢は、アメリカン・フットボールのランニングバックになることだった。現役選手として活躍していたシンプソンから影響を受けたことは言うまでもない。そして九月、マイケルが逮捕されたという報を受け、私はまたしても打ちのめされた。

マイケルが自宅で過ごした最後の夜から四カ月半後の一九九六年二月、彼は三度目の法廷にいた。前と同じオレンジ色の囚人服に、手錠を掛けられて。担当の判事は、このまま裁判を受けて二五年から終身刑までの実刑判決を受けるか、あるいは罪を認めて減刑を求めるか、どちらかを選ぶようにと言った。どこまで減刑されるかは明言されなかったが、判事は「どうか罪を認めるように」と言い添えた。

マイケルには選べなかった。一六歳だった彼は、選択を母親に一任した。カレンは法廷から出て、神に祈りつづけた。そして「神様からのお告げ」として、「二五年以上で終身刑だってあるかもしれないなんて、危険すぎる。七年の刑務所暮らしですむほうを選べ、と告げられたわ。そう決めましょう」と結論した。

一九九六年二月、マイケルは罪を認め、司法取引に応じた。刑が確定するまでに四カ月を要した。そして同年六月、一六年と六カ月の刑期――うち四六カ月の刑の同時執行を含む――が宣告された。つまり、マイケルは逮捕された前年の九月から一二年と八カ月間を収監されるか、監視下で保釈されて過ごすことになった。

同年一二月、カリフォルニア州矯正局が、より具体的な刑期を割り出した。それによると、服役中にとくに問題がなければ、二〇〇六年六月二九日が〝最も早い保釈日〟になるということだった。刑期満了は、二〇〇八年九月二九日。だが結局、彼の仮釈放規定違反によって、満了は二〇〇九年六月まで引き延ばされた。カレンによれば、マイケルが法廷で泣いたのは、刑の宣告を受けたときだけだったという。

もしあなたが一六歳なら、自分の人生について記憶があるのは、物覚えがつく三歳のころからのおよそ一三年間になるだろう。それがあなたの人生のすべてだ。つまり、マイケルの刑期とは、心理学的な意味においては彼の全人生と同じ長さだった。想像してみてほしい、そのような刑期を宣告されることを――〝あなたはこれから、物覚えがついてから、この地上を歩きまわってきたのと同じだけの期間を、閉じこめられ行動を制約されて過ごすことになるのだ〟と言い渡されることを。

現役の外科医で作家でもあるアトゥール・ガワンデの言葉を借りるなら、一〇年単位の時間軸は〈人間にとってもはや永遠に等しい〉[*8]。若いマイケルにはなおさらだったにちがいない。彼の刑期は、彼の知りうる世界の地平線まで、彼の知りうる時間の最果てまで延びていた。まさにこの時点で、彼は、果ての見えない刑期という奈落に、この世の地獄に送りこまれることになった。

それは、こんな数字にも置き換えられる。二〇歳のとき、今後の一六年間を一箇所に留置され、さらに四年を監視下に置かれること。三〇歳のとき、今後の二四年間を留置され、さらに六年間を監視下に置かれること。あるいは四〇歳のとき、今後の三二年間を留置され、さらに八年間、苦しい日々がつづくこと。それを想像してみてほしい。

人間の精神は、このような時間軸に、自分が生きてきた時間に等しい、果てしない時間になじめない。このような時間軸に、自分の人生と関連づけて具体的な意味を与えることなどできない。いくら想像しようとしても、空白のなかに迷いこむ。

研究者によれば、長期にわたる受刑者にとって、刑務所内には、人生の〝節目〟も〝余暇〟も〝遠出〟[*9]も〝深い裂け目〟[*10]もない、ただ流れていくだけの時間があるという。マイケルのような創造性に富んだ若者にとって、彼自身が書いていたように、それはひたすら登りつづけるしかない〝時間の山〟だった。

マイケルは、服役の後期に、私にこんなふうに語った――成功をおさめた私の上品な父（彼にとってはウィリアム伯父さん）が、いつも家のラジオをクラシック音楽の局に合わせていてくれたことに、いまではとても感謝している、と。

子ども時代の彼は、わが家によくやってきた。彼が中学生のころには、彼の一家もわが家のある小さな大学街に住んでいた。そして彼が言ったとおり、私が学校から帰ってから眠りにつくまで、うちの居間のラジオからは、ニュースとクラシック音楽を交互に繰り返す公共放送が流れていた。家の裏手のガレージを改装した父の書斎には本があふれ、父はいつも書類に埋もれ、パイプの煙に包まれて仕事をしていた。私たちが父に何か質問するために書斎の薄い木製ドアをあけると、やはりそこからも紫煙とともに交響曲が流れてきたものだ。

マイケルは刑務所のなかで寝台でひとりきりになると、ラジオでクラシック音楽をよく聴いた。それが、監獄のなかの果てしなく長い時間をやり過ごす最善の方法のひとつだと、彼は気づいていた。ほかの受刑者といっしょには聴かなかった。私の父の保守的な趣味が彼を家族から遠ざけたように、マイケルにとって、クラシック音楽を聴くことは自分を周囲から切り離すための個人的な行為だった。

私はピアノのレッスンを一〇年間受けていたにもかかわらず、マイケルが刑務所でクラシック音楽を聴いていると知るまで、交響曲の本質的な価値を理解しようとしなかった。交響曲のような形式を持つ音楽は、時を彫刻し、それを音として表現する。時の流れを変えて、現世という牢獄の住人である私たちを叡智と美の王国にいざなってくれる。自分がこの点において落ちこぼれであることを認めて言うのだが、一時間の交響曲は――そして三時間かけて演奏されるオペラはなおさら――気軽な三分間のポップソングより、人に与えうる遥かに大きなものを持っている。

刑務所での一三年間という時間は、(マイケルはよく眠る人だったから、数字をその半分にしてもいいのだが)、三時間のオペラ三万七九六〇回分、あるいはポップソング二二二万七六〇〇回分に相当する。一二年と八カ月の刑期。そのうちの八カ月は裁判から刑の確定までの収監によってすでに消化されていた。それでも一〇年以上もの刑務所暮らしと二年の保釈期間。マイケルの刑期は、彼がどんな音楽を選んだとしても、充分すぎるほど長く集中的な音楽教育の時間だった。

では、彼はいったい何をして、そこまで長い刑期を宣告されたのか？

一九九五年九月一七日、霧がかかった涼しい日曜日の朝、ラリー・スミスという名の四四歳の男性が、彼の車のダッシュボードを磨いていた。車は、一九八六年式の青のキャデラック・ドゥビル、ツードア・クーペ。場所は、ノルマンディ・カジノの西側、彼の住むローズクランズ通り沿いのアパートのすぐ裏の路地だった。通り沿いには、一九六〇年代に建造された、いまは白漆喰がくすんだ二階建ての集合住宅が並んでいる。集合住宅の建物の裏手から雨ざらしの階段が、一階の駐車場に降りている。建築家がディンバット様式〔一九五〇－六〇年代の米国の温暖な地域で流行した、アパートを白い漆喰塗りで箱形に仕立て、一階部分を駐車場とする建築スタイル〕と呼ぶ建て方だ。往時を過ぎた建物はかなり老朽化した印象を与える。この通りをわざと車のスピードを落として通りすぎるなら、住人たちが不審そうにじっと見つめ返してくるだろう。

その遠い日曜の朝、スミス氏は自宅の集合住宅の横手で、車の掃除をしていた。そこに、〇・三八口径のクロムメッキの拳銃、低品質で誤作動しやすいことで知られるローシン三八〇を持ったマイケルが突然現れた。彼の相棒、デヴォンはどこか近くにいて、見張りをしていたらしい。だが、車のなかにいるスミス氏にはマイケルしか見えず、のちに彼が警察に伝えたところによれば、マイケルは「動くな、時計を寄こせ」と言った。

スミス氏は時計を渡した。マイケルはつぎに財布を要求した。中身が空だとわかると、車のなかに財布を投げ返した。そして、スミス氏によれば、「(スミス氏の)左膝を拳銃で叩き、車をもらうと言った」。さらにこれもスミス氏によればだが、マイケルが銃口を地面に向けたままだったので、彼は拳銃を奪い取ろうとした。

事件の報告書に、スミス氏は〝痩身〟と記されている。背はマイケルより約五センチ低いが、体重は一五歳のときのマイケルと同じだ。ふたりは揉み合いになり、マイケルがスミス氏を殴った。スミス氏は拳銃を奪い取って、マイケルの首を撃ち抜いた。マイケルはその場に倒れ、カージャックは未遂に終わった。

スミス氏は妻に向かって、九九一に通報してくれと大声で叫び、相棒のデヴォンはただちに逃げ去った。デヴォンの家はそこから一〇ブロックほどだった。マイケルは血を流して地面に倒れていた。スミス氏は慎重に、マイケルから距離をあけて、銃を地面に置いた。そして警察を待った。

警察が到着し、証拠品を回収し、目撃者をさがした。が、周囲の住人たちは誰ひとり外に出ておらず、証言する者はいなかった。ガーデナ地区の救急隊が到着し、マイケルをハーバーUCLA医療センターに搬送した。そこで、かろうじて頸椎《けいつい》をそれた銃傷への処置が〝万全に〟ほどこされた。

救急車には警官が一名付き添っていた。その警官によると、マイケル・アレンは〝病院への搬送中に〟、〝銃を手に入れ、強盗を働こうとして撃たれた、とみずから証言した〟。その後、病院でふたり目の警官の立ち合いのもと、マイケルは〝ミランダ警告〟〔米国において警官が逮捕時に被疑者に伝える、黙秘権を始めとする四つの権利〕および少年被疑者逮捕時の警告を与えられた。

警察によれば、〝アレンは、みずからの権利を理解したうえで放棄し、以下のことを証言した――この一週間、自宅には帰っておらず、車を掃除している男を見つけたので、強盗しようと決めた〟。マイケルは、半月ほど前に拳銃を手に入れたと言ったが、どこで入手したかについては、二種類の供述をした。最初は、実家に近いマクドナルドの横の路地で見つけたと言い、つぎには、ローズクランズ通りのアパートの通路で見つけたと言った。また、その二日前にローズクランズ通りの同じブロックで三人、一週間前にはそこから一〇ブロックほど離れた場所でひとを襲ったと供述した。そのうち二件は警察の記録になかったが、あとの二件は強盗事件として通報されていた。マイケルは、ひとりの被害者から二〇ドルを、もうひとりから二ドルを奪っていた。

つまり、警察の報告書によると、マイケルは病院への搬送中および病院到着時に、警官以外の立ち合い人がいない、負傷して横たわった状態で、これだけの証言を一気に話したことになる。

カレンは病院に急行した。電話での知らせはなかった。私たちの知るかぎり、警察は母親のカレンには連絡を入れていない。知らせたのは、デヴォンの妹だった。その日曜の朝、火の柱教会に向かう準備をしていたカレンは、家のドアを叩く音を聞いた。デヴォンの妹が玄関に立ち、マイケルが撃たれたことを告げた。

カレンは長女のロズリンを教会に送り届け、そのまま車で病院に向かった。病院に着いたとき、マイケルはすでに自供したあとだった。彼が唯一話さなかったのは、デヴォンのことだった。デヴォンは、マイケルの二歳年上で、事件も拳銃の入手先にもすべてにデヴォンが関与していたという話もある。しかし、それが真実かどうかは知りようがない。

私がこういった事件の詳細を知ったのは、かなりあとになってからだった。マイケルがカージャック未遂で逮捕されたことだけしか、当初はわからなかった。逮捕の知らせに私は打ちのめされ、頭のなかで同じ言葉が無限にループした。

「どうして？　こんなことってある？　こんなことってある？」

マイケルに前科はなかった。

私には青天の霹靂《へきれき》だった。警官は、マイケルの身体的特徴を選択式の項目から拾って報告した。〝髪の長さ――短い　髪質――縮毛　髪型――アフロ　肌の色――やや褐色　ひげ――剃っている　顔の特徴――頰骨が高い　歯、その他――〟歯の特徴を記す項目には、〝まっすぐ〟という添え書きがある。欠けた、歪んだ、入れ歯・差し歯等、あるいは宝石を嵌めたり、鋲《びょう》を付けたりという項目はあっても、〝まっすぐ〟な歯並びは最初からは想定されていなかったのだろうか。

時計と財布に関しては、強盗未遂ではなく強盗として起訴された。車に関しては、カージャック未遂として起訴された。二件の起訴は銃の使用によって、より〝重罪化〟された。さらに、事件の前日、同じブロック内でおこなった強盗についても起訴された。つまり、四つの重罪の被疑者。四つの加害《ストライク》、うちふたつは同一事件から発生し、そのすべては、一週間のうちに起こっていた。これが、思わぬ事態を呼んだ。

それより一年半前の一九九四年三月、カリフォルニア州では、この国初の〝スリー・ストライクス・アンド・ユーアー・アウト法〟、通称〝三振法〟が施行された。それによって、二度の重罪を犯した者が三度目の有罪判決を受けると、二五年から終身刑までの実刑を科せられるか、判決前に司法取引をするしか道がなくなった。

マイケルが判事から伝えられたのは、もし陪審裁判で争うことを選択し、その結果、四件の容疑に有罪判決が出る場合には、ただちに三振法が発動し、二五年から終身刑までの実刑が確定するということだった。

一九九四年一〇月、ロサンゼルス・タイムズ紙は、新しい三振法に関する初めての連載記事を掲載した。記事のタイトルは〝三振法の施行から半年、厳しい新法がロサンゼルス郡裁判所で直面する現実〟。記事の前に置かれたリードには、こう記されている。

〈曲球《くせだま》で三振をとる裁判所――〉。本紙の調査によれば、三振法に該当する被告のうち、実際に二五年から終身刑までの実刑判決を受けた者は、判事と検察官双方による量刑の調整もあって、六人のうちわずかひとりの割合だと判明した。しかしながら、全体として見れば、判決の量刑は、三振法の施行以前よりも重くなっている〉

タイムズ紙の調査によると、三振法が施行された三月から八月三一日までのおよそ半年間で、同法に該当した九八件のほとんどが、万引きや薬物関連の非暴力犯罪であり、暴力犯罪の占める割合は五分の一にも満たなかった。スーパーから紙オムツを万引きして八年の実刑を受けた者も、マリファナとコカインの所持によって八年の実刑を受けた者もいた。

検察官には、〝正義の推進〟のために、被告の前科を無視する裁量権があったが、判事に対して、そのような権限は明示されていなかった。ロサンゼルス・タイムズ紙の記事によれば、〈地方検事のジル・ガルセッティは、検察官のなかには、たとえ被告人の犯罪歴が深刻なものであったとしても、軽犯罪に対して終身刑を求めることにトラウマを残す者もいた、と本紙に語った。だが一方、検察官は従来のやり方に地域社会の苛立ちがつのっていることに〝心構え〟をもって臨むべきだとも述べている〉。

マイケルの犯した罪は、軽くはなかった。いや、きわめて重い罪だ。重大な前科こそなかったが、彼もまた、それによって新しい法律の大きな網にかかってしまった。

彼の兄ニコラスは、当時は父親になったばかりで、陸軍予備役に就いていた。マイケルが逮捕された日は、警備員として初仕事の日だったが、連絡を受けて、カレンのすぐあとに病院に到着した。彼が憶えているのは、マイケルの傷が首の左側で、喉もとにパッチが当てられていたこと、ベッドに横たわる弟の手に手錠が掛けられていたことだ。

「弟を見て、すぐに手錠に気づいた。その瞬間、ただごとじゃないと思ったよ。話しかけようとしたが、許されなかった。泣くしかなかった。弟が警官と話すのをただ見ているだけで……。人生最悪の日だった」

ニコラスはそう言ったそばから、訂正した。「いや、人生最悪の日は、弟に判決が下った日だった」

マイケルに司法取引を勧めて判決を下した判事と、彼を成人として裁くべきだと判断した判事は同じ人物ではない。ふたり目の判事は、マイケルへのダメージを軽くしようと、彼の身柄をカリフォルニア州少年司法局にゆだね、少年刑務所に収監するように命じた。さらに、刑務所長に手紙を書き、一二年間の刑期をできるだけ長く少年刑務所で過ごせるようにと要請した。しかし、マイケルは一七歳の誕生日を迎えた直後に、成人刑務所へと移されてしまった。

13　家族はどこ？　弁護士はどこにいた？

振り返って考えると、マイケルの刑期は、彼の犯した罪とは明らかに不釣り合いだ。一五歳の一週間のうちに強盗未遂一件、カージャック未遂一件、そして成功した強盗が二件。これらに対して一二年近い拘禁刑が科せられた。しかも、この一連の事件のなかで肉体的に傷ついたのは、マイケルひとりきりなのだ。

「どうしてこんなことになったのか？」誰もが最初にそれを知りたがる。弁護士はどこにいたんですか？　家族は何をやっていたんですか？

事件の二年前、カリフォルニア州クレアモントで、マイケルはアダムという名の友だちとよく遊んでいた。そこは私の故郷でもある典型的な大学街で、当時の彼は、母親、姉、兄といっしょに住んでいた。

友だちのアダムの両親は、隣家の留守番役を引き受けていたので、アダムの家には隣家の合鍵があった。一三歳の少年ふたりはその合鍵を使って隣家にはいり、一台のラジオを持ち出し、アダムの家でいっしょに聴いた。ほかにも、いくつかの物品を持ち出していたようだ。

隣人は泥棒の被害を警察に届け出た。カレンは、自分の息子が泥棒をしたことを知ると、マイケルを警察署まで引きずっていった。少年ふたりは盗んだものをすべて返し、一九九三年の春、二年間の保護観察処分になり、夜間の外出禁止を言い渡された。しかし、起訴はされなかった。

要するに、マイケルは、もし何か過ちを犯したら、それを認め、正し、報いを受けるべきだと考える一族の出身だった。一五歳で起こした事件は、一三歳のときの事件よりはるかに深刻だったが、犯した罪に臨む態度は変わらなかった。マイケルにはカージャック未遂という罪を犯したという意識があった。それはごまかしようがない。だから、罪の報いを受けなければならなかった。

いまとなっては詮ない言い訳なのだが、私たちは、罪の報いは、ほどほどの量刑として下されるだろうと思っていた。三振法はまだ施行されたばかりだった。法規が変わったとしても、それがすぐに世の中に浸透するわけではない。法律のゆがみや予想外の結果が、すぐに認識されるわけでもない。

そういったものは、生身の人間の体験をもって明らかになる。たとえばマイケルの人生をもって。万引きをして終身刑の可能性と向き合い、結果的に八年の実刑判決を受けた男の人生をもって。二九ドル九九セントの紙オムツを盗んだ罪として、八年間の刑務所暮らしは、あまりにも重すぎるのではないだろうか。

カレンは法律に関する助言を受けていた。マイケルについた公選弁護人は、陸軍を退役したのち、ロサンゼルス・ヴァレー・カレッジと南カリフォルニア大学で学び、米国高等裁判所に廷吏として務めながら、カリフォルニア州弁護士資格をとった人だった。生涯にわたる多くの友を持ち、二〇一四年に亡くなるまで、リトルカンパニー・オブ・メアリー病院で、数千時間におよぶボランティアに従事した。私には彼がどのような弁護士かはわからないけれど、カレンはこの事件の弁護に関しては問題ありだと考えていた。

親族に関して言うなら、頼れる人はいた。カレンの育った家庭は、一二人きょうだいの大家族だった。東海岸にいるきょうだいは、西部に居ついたきょうだいとはあまり会わなくなっていたし、カレンの父、つまり私の祖父であるJ・P・アレンは、南部のジョージア州に暮らしていたが、娘を経済的に支援する余裕はなかった。

だが、ロサンゼルスにカレンの三人の兄が、オークランドにひとりの姉がいた。そして、もうひとりの兄——政治学の教授である私の父は、その一年半前に、ロサンゼルスからミシガン州に移り住んでいた。この五人は全員、妹のカレンを助けられる立場にあった。

そのつぎの世代はと言うと、マイケルが逮捕されたとき、私は英国のケンブリッジ大学で古典学を学び、博士号を目指していた。私の弟のマークはプリンストン大学の四年生だった。

逮捕された年の夏、マイケルはミシガン州にいる私の両親と弟を訪ねていた。マークは自分の新車、フォルクスワーゲン・パサートをマイケルに見せびらかした。弟は、そのせいでマイケルのなかに車への抑えがたい欲求が生まれてしまったのではないかと、いまでも悔いている。そして、マイケルの兄と姉、ニコラスとロズリンは、高校を卒業して社会人としての道を模索していた。

少なくとも一族のなかの五人――ロサンゼルスの三人の兄と、オークランドの姉、私の父――が、カレンを助けられるはずだった。父は、法的な面での支援をカレンに申し出た。おそらく他のきょうだいも同じだったと思う。だが、カレンは、助けはいらないと考えた。マイケルが逮捕されたあと、西海岸に住む親族はこぞって裁判所に行った。最初の何度かの審理がきわめて重要だったことが、あとになってわかった。そのなりゆきしだいでは、結果は著しくちがっていたかもしれないのだ。

最初に審理されたのは、マイケルを少年として裁くのか成人として裁くのかという問題だった。この事件を担当した判事は、著名なヒスパニック系の法律家で、法曹界におけるマイノリティの代弁者として全国的に名を知られていた。七人の子の父親で、さらに四人の養子を迎え入れている立派な家庭人でもあり、ロナルド・レーガン政権時には、妻や子どもたちとホワイトハウスの式典に招かれ、〝グレート・アメリカン・ファミリー賞〟を授けられている。

最初の審理にマイケルの親族が大勢集まったことに、判事は感銘を受け、「こんなにも良き支援者たちがいるとは、素晴らしい。この若者のために、みなさんはここに結集されたのですね？」と尋ねた。

しかし、この時点ですべてが悪いほうに向かっていた、とカレンは振り返る。判事はマイケルがどんな人物なのかを知りたがった。弁護側として、その問いに答える証言者を見つけることほど重要な仕事はなかったはずだ。カレンの姉、〝ビッグ・ロズ〟ことロズリンが、甥っ子のために証言したいと申し出た。

〝ビッグ・ロズ〟は、きょうだいの誰よりもカレンとその子どもたちと親密だった。カレッジ卒のアクティヴィストであり、一時期はカレン一家を家に住まわせていたこともある。当時はサンフランシスコのベイエリアで〝平和と自由の党〟のオフィスを運営していた。仕事柄、法律や役所仕事には詳しかった。しかし弁護側に、彼女がレズビアンでパートナーと同棲していることに、難色を示す人がいた。

一九九〇年代半ばにして、セクシュアル・アイデンティティが裁判に影響するなどと、誰が心配したのか、はっきりとはわからない。しかし、誰かが忖度した。〝ビッグ・ロズ〟の代わりに、弁護側はマイケルの通う教会の牧師を呼んだ。それから十数年後、マイケルの葬儀で突拍子もない追悼をすることになる、あのアンドリュー・ラインハート師だ。地元では売春斡旋業から足を洗って魂の救済者になった人として知られていたが、「〝ビッグ・ロズ〟より、〝イングルウッドの神の子〟のほうが証言者として深みがあるように思えた」と、カレンは当時を思い出して言う。

ラインハート師が登場したときから、審理は妙な方向に向かった。ロズリンは、彼がマイケルの心理学的な人物像について、つまり現在ならＡＤＨＤ（注意欠陥多動性障害）と認められるような性向について語ってくれるだろうと期待した。一家は事件までの五年間で五、六回の引っ越しをしており、マイケルの家庭生活が不安定なものだったことも、語ってくれるだろうと思っていた。そしてもうひとつ、マイケルが心の支えと救いを求めていたことも。

息子はそれをラインハート師に求めたのだと、カレンは理解していた。ところが、ラインハート師は、牧師と教区民との守秘義務を行使すると主張し、マイケルと交わした会話の内容について裁判で明かすことを拒否した。彼はやんちゃな若者たちの秘密の打ち明け話に喜んで耳を傾け、彼らと親密な空気をつくる人だった。ラインハート師の証言拒否は、判事に引っかかりを残したにちがいなかった。それから一四年をへて、彼はマイケルの葬儀で、故人そっちのけの弁舌を振るうことになる。

マイケルを成人として裁くのかどうかの審理が長引くことはなく、判事はマイケルをおとなとして扱うと言い渡した。

もしかしたら、驚くには値しないことだったのかもしれない。判事がこの裁定を下したのは、凶悪なカージャック事件が頻発し、その報道がメディアにあふれ、ロサンゼルスの人々がモラル・パニック〔道徳や社会秩序を乱す脅威と見なされた事象や特定集団に対する集団的な激しい感情の表出を意味する社会学の用語〕に陥っているさなかだった。

ロサンゼルス郡では、一九九二年から一九九三年までのたった一年間で、カージャック事件が三六〇〇件から六二九七件へと、ほぼ倍増した。[*11] 一九九二年には、カリフォルニア州オレンジ郡で初めての、被害者が殺害されるカージャック事件が起きた。容疑者が逮捕され、検察は裁判で死刑を求め、一九九四年に終身刑で決着した。その一年前、カリフォルニア州では、カージャックに特化して厳罰を与える条例が成立した。そのなかには、カージャック事件に関しては一六歳以上なら成人として裁判にかけられるという条項も含まれており、州議会の上院・下院ともに全会一致での可決だった。

マイケルが逮捕された前年、ロサンゼルス・タイムズ紙に掲載された〝恐怖の波〟と題する記事のなかに、当時上院議員だったジョー・バイデンのつぎのような発言がある。〈車が接触事故を起こしたとき、カージャックの恐怖を覚えない人が、ロサンゼルスにいるだろうか。たとえ、いまは遠くに感じていても、あなたも確実に統計のプールのなかにいる。エイズのように、いまや誰にでも起こりうることなのだ〉

そして一九九五年一月、カリフォルニア州は、カージャックを含む二七項目の暴力犯罪リストについて、少年を成人として裁ける年齢を一六歳から一四歳に引き下げた。ロサンゼルス・タイムズ紙には、〈州議会はこの暴力犯罪のリストをさらに増やしていく〉とある。そして、マイケルが事件を起こした一〇日後、カリフォルニア州知事ピート・ウィルソンは、カージャックによる殺害には死刑を認めるという州条例案に署名し、これを成立させた。

しかし、母親のカレンには、政治のストーリーとは別の、彼女自身のストーリーが存在した。彼女には、自分の子がまだ子どもであることがわかっていた。審理を通して、マイケルが少年として裁かれるべきだということが認められると期待した。審理が終われば、息子は自分のもとに戻ってくる。そして、自宅でその後の法的手続きをすませることになるだろう。審理の始まりには、そう信じていた。二年前、ラジオを盗んだ息子を警察署に引きずっていったときのことを思い出し、今回も息子を家に連れ帰れると思っていた。

だが、護送車でマイケルが戻っていったのは、ロサンゼルスのセントラル少年刑務所だった。第一次大戦直前にロサンゼルスのダウンタウンに建てられた、老朽化した施設。当時は、一九九四年のノースリッジ地震〔一九九四年一月、ロサンゼルス郊外のノースリッジで発生した大規模な地震。〝ロサンゼルス地震〟とも呼ばれる〕のときの損壊が修復されず、受刑者とスタッフがアスベストにさらされていた。

このときから、カレンは立ち向かう力を失った。いちばん身近で彼女を支えていた姉のビッグ・ロズも同じように打ちのめされて闘えなくなった。カレンは居間のソファベッドに、胎児のように体を丸めて何時間でも横たわっているようになった。彼女にとって最も痛手だったのは、息子に触れられないこと、愛しいベイビーを抱きしめられないことだった。面会時間でも、身体的な接触は許されなかった。

立ち向かう力は失っても、仕事だけはどうにかつづけた。心やさしい上司がどんなに支えになってくれたことか――いまになってそれに気づくとカレンは言う。勤務先はホームレスに医療を提供する社会福祉団体で、雇用主がなにかと彼女を助けてくれた。

審理の最初に親族が大勢集まったことは、期待したほど効果を発揮しなかった。それはいまなら明らかだ。だが当時は、必要な援助はすでに手もとにあると、おとなたちは思っていた。割り当てられた公選弁護人ではあっても、信頼できそうな弁護士だと思えた。マイケルの人となりを証言してくれるはずの牧師もいた。そもそも被告は少年で、これが初めての逮捕なのだ。この段階における問題には、過小評価と過大評価の双方があった。

親族は、マイケルの起こした事件と彼が巻きこまれている事態を甘く見過ぎていた。三振法という新しい展開、少年犯罪に関する法の変化に不案内だった。その一方、弁護士と証言席に立つ牧師の働きを高く見積り過ぎていた。

マイケルが成人として裁かれることが明らかになった時点で、親族はもう一度結集し、弁護に資金を投じるべきだった。でも、そうはならなかった。公選弁護人を断って独自に弁護士を立てることもなければ、警官のほかに立ち会い人のいない救急車と病院内での自供について異議を唱えることもなかった。スミス氏の腕時計と財布について、強盗罪から強盗未遂に罪状を変えようとする働きかけもしなかった。

スミス氏以外の二件の強盗容疑に関して、写真による面通しがおこなわれた。どちらの被害者も、犯人がマイケルだと同定できなかった。ただ二件目の被害者が、最初はどの写真も犯人のようではないと証言しながら、最後には、おそらくマイケルがいちばん犯人の顔に近いと言い出した。この面通しのやり方に対する異議申し立てもなされなかった。

なぜ、そのような努力がなされなかったのか。私はその理由をずっと知りたいと思っていた。それを尋ねると、カレンはこう答えた。「一族として、私たちが何かをすることはないの。きょうだいたちは、自分の子どもたちを、ほかのきょうだいの家族から引き離して育ててきた。私たちは子どもをいっしょに育てたことはなかった。だから、みんなで集まって何かをしようとはしなかった。あのときも、そばにいようとしたけど、それは問題に取り組むためじゃなかった。彼らの考え方はこうよ。〝きみを支えるためにここにいる、でもそれ以上のことはしたくない〟」

けれども、この大きな一族に関する私の記憶はちがう。カレンの説明によると、彼女のきょうだいたちのそれぞれの核家族は、近くに住んでいても疎遠であり、休暇か特別な日にしか集まらなかったことになる。

その説明は、ロサンゼルスに住む私の三人の叔父とサンフランシスコに住むひとりの叔母の家族との交流に関して、私自身が憶えていることと一致する（サンフランシスコの叔母に関しては、たんに遠かったからだと思う）。でも、カレンとその子どもたちと、私自身の家族が疎遠だったとは記憶していない。

長身でカレンをほっそりさせたような体型である私の父は、つねに自分の妹を守ってきた。私が生まれてほどなく、祖母――カレンと私の父の母親――が亡くなったあと、カレンは一時的に私の両親の家に身を寄せた。短い同居ののち、彼女はフロリダの実家に帰っていった。

だが、何年かのちに、三人の子どもを連れて、ふたたびカリフォルニアにやってきた。そのときにはカレン一家が親子四人の生活を安定させるまで、父は彼女を支えつづけた。私たち五人の子ども――私と弟、赤ちゃんだったマイケルを含む三人のいとこ――は、子ども時代は多くの時間をいっしょに過ごした。一九九一年から九三年まで、カレン一家は、私の父が教鞭をとり母が司書をしている緑豊かな大学街、クレアモントに住んでいた。家も近所だった。そしていまに至るまで、私の父とカレンは強い絆を保っている。

マイケルが逮捕される約一年半前、父は大学の学部長職を引き受け、ミシガン州に転居した。その一〇年後には私も同じ立場になるのだが、父はそのときから猛烈に忙しくなった。それでも、マイケルの逮捕から数カ月間は、カレンと定期的に話し合っていた。父は、妹を支えるために何ができるのかを見きわめようと努めた。少なくとも、父はそう記憶している。一方で、何もできないと感じたことも憶えている。

カレンは、私の父には助けを求めなかったと語る。兄さんはそのときミシガンにいたから、と。おそらく、地理的な遠さのせいもあっただろう。携帯電話はもちろん、メールさえ普及していない時代に、コミュニケーションがいまほど緊密でなかったことは考慮に入れるべきだろう。またこの時期、カレンの電話番号はしょっちゅう変わっていた。

しかし、地理的な距離があろうと、父は親族を助けてきたはずだ。一三歳のとき、小さな私立学校から同じ街の大きな公立高校への転校を控えていた私は、ひと夏、本であふれ返った父の書斎で、書類を整理する仕事を手伝った。そして偶然、たどたどしい文とおぼつかない文字でつづられた、父の姉コーネッタからの手紙を発見した。彼女はフロリダ州オーランドから、父に何度も援助を求めていた。それは日常的に暴力を振るわれ、貧困にあえぐ女性の苦渋に満ちた手紙だった。父は一貫して彼女を援助しつづけていた。なのになぜ、マイケルの弁護には協力的でなかったのか？

それは司法制度への信頼だったのか、たんなる無知のせいだったのか。私は、父とカレンに尋ねてみた。神様が万事見守ってくださるという信仰のためだったのだろうか？

そうじゃない、「あれが起きた」あと、ひどい鬱《うつ》状態に陥ったせいだ、とカレンは答えた。たぶん、心の痛手と悲しみのせいで、良識が働かなくなっていたのだろう、と。頸静脈と脳幹を掠めて銃弾が貫通したにもかかわらず、マイケルが生きているという事実があまりにもうれしくて、神の怒りの最悪の形は回避できたのだ、とカレンは考えた。

ただし、現在のカレンは、あのときからの学びを踏まえるなら、マイケルのような状況にまったくちがうやり方で対処するだろうと考えている。個人的に弁護士を雇うだろうし、調査もするだろう。立会人のいない病床での自供に対して異議申し立てをするだろう。だが、彼女はあの当時もいまも、神にみずからを委ねている。「〝万事が益となるように共に働く〟[*12]」と、マイケルについての話をいったん止めて、カレンは言った。「神を愛する者たち、神の御心によって召された者たちのことは、万事が益となるように、神が執《と》り成してくださるの」

物語はこのようにいくつもの細部から成り立っている。しかし、こんなふうに要約することもできるのではないか。マイケルは、罪を犯したら、その報いを甘受すべきだと考える一族の一員だった。彼の家族は、刑事司法制度の適正を信じていた。

だが事態が進むほどに、遅まきながら、もはや刑事司法制度は自分たちが思い描いていたものとはちがうことを思い知らされる。法制度が容赦なく締めつけてくること、息子はそのような万力《まんりき》に押しつぶされた、何百万人もの人間のひとりにすぎないということを思い知らされたのだ。

三振法の目的は犯罪常習者を刑務所に閉じこめておくことにあると聞いたとき、いったい誰が、初めて逮捕された一五歳の少年にそれが適用されると考えるだろうか?

地下核実験は地表にクレーターを残すが、さらなる崩落が起きるのは、かなりあとになってからだ。三振法と処罰の厳罰化は、これと似ているように思う。地下核実験がおこなわれていても、地表の人々はいつもどおりの暮らしを送っている。ほんとうの意味で何が起きていたのかを知るのは、足もとの地面が崩れ落ちてからなのだ。

14　人生の節目

一五歳から二六歳までの年月には、いくつもの人生の節目がある。高校生活の始まりと終わり、運転免許の取得、大学、初めての恋、初めての仕事、初めての真剣な交際、もしかしたら結婚、子をもうけることもあるかもしれない。

刑務所のなかで青春期を過ごす人間にとっても、このような人生の通過儀礼が完全になくなることはない。ただし、それらはきわめて歪《いびつ》な形をとる。まるで遊園地のびっくりハウスの鏡のように。人生のイベントが順序立てて計画的に起こるのではなく、生きるための苦闘の過程において、予測不可能な形で積み重なっていく。ふつうの高校三年生にはまず知りようもない、特別な通過儀礼も追加される。初めての長期にわたる家族との離別。初めての人種間の激しい争い。初めての〝管理隔離〟、すなわち独房監禁。初めての同性間の性交。

逮捕から刑が確定するまでのおよそ九カ月間、サンフェルナンドに送られたごく短い期間を除けば、マイケルはほとんどの時間をセントラル少年刑務所で過ごした。セントラルでは、親と法的後見人だけが面会できた。つまり、逮捕から九カ月間、マイケルがきょうだいと会うのは法廷のなかにかぎられた。親との面会時間も短く、許可がおりるまで三時間も待たされたあげくに、実質的な面会時間はわずか三〇分だった。

面会は、古い灰色の積み重ね式の事務椅子しかない、殺風景な部屋でおこなわれた。親には面会の最初と最後だけ子どもとハグすることが許されていたが、その間の時間は身体的に接触してはならなかったし、いっしょに飲食することも許されなかった。最初のころ、マイケルはとても感情的で、涙もろく、謝ってばかりいた。マイケルが何度もそう言ったのを憶えている。

「母さんを傷つけるつもりじゃなかった」カレンは、

ロサンゼルスの歴史ある少年刑務所は学校のようでもあり、スタッフが主催する保護者会は、奇妙にもPTAのような雰囲気をかもし出していた。なぜわが子がセントラルに収監されるに至ったのか、わが子をどのように支えるべきかについて語り合うように、スタッフが参加した親たちに促した。そしてこれもPTAと同様に、参加者には参加証書が配られた。セントラルは受刑者の教育に力を入れていた。

マイケルが逮捕されたのは高校二年生の始まりだったが、判決が下った翌年の六月に、彼は一般教育終了検定《GED》に合格した。言い換えれば、一六歳にして高校卒業と同等の資格を得たことになる。彼をよく知る人々は、たいして驚かなかった。マイケルは賢くて、好奇心旺盛だった。判決後は、サンタバーバラに近いロスロブレスにある〝ロスプリエトス・ボーイズ・キャンプ〟に送致された。

カレンは、車を三時間運転し、食べ物を携えてマイケルに会いにいった。「そこではいっしょに食事することができたの」と、カレンはかすかに笑いながら振り返る。服役囚との食事、そして身体的接触が許されているのが、この少年刑務所のよいところだった。

だが、一七歳になった直後、マイケルはフレズノに近いカーン郡にある〝待機施設〟に移送された。ノース・カーン州立刑務所内にあるこの施設では、三カ月かけて、受刑者の犯罪歴、生育歴、身体的・精神的な病歴、社会的関係などがまとめられ、そこから適切な収監先が選ばれる。一七歳のマイケルは、オレゴン州との州境に近いスーザンヴィルの〝ハイ・デザート州立刑務所〟に送られた。ここは最も過酷な刑務所のひとつという評判を取っていた。

距離が隔たることによって、カレンは息子に面会できなくなった。マイケルにとっては、家族との完全な断絶だった。「あの場所で、あの子はいちばんつらい体験をしたの。刑務所ってところをまったく知らない子どもだったのに」と、カレンは言う。「あたしにはわかった、この魂でね。声が沈んでいて、話しづらそうなこともあった。孤独でたまらなかったんだと思う。感情を失ったように、ぼんやりしていることもあった。あの子には家族が必要だった。いつもの慣れ親しんだ場所が。でも、あたしはあそこへは直接会いにいけなかった」

こうして、マイケルは初めての成人刑務所で、家族と一度も会うことなく半年間を過ごした。いかなる判断をもって、マイケルのような若者をスーザンヴィルへ送ろうなどと決めたのか、それを知るすべはない。それに関する書類はいまも入手できないままだ。

センチネラ刑務所のマイケル、
礼拝用の敷物の上で

献身的な母親であったカレンは、ようやく感情の麻痺状態から抜け出して、マイケルを実家に近い施設に移すように、電話による当局への働きかけを開始した。こうして、半年後に、メキシコのメヒカリと国境をはさんで向き合う位置にある、味気なく乾いた街、センチネラの刑務所に移された。

ロサンゼルスからセンチネラまで行くのは、州を越えてアリゾナ州ユマまで車を走らせる距離感覚に近い。カレンはそのときの疲労感をよく憶えている。一週間の仕事を終えて週末の朝から車を運転しなければならないのに、道から転げ落ちることも山肌に衝突することもなかったことを、どんなに神に感謝したことか。

家族は施設に一泊することも可能で、カレンは娘のロズリンと、彼女の生まれたばかりの赤ん坊、喘息気味だが、よくはしゃぐジョシュアを伴って施設に行き、マイケルといっしょに過ごした。彼は新しい生活に慣れつつあるようだった。多くの専門家が指摘するところだが、受刑者が服役を終えて、再犯する可能性の低い人間として社会復帰するために最も重要なのは、家族とのつながりである。

カレンは、マイケルがセンチネラ刑務所に移ってから、外見ではなく、内面が変わりはじめたことに気づいた。自信をつけ、落ちつきが戻ってきた。職業訓練を受け、配管と電気工事の資格を得た。〝トーストマスターズ・クラブ〟〔米国発祥で世界に支部を持つ国際的なNPO〕にはいり、〔スピーチ能力、コミュニケーション能力の向上を目的とした、長年の吃音を克服した。さらにはイスラム教に改宗した。

刑務所の暮らしについて、細かいところまでは訊かなかった、とカレンは言う。大丈夫かどうかを尋ねると、終身刑の年輩者たちと過ごしている、彼らにはよくしてもらってる、とマイケルは答えた。カレンは彼らのうちのひとりと面会時に会い、その数年後に街で偶然その人と再会した。「あんたは、いい息子を持った。あいつは巻きこまれただけだよ」と彼は言った。年輩の黒人受刑者たちが、マイケルによく目をかけてくれた。マイケルは、彼らとともに図書館で多くの本を読んで時間を過ごしたという。

カレンは、マイケルがセンチネラ（スペイン語で〝見張る〟の意味）に移ってから、もうひとつ変わったことがあるのに気づいていた。タトゥーだ。そう多くはなかった。マイケルは人生の最後まで、周囲の服役者ほどには多くのタトゥーを入れていなかった。はたから見えるところにびっしりとタトゥーが入っている者は、おそらくは全身がそうだったのだろう。ボールペンを改造した器具とポータブルCDプレイヤーがあれば、簡易的なタトゥー・パーラーが成立した。

だが、成人刑務所に向かうマイケルに、カレンはタトゥーだけは絶対にしないでくれと頼んでいた。マイケルは、母親の怒りを見越していたのだろう。彼が初めて手首に入れたタトゥーは、〝Karen〟という名前だった。

「ほかは何も彼に頼まなかった」と、カレンは思い出す。「息子の手首に自分の名前を見つけたとき、ただ怒りがこみあげたわ」

だがそのとき、彼女はあることに気づいたと言う。「気づいたのは、彼には彼の世界があるってこと。あたしに、そこで起こることをコントロールするのは無理。あの子は、自分で自分の身を守るために、何だろうがしなければならないの」

センチネル刑務所で三年間を過ごしたあと、マイケルはチノの〝カリフォルニア・インスティチューション・フォア・メン〟に移され、そののち、ノルコの〝カリフォルニア・リハビリテーション・センター〟に移された。

ノルコ行きが決まる二〇〇〇年頃には、カレンは、息子がもう少年ではなく、おとなに

マイケルが収監された刑務所
❶ セントラル少年刑務所
❷ バリー・J・ナイドーフ少年刑務所
❸ セントラル少年刑務所
❹ ロスプリートス少年刑務所
❺ ノース・カーン州立刑務所
❻ ハイ・デザート州立刑務所—スーザンヴィル
❼ カリフォルニア州立刑務所 センチネラ
❽ カリフォルニア・インスティチューション・フォア・メン—チノ
❾ カリフォルニア・リハビリテーション・センター—ノルコ
❿ カリフォルニア・インスティチューション・フォア・メン—チノ
⓫ カリフォルニア・リハビリテーション・センター—ノルコ

成長したと感じていた。センチネラ刑務所に入ったころには「これが要るんだ」とか「あれを送ってくれない？」とか、そんなことばかり言っていたマイケルに、世紀の変わり目とともに、変化が訪れた。

「ママ、どうしてる？　変わりはない？」と、まず母親を気づかうようになったのだ。

私はマイケルより八歳年上だが、世紀の変わり目には、彼のほうが私より早くおとなになっていくような気がしていた。大学院への進学は、社会人としての自立を先に引き延ばす。私が初めてフルタイムの仕事に就いたのは一九九八年、二六歳のときだった。その頃にはマイケルはすでに成人刑務所にいて、日々のサバイバルを重ねていた。

一九九九年、私がイギリスの大学院に進学して以来途絶えていたマイケルとの交流が復活した。私たちは、子ども時代より対等な、仲間のような関係になることができた。年の開きは、実際の八歳より、もっと狭められたように感じていた。そのおかげで、私たちは友人どうしのように、打ち明け話をすることもあった。一九九九年、私の両親が離婚したとき、私と同じように、マイケルもショックを受けた。彼にとっても、私の両親の結婚の安定は、ひとつの指標となっていたのだ。

マイケルと私の音信が回復した一九九〇年代の終わり、彼は過酷なことで悪名高きチノの刑務所から、ノルコへと移された。そこが彼にとって刑務所を転々としてきた旅の終着点だった。

ノルコ・カリフォルニア州立刑務所、2015年。写真：スティーヴン・ツアーレンテス

一九九八年一月に私はシカゴに移り住み、シカゴ大学で教職に就いた。その頃から、マイケルと定期的に電話で会話するようになった。彼がノルコに移ってからは、定期的に面会にも通った。夏休暇には一週間置きに、クリスマス休暇には、スケジュールに合わせて一回か二回。刑務所への訪問で、季節によるちがいは、天候が暖かいか寒いかだけだったと記憶している。クリスマスの飾り付けがなかったことには、きっとそれなりの理由があるのだろう。もしかしたら、オーナメントが凶器として使われるのを防ぐためかもしれない。ともあれ、マイケルを訪ねていった七、八年のあいだに、面会所の環境は判で押したように変わらなかった。

III

15 ノルコ

ノルコの正式名称は、〝カリフォルニア・リハビリターション・センター――ノルコ〟という。しかし、マイケルが収監されていた数年間、どれほど本格的な〝社会復帰《リハビリテーション》〟への取り組みがなされていたかはよくわからない。カリフォルニア州ではきわめて古い刑務所のひとつで、一九二八年に建設された湖畔の贅沢なリゾート、〝レーク・ノルコニアン・ホテル〟が、のちに刑務所として使われるようになった。

刑務所としては薬物とアルコール依存症のリハビリに重点を置いていたらしく、二〇〇五年に閉所の可能性が議論されたときには、当時の所長が、薬物依存症治療プログラムの質の高さを理由に、施設の存続を主張している。しかし、マイケルはそのようなリハビリを必要としなかったし、施設はそれ以上のものを提供していなかった。申し訳程度の貧弱な図書館はあったが、少なくとも、一般教育終了検定《GED》合格者レベルの授業は受けられなかった。

大学クラスは、予算の削減を理由に一九九〇年代に廃止された。受刑者が大学の通信教育コースを受けるために低所得層向けの連邦奨学金制度〝ペル・グラント〟を利用することも、一九九六年から連邦および州政府によって認められなくなり、かつては再犯防止の特効薬と言われた高等教育が、受刑者にはほぼ手の届かない特権になった。

　刑務所内で仕事を持つことはできた。厨房の仕事（きつい）とか、受刑者の入所と出所に関する書類作成の事務（まずまずまし）とか。マイケルは自室にラジオを持っていた。ささやかな賃金と親族から送られる郵便為替で、所内の売店で洗面道具やスナックを買うこともできた。

　私たちは定期的に彼に送金した。カレン、私の父、私の弟、私……。たぶん、ほかのいとこたちも。私たちは、マイケルがいつも空腹だと知っていた。刑務所の食事は薄味で、量も充分ではなかった。郵便為替が届くと、彼は売店でスナックを買えるだけ買って、一気に食べ尽くした。ほんとうは金を蓄えておき、ちびちびと使って空腹をしのぎたかったのだけれど。

　盗難は刑務所における積年の問題で、貧困ゆえの〝飽食か飢餓か〟の習慣に拍車をかけた。ブリトーやポップターツのようなスナックをごっそり買うと、マイケルはそれがなくなるのではないか——食べなければ盗まれてしまうのではないかと不安になり、買った分を一度に平らげてしまった。けれども郵便為替や小包がそう頻繁に届くわけもなく、また何週間か空腹に耐えなければならなかった。

　あるとき私たちは、スナックが二セット買えるように、いつもの倍のお金を送った。それなら、一方を備えとして隠しておける。いつも備えがあると思えば、一度に全部食べてしまいたいという衝動を抑えやすくなるのではないか。これは、私が読んでいた貧困問題を扱う社会学の本から得たアイディアだった。

数カ月間はうまくいき、マイケルは自制心を保つことができた。だが、ずっとではなかった。もしかしたら、備えのほうのセットを盗まれてしまったのかもしれない。何が起きたのかはわからないが、結局は、〝飽食か飢餓か〟のリズムが勝利をおさめた。

マイケルは一週間に少なくとも一回、ときには何度も、私に電話をかけてきた。ただし、暴動が起こって刑務所にロックダウンが敷かれるときだけは別で、そんなときには数週間ほど連絡が途絶えた。相当高くつくコレクトコール料金を支払える経済力のある私は、彼の良き話し相手になった。電話を取ると、最初に「こちらは、カリフォルニア矯正局です。電話料金の支払いに応じますか？」と、ロボットのような声で承認を求められる。そして、一五秒ごとに、念押しするかのように、「この電話はカリフォルニア州立刑務所から発信されています」と録音された音声の警告が入る。

マイケルが電話をかけてくるのは、話し相手を必要としているからだった。電話を受けたかぎりは、そこにいるのだから、彼のために時間をつくるのは当然だった。たいていの場合、彼との電話は楽しかった。マイケルの声を聞き、彼らしさがまずまず保たれていることに、彼の人生がつづいていることに安堵した。しかしときには、マイケルとの電話に時間を割くのが負担になることもあった。

私の最初の夫、シカゴ大学で詩学を教え、ボクシング愛好家でもあったボブは、マイケルにとてもよくしてくれた。そのことは今後もずっと元夫に感謝しつづけるだろう。彼は、私がマイケルの電話に最後まで付き合いきれないときに、途中から代わってくれた。私が家を留守にしているときも、マイケルと話してくれた。ボブも留守なら、義理の息子のアイザックが話し相手になった。

マイケルとアイザックは、郵便を使って数週間に一手ずつ進めるチェスの対戦をつづけていた。マイケルを知る人の例に漏れず、アイザックも彼のことが大好きになった。マイケルは、自分が何かを教えられる相手がいることを喜んでいた。

実際のところ、彼には大勢の文通相手がいた。そして、それぞれの人と異なる関係を築いていた。私の義理の息子とはチェスを話題に。マイケルの一家が通っていた教会の牧師夫人、マザーHとは、神について話していたにちがいない。

ノルコに移るとすぐに、彼はイスラム教からキリスト教に戻り、聖書の勉強会を主催するようになった。改宗の動機は、暴力や抗争が絶えない世界のなかで、少しでも穏やかに落ちついた日々を共に過ごせる仲間を見つけるためではなかったかと思う。だが、マザーHが亡くなったとき、マイケルがさめざめと泣いていたことを思えば、何かほかに深い理由があったのかもしれないが、それについて私たちが話し合うことはなかった。

マイケルが私や夫と話すときの話題は、ほとんど学校のことだった。これはわが一族に

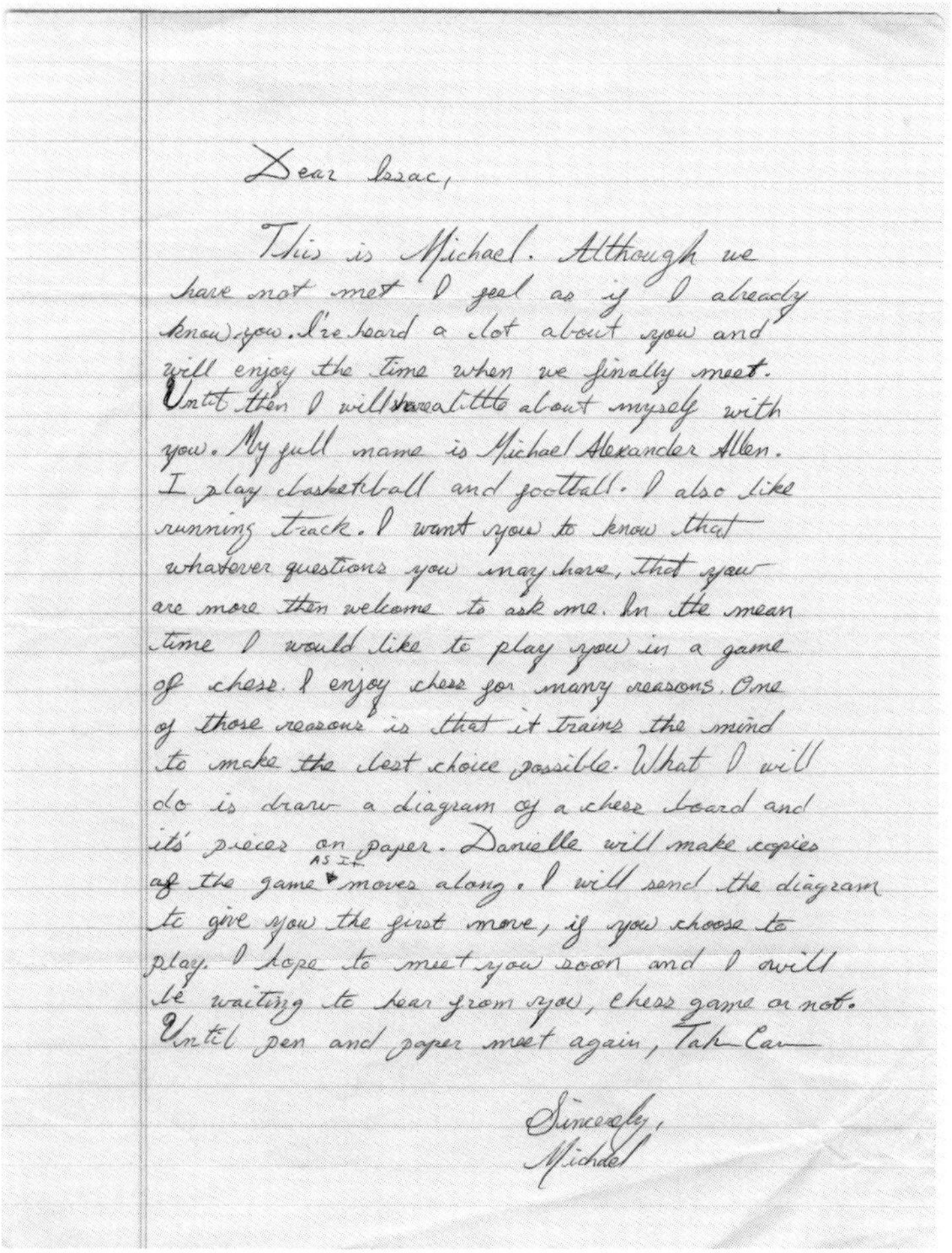

Dear Issac,

This is Michael. Although we have not met I feel as if I already know you. I've heard a lot about you and will enjoy the time when we finally meet. Until then I will share a little about myself with you. My full name is Michael Alexander Allen. I play basketball and football. I also like running track. I want you to know that whatever questions you may have, that you are more then welcome to ask me. In the mean time I would like to play you in a game of chess. I enjoy chess for many reasons. One of those reasons is that it trains the mind to make the best choice possible. What I will do is draw a diagram of a chess board and it's pieces on paper. Danielle will make copies of the game AS IT moves along. I will send the diagram to give you the first move, if you choose to play. I hope to meet you soon and I will be waiting to hear from you, chess game or not. Until pen and paper meet again, Tah-Can

Sincerely,
Michael

マイケルからアイザックへ宛てた手紙

深く根づいた人生哲学ゆえだろう。マイケルは大学進学を切望していた。さまざまな分野に関心を持ったが、とりわけフランス語を学びたがっていた。

私の家族は、マイケルが生まれる前の一年間、フランスに住んでいたことがあり、わが家の会話にはときどきフランス語が混じることがあった。それがマイケルに強い印象を残していた。フランス語の習得は、彼の人生の目標のひとつになった。高校でフランス語を選択し、刑務所内でもふたたび挑戦した。

私はマイケルの向学心を尊重し、尊敬の念すらいだいた。フランス語でもマラヤーラム語でも中世建築でもブラックパンサーの歴史でもかまわなかった。彼に大学で何かを学ばせたいと切望するようになった。私は教育を信じ、マイケルを信じていた。この目標の達成を、以前にも増して強く、はっきりと心に念じた。

教育が人生を向上させることを、私はこの身をもって、全身全霊で知っている。教育こそすべて。両親は私にいつも言っていた。高校を卒業したら、仕事に就くか大学に行くかを選びなさい。後者なら助ける。前者なら自活しなさい。いずれにせよ、学業を終えたら、親としてあなたに残せるものは何もない。なぜなら、あなたに教育の機会を与えることが、親としてできるすべてなのだから（たぶん、だから私はいまだ学校から離れていない）。

そして私は自分の親と同じくらい猛烈に、強い意志をもって、私のベイビー、愛しいいとこの就学に向けて突き進んだ。すでにふたりの息子を持つ、うんと歳の離れた相手と結婚したので、将来、自分の子をもうけるチャンスはないだろうと思っていた。それも影響していたのだと思う。

私は自分のいつものやり方で、行動を開始した。どうすればマイケルが刑務所にいながら学位を取れるのかを調査した。こうして〝九・一一同時多発テロ事件〟から二カ月後の二〇〇一年一一月八日、マイケルからインディアナ大学の一般教養課程への入学願書が郵送されてきた。私はそれに小切手を添えて、大学に送付した。

私たちは、大学で一般教養の学士号を取るという高い目標を掲げていた。大学からマイケルに二〇〇二年の一月から授業が始まるという通知が届いた日は、一三年前、プリンストン大学から厚い封筒が自分に届いた日と同じように天にも昇る心地がした。世界の出来事はノルコからは遠く隔たっており、この国が戦争へと突き進んでいくとき、私たちは大学入学のための準備を進めていた。

マイケルはフランス語だけでなく、哲学や文学にも興味を持っていた。それぞれの学科に魅力的な入門クラスがあった。しかしここで問題が生じた。刑務所内でハードカバーの本を所持することが許されていなかったのだ。つまり、マイケルは、ソフトカバーの教科書を使用するクラスしか登録することができないということだ。

私はもう一度電話で問い合わせた。その結果、ソフトカバーの教科書という条件を付けると、フランス語も哲学入門も無理だとわかった。残ったのは倫理学入門、創作入門、文学研究だった。マイケルは、ドナルド・J・ホワイト教授の〝文学141〟を選んだ。ホワイト教授は、刑務所からの受講者にも、惜しみなく鋭い助言と評価を与える熱心な教育者だった。私は授業料を支払い、マイケルのために本を注文した。新しいことが始まろうとしていた。

新しい年が明け、聖書、ホメロス『オデュッセイア』、ダンテ『神曲・地獄篇』、チョーサー『カンタベリー物語』、モンテスキュー『ペルシア人の手紙』の精読がはじまった。だが、うまくいかなかった。マイケルは課題をこなすのに苦労した。人種間の抗争や、聖書を読む会、刑務所内の事務仕事など、気の散ることが多すぎた。なにが原因だったにせよ、マイケルは読書を通して内省と集中のオアシスを確保することができなかった。この年のうちに、私と夫のボブは、刑務所内で大学の通信教育を受けるのはマイケルには向いていないと結論した。

親族のあいだでは、四年後に出所したとき、マイケルがどこに行くべきかという議論がはじまっていた。仮釈放中は事件を起こした行政区にとどまらなければならないという制約をまだ知らなかったので、ボブと私は、カレンと話したとき、シカゴに来て私たち夫婦といっしょに住み、大学に通うことにしてはどうかと提案した。先にも書いたように、ボブはボクシングの世界と関わりが深く、シカゴ南部の黒人のボクシングジムと親密な関係を持っていた。そのためにわが家には多くの若者が出入りし、私たちは彼らをさまざまな形で支援した。ホームレスのティーンエイジャーの里親になり、彼が大学に行くのを助けたこともあった。私たちは同じことをマイケルにもできると考えた。

それについてマイケルにまだ話さないうちに、彼から連絡が途絶えた。二〇〇二年九月下旬だった。受刑者との音信不通はよくあることで、外にいる者にはほとんど手の打ちようがない。もし亡くなっているのであれば、知らせが来る。それ以外の情報を刑務所から引き出すのは、かなりむずかしい。公式にせよ非公式にせよ、受刑者が何らかのメッセージを送るチャンスを得るまでは、ひたすら沈黙がつづく。

一一月の初めになって、音信不通の理由がわかった。またもノルコの刑務所内で〝人種間の乱闘〟が起きていたのだ。マイケルは事件への関与を疑われ、事件に関する調査が終了するまでチノ近郊の刑務所に移された。ノルコには〝管理隔離〟のための施設がなかったためだ。

マイケルは、受刑者たちには〝穴倉《ピット》〟と呼ばれる独房で、一カ月間を過ごした。住所録はもちろん、紙や鉛筆に至るまで所持品を持ちこむことは許されなかった。それでも結局、事件への関与が認められず、書きものをすることだけは許された。

マイケルの無罪を裏づける証拠は、早い段階からあがっていた。「おれたちのうち何人かは、容疑者が特定できないせいで、ランダムに選ばれていた。おれの目の下に、バスケットボールをやったときにできた擦り傷があったんだ。看護師が絆創膏を貼っておけば治

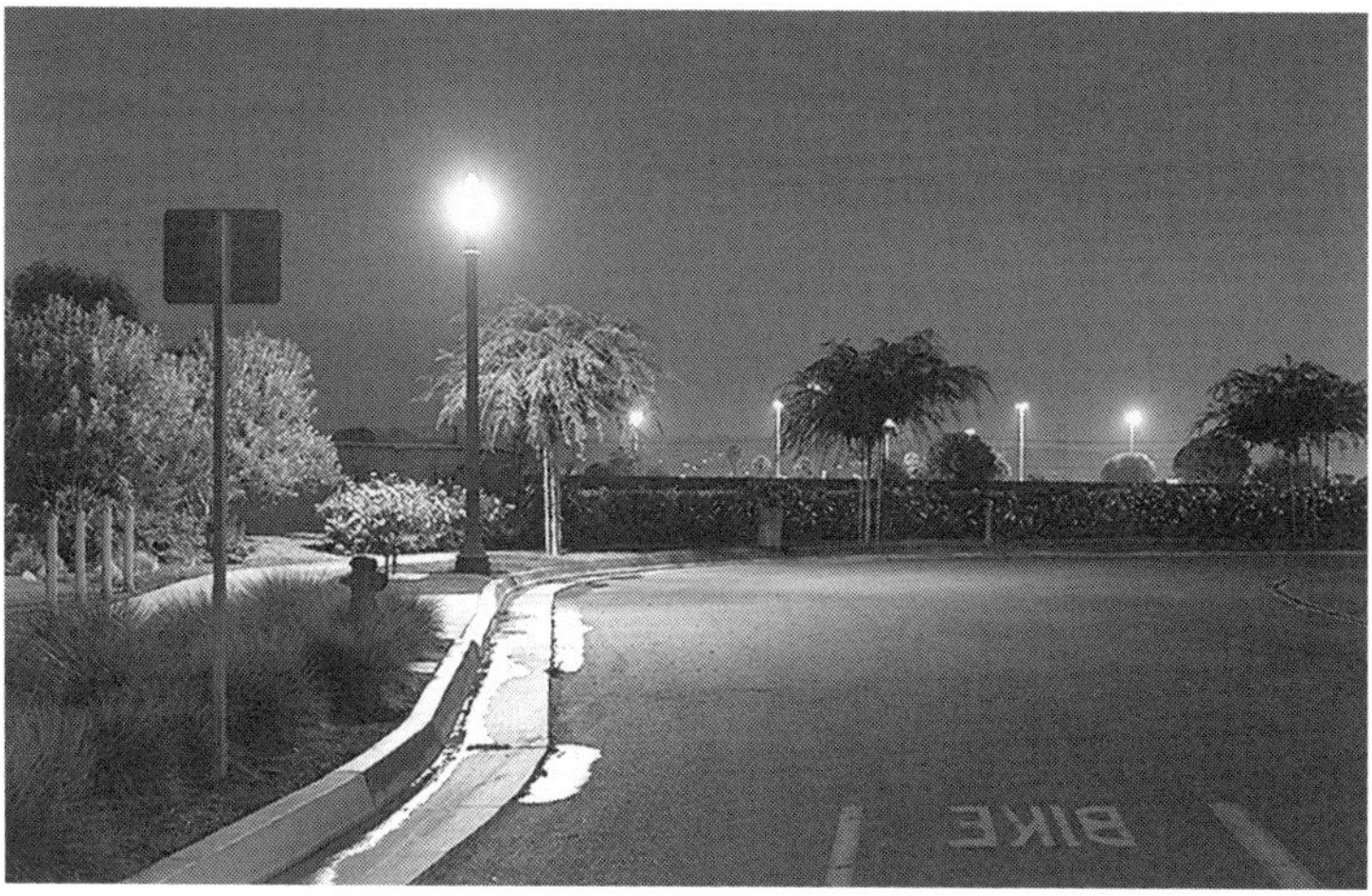

チノ・カリフォルニア州立刑務所、2015年。写真：スティーヴン・ツアーレンテス

ると言ったような傷だよ。事件の一時間以上も前にできた傷だったのに」しかしその傷のせいで、マイケルは一カ月ものあいだ、〝穴倉〟に閉じこめられた。

受刑者の家族向けのチャットサイトに、自分の大切な人が〝穴倉〟に放りこまれた場合のアドバイスが投稿されていた。

切手、封筒、便箋を送るのもいいね。彼が暗記してないかもしれない住所をついでに教えるのもいい。彼の手もとには、そういうものがぜんぜんないんだから。がんばって、めげないで！[*13]

大規模な人種間の乱闘によって、年内に何度か刑務所がロックダウンされ、いずれかの人種グループが面会禁止の罰を受けた。マイケルがかつて打ち明けてくれた話だが、彼には、ラティーノ〔ラテンアメリカ系アメリカ人男性〕の〝乱闘〟の相棒がいた。いつどこで喧嘩がはじまっても、ふたりはお互いが闘っていると見えるようなふりだけした。

〝抗争〟は、主な三つの人種——白人、黒人、ラティーノ——を同時に巻きこむことも、ふたつの人種のあいだのみで起きることもあった。あらゆることが乱闘の引き金になった。すれちがいざまの悪態や目つき、あるいは外の世界で起きた殺人の復讐が塀の中で果たされることもあった。監獄内の政治学は複雑だった。

チノの刑務所の〝穴倉〟にいたとき、マイケルのもとに私の父、彼にとっては〝ウィリアム伯父さん〟から一通の手紙が届いた。ボブと私が、出所後はシカゴに来て、いっしょに住んではどうかと考えていることを、手紙は伝えていた。マイケルはその提案への返答として、私たちに長い手紙を書き送ってきた。

ウィリアム伯父さんから届いた手紙に、あなたがたと話し合ったことが書いてあった。あなたがたもたぶん知っているように、おれは受講している課程を最後までやりきれなかった。それは、最近起きたあの事件（〝管理隔離〟を指す）のせいばかりとも言えない。事件が起きる前から、おれは自分を疑うようになっていた。自信がなくなって、失敗するんじゃないかと恐れていた。自分自身どころか、愛と信頼と誠実さを注いでくれる家族さえ疑うようになっていた。おれはときどき、自分自身に対して誠実さを欠くことがある。独房に隔離されているあいだ、自己憐憫に陥っていたことも認める。そのせいで、塀の外の世界で何が起きているかまで考えが回らなくなっていた。家へ帰りたいというあがき、切望、欲求はすさまじいけど、外に出てもうまくいかないんじゃないかと恐れていた。おれは自分の能力にうぬぼれていたから、課程をこなせないことにうんざりしたんだ……準備はできていると思っていたのも、うぬぼれからだった……あなたがたがおれによくしてくれたのに、正直に言えば、おれには——精神的にも感情的にも——準備ができていなかった。三年前に大学進学をあきらめたときは、出所して家に戻るまで待つしかないんだと考えた。今度、ウィリアム伯父さんが手紙で知らせてくれたのは、おれが外に出たら、あなたとボブが、おれを家に住まわせ、大学に通わせようと考えているということだった。数日間は言葉を失ったよ。でも、いまの状況を説明しなくちゃならないから、ウィリアム伯父さんにはどうにか手紙を書いた。でもあとは幸福に酔いしれて、ぼうっとしてた。わけがわからなくて混乱した。こんな愛にあふれた寛大な申し出に値するようなことを、おれは何もしてこなかった。でもだからこそ、おれはひとかどの人間にならなきゃいけないんだって思った。そう自分に言い聞かせて、自信を持たなければならない。どんな状況だろうと、おれはやってみせる。それしかない。おれはもう一度、〝文学141〟

クラスを受講したい。本も全部あるし、今度は覚悟ができている。自分でわかる。この一年でたくさん学んだ。それをちゃんと活かせるはずだ。最後になってしまったけれど、あなたは『知らない人に話しかけること』という本を書きあげたのかな。あなたの執筆がさらに先へ進んでいるように願っています。

変わらぬ愛をこめて　マイケル

ボブと私は、ここまで感謝されるほどのことをしているとは思っていなかった。むしろ、私たちの申し出は当然なのに、マイケルがそうとは受けとめていないことに胸が痛んだ。でも、彼が私たちのところに来たいと思っているらしいことがわかり、うれしかった。彼のためだけでなく、自分のためにも。私たちは執筆の良き相棒になれそうな気がした。私は、自分が取り組んでいる本の内容について彼に話したかった。議論してみたかった。

エリザベス・エックフォードを知っている？　そう尋ねてみたかった。一九五七年、アーカンソー州のリトルロックで、教育における人種統合の試みとして、白人生徒しかいなかったセントラル高校に、黒人生徒九名が入学することになった。エリザベス・エックフォードは、その〝リトルロックの九人〟のひとりだった。

彼女は初めて登校する日のために、自分でワンピースを仕立てた。スカートの裾には白黒チェックの布地を使った。それは彼女にとって、人種の融合を象徴してひるがえる旗の

統合に反対する群衆によってセントラル高校から追われるエリザベス・エックフォード、アーカンソー州リトルロック、1957年9月4日

ようなものだった。その日、彼女はひとりきりで登校し、学校のまわりに集まった人種隔離主義者たちから、罵声を浴びせられた。エリザベスの家には電話がなかったので、その朝早く黒人生徒が集まって、牧師や警官に守られながら集団で登校するように計画が変わったことを、彼女も家族も知らされていなかったのだ。

エリザベスは、統合に反対する州知事が派遣した州兵たちによって学校から追い払われ、肩をすぼめ、安全な場所を求めて歩いた。心をえぐられ、沈黙のなかに退避し、数日間身を潜めつづけた。人種の統合を求める旗をひるがえした彼女には、より高い目標のために集中砲火を浴びる覚悟があった。しかし、統合の実現までに、この国はあまりにも時間をかけすぎた。

マイケルは、私自身の執筆について尋ねるときには、何を求めているか、どのようにやるのか、自分の情熱を大事にするかどうか、そんなことをいつも訊いてきた。彼の母親に、元気かと尋ねるときのように、ごく当たり前のこととして。

こうして、マイケルはふたたび、自分で何かを書くことを決意し、もう一度〝文学141〟のクラスに登録した。今回は、古来の物語への洞察と人間的なつながりを喚起する何冊もの大作を読みこなし、素晴らしいエッセイを書きあげた。執筆のスピードは速くはなかった。二カ月から四カ月の間があくこともあったが、最後までやり遂げた。

マイケルは、自分自身の声を見つけたのだ。読んで書くことが、話すことも楽にした。彼の声は蝶のように羽ばたいた。吃音が、紙の上に現れないように、彼のおしゃべりにも現れなくなった。ひとりの人間の声が蛹《さなぎ》から出てくる美しい光景を見守ることができるのは、教育者にとって、このうえない恩典だ。

こうして私は、彼自身の言葉を通して、彼が刑務所という地獄にいることを知った。

16　マイケルにとっての地獄

ふたつの地獄――生きのびながら自分を見つける

キリスト教世界でないところに地獄があるなんて、これまで考えてみたこともなかった。『オデュッセイア』を知らなかったし、『神曲　地獄篇』という本の名は、たまたまテレビのクイズ番組〝ジョパディ！〟を見ているときに知ったにすぎない。この二冊の本を読んでから、おれの人生には新しい意味が加わった。まずは『神曲　地獄篇』について――。ダンテの地獄は、実に細かく描写されていて、情景がありありと目に浮かぶ。『神曲　地獄篇』を読みながら、おれは何度も、ウェルギリウスとダンテのあとを追い、地獄をさまよっている気分になった。地獄をこの目で見たいとは思わないが、ダンテの描写は、読めばいやでも映像が浮かぶ。おれが思うに、世間の人々は地獄を甘く見過ぎている。神――小洒落た言い方をするなら〝崇高なる力《ハイヤー・パワー》〟――の存在を信じている人たちでさえ、地獄について真剣に考えようとはしない。地獄は、おれが七年間、片時も離れることなく生きてきた世界を思い起こさせる。つまり、監獄で生きる人生。刑務所の日々が、おれにとっての地獄だ。いろんな意味で、刑務所はダンテの地獄と通じている。ちがいもあるが、だからと言って刑務所の地獄のような現実が軽くなることはない。

　ダンテの地獄は刑務所のように形づくられている。とくに地獄の〝第八圏〟は、刑務所と似ている。亡者たちは、獣と悪魔が番をする濠《マレボルジエ》に閉じこめられて、現世で犯した罪にふさわしい罰を受けている。刑務所も同じだ。社会で犯した罪は、普遍の道義にもとづく法によって裁かれる。おれたち囚人は、犯した罪に対する罰を受けるために、アイデンティティを奪われた。身体はカリフォルニア州のものとなり、アイデンティティは剝ぎとられ、数字に置き換えられた。カリフォルニア州にとって、おれはマイケル・アレクサンダー・アレンではなく、K−1003だ。おれ個人について調べようとするとき、コンピューターに打ち込まれるのは、おれの姓ではなく、おれのナンバーだ。このナンバーが、おれの名前だ。地獄界で審判を受ける者たちは、名前を呼ばれる。刑務所とダンテの地獄はそこがちがう。たんなる書類上の問題だと考えるかもしれないが、大いなる未来が開けるかもしれない者を数字に置き換えるのは、精神的な奴隷にするための手段だと思えてならない。

　刑務所のなかの苦しみは、地獄界第七圏の第二の環に、ほぼ忠実に再現されている。自分自身に暴力を振るった者に、地獄界において、もはやアイデンティティはない。みずからに暴力を振るったために肉体を失い、樹木や茂みのなかに封じこめられている。枝を折られるだけで、犬に踏みしだかれるだけで、痛みにうめき、血を流す。毎日が試練の連続である囚人も同じだ。囚人は、自分の身を守れなければ、血を流す。虐げられやすい樹木となって、精神と肉体の痛みにもがきつづけている。

　刑務所のなかには、さまざまな苦しみがある。精神的な苦しみには耐えがたいものがある。それは絶えずおれの正気に襲いかかる。おれの感情は、飢えて猛ったピラニアのように、涙の川を流れていく。地獄界の第四圏で、しみったれと浪費家が重い荷を押しつけ合っている光景についても考える。その争いは永遠に終わらない。そこから思うのは、自分が何を相手に闘っているのかわからなければ、けっして抜け出せないということだ。おれの心の服従と抑圧には終わりが見えない。ダンテは地獄において氷を使うが、その氷はまやかし以外のなにものでもない。氷は燃えさかる魂を引きつけ、その冷たさゆえに、肉を焼く。これは現世で犯されるあらゆる過ちと通じている。罪の根源にあるのは、渇望と渇望を満たしたいという欲求だ。渇望は、人間の摂理に反すれば、罪になる。欲望は飢餓を生み、飢餓は貪欲を生み、貪欲は肉体を焼く。どんな犠牲を払っても、何かを手に入れなければならない。おれたちにそう思いこませているものが渇望だ。渇望こそ四六時中つづくおれの苦しみ、おれの地獄。そこに昼の光はない。おれの魂は、夜の闇にすっぽりと包まれている。

氷はダンテの差し出す魅惑的なまやかしだ。まやかしとは闇だ。どんな犠牲を払ってても手に入れなければと思いこませる渇望（氷）は、おれにとってのまやかしだ。だからいま、おれはこうして闇のなかにいる。おれの闇とは刑務所。二七〇〇日を耐えてきた、地獄のような現実世界。生きのびてきたなんて言えない。ただ生きているだけ。おれの渇望は、第四圏に落ちたしみったれの渇望と同じだ。おれの肉体は、第四圏でしみったれと争う浪費家のようだ。内なる光は、それを持つ者にしか消せない。

ウェルギリウスは、おれの内なる光。おれはウェルギリウス（おれの潜在意識）から学べるものはなんでも受け入れ、自分を築く土台にしようとした。おれは、社会が極悪人や人でなしと裁決した連中といっしょに、この地獄に閉じこめられている。盗人、強姦者、児童性的虐待者、カージャッカー、人殺し、母親から家賃の分まで金を剝ぎとるヤク中。そして、そんな連中のなかにいるこのおれ。そう考えるだけで、胸くそ悪い。自分もそんな連中のひとりだ。人生をやり直すにも値しない、番号で呼ばれるひとり。この地獄でおれとともに生きる、何千人もの偏屈で、性悪で、混乱して、倒錯して、悲しくて、みじめで、嘘つきで、冷酷な生き霊たち。でも、やり直すことはできる。ここでおれが出会ってきた、多くのウェルギリウス、シェイクスピア、マーティン・ルーサー・キング・ジュニア、アインシュタイン、アレックス・ヘイリー、ダンテ。やり直すことはできる。この地獄において、おれはダンテだ。ダンテは、人を殺すような罪を犯して地獄に落ちたわけではない。人生の道を間違えて、ほんとうの自分からはぐれてしまった。K－10033も、ほんとうの自分からはぐれてしまったのだ。このおれ、マイケル・アレクサンダー・アレンは。

そしてダンテと同じように、おれは、覚醒を目指して、地獄の大穴のなかに降りていくしかない。憂鬱に呑まれ、猥褻《わいせつ》に傷つき、闘いから闘いへと進んでいくしかない。それでもひとつの闘いを生きのびるたびに、おれは覚醒に一歩ずつ近づく。地獄はもはや、生きのびる道をわざわざ教えてはくれない。地獄はいつしか、おれにとって我慢できるものになった。生きていくために耐えられるものに。おれはまわりにいる連中を裁かずにはいられない。おれは確かに、あのなかのひとりだが、いっしょくたにはされたくない。ダンテと同じように、おれは真実を見抜く識別の精神をもって生まれてきた。おれが軽蔑する連中は、もはや回復不可能なほどに病んでいる。彼らはずっとここにいたほうがいい。でも一方、みずからの運命を全うしようとする人たちもいる。彼らには自分が犯した悪事に対する真摯な贖罪の心があるように思える。

彼らは世界をより良く変える、少なくとも、誰かの世界をより良く変えることができる人たちだ。地獄は、この正反対の両者のうちの真摯な人々をとどめておいてはいけない。正しい行いを為《な》させるために、彼らを社会に戻したほうがいい。おれの生きる地獄は、ダンテをとどめておくことはできない。地獄は人にそれぞれの試練を与える。しかしダンテをとどめておくことはできないし、おれをとどめておくこともできない。『神曲　地獄篇』において、亡者たちは永遠の囚われ人だった。地獄界とおれの地獄との最も大きなちがいはここにある。そう、おれの地獄には出口があるということだ。

17　面会　その一

マイケルが刑務所にいたときの思い出として心に残っているのは、彼と電話で話したことだ。古典文学を読んで文章を書くという大学の課題について相談に乗り、助言をした。ほかには、車をひたすら走らせて刑務所まで面会に行ったことをよく憶えている。たいていは叔母のカレンといっしょにノルコの刑務所を訪ね、殺風景な面会室か中庭でマイケルと会った。

面会する日にはお決まりの感情の流れがあった。早朝、ロサンゼルスから長いドライブになることを覚悟して気を引き締める。刑務所に近づくにつれて高まる期待。面会時の静かな喜び。立ち去るとき、愛する人をそこに残して出ていかなければならないという重い落胆。

ひとたび刑務所に入ると、面会はきわめて儀式的な性質を帯びた。その儀式には規制という目的が内在していた。受刑者に対する規制、あるいは受刑者の家族に対する規制。いや、そう言ってしまうと、何かがずれる。儀式の対象はもっと曖昧で大きなものであるように感じられた。まるで規制そのものが儀式の対象であるかのように。

マイケルが書いていたように、彼は獄中ではＫ－１００３３という番号を与えられていた。受刑者はみな名前ではなく番号で呼ばれ、面会日も番号が奇数か偶数かによって振り分けられていた。奇数番号の半分が土曜、偶数番号の半分が日曜。それぞれの残る半分は翌週の土曜と日曜が面会日になる。

ただし、面会に通いはじめるためには、まず面会を申請し、許可され、〝面会者リスト〟に自分の名が登録されなければならない。この最初の手続きに数カ月を要した。そして刑務所への訪問それじたいも、相当に長い道のりだった。

私たちは午前四時か五時ごろ、夜が明けはじめるころにロサンゼルスを出発し、日の出に向かって車を走らせた。午前六時半ごろ、刑務所に到着し、駐車場に入る車の列に加わった。長い車列は駐車場から刑務所に隣接する郊外の野球グラウンドの横まで長く伸びていた。

ドライブのあいだは、カレンと心を開いていろんな話をした。なぜ彼女は教区の牧師に入れあげるのか。彼女がカウチに寝泊まりさせているのは誰で、どういう経緯でそうなったのか。私とボブの夫婦関係に何が起こったのか。あるいは、彼女が酒を控えるようになる二〇年ほど前の、まだ呑んだくれだったころに地震に見舞われたときのおかしな話だとか……。土曜日には、午後になって刑務所から車で出ていくと、隣の野球グラウンドでリトルリーグの子どもたちが試合をしていたものだった。

午前七時三〇分になると、野球グラウンド沿いに並ぶキア、ヒュンダイ、シボレー、ダ

ノルコの更生施設、カリフォルニア・リハビリテーション・センターを空から見る

ッジなどの車が順々に、守衛によって駐車場へ誘導された。車を停めたあとは、木製ベンチを置いたテントまで行って、前に置かれた書見台でサインをした。テントのなかは教会の伝道集会を思わせた。天蓋のつくる影のなかに、黒い肌や褐色の肌の女性たちがすわっていた。白人女性もちらほらいた。子どもたちが大勢いて、黒人男性も何人かいた。

刑務所内に持ちこめる金額は三〇ドルまでに制限されていた。紙幣であれ硬貨であれ、持ちこむお金はすべて透明なビニール袋に入れさせられた。私たちはいつも最大限まで持ちこんだ。お金はおもに、自動販売機から受刑者への差入れを買うために使われる。だが結局、買うのはいつも、電子レンジで温めて食べる、かなり残念なチーズバーガーか、怪しげな肉を包んだブリトーになった。

どんな装いでいくかも重要だった。ブルーのデニムは、受刑者の服と重なるから許されていなかった。ベージュやカーキも刑務官の制服と同じ色になるからいけない。体にぴったりフィットする服、胸の谷間が見える服、膝上五センチより短いスカートもいけない。袖の長さは肩から少なくとも五センチ必要だ。服装の規定からはずれると、なかに入れてもらえない。念のために、もうひと揃いの服を用意しておく人もいた。

この規制に目的があるなら、それは欲望を排除することなのだろう。しかし、伝道集会めいたテントのなかにいる女性たちは果敢に抵抗した。インターネットの受刑者の家族用チャットルームに、こんな投稿があった。

わたしは、アツアツのカレとのデートみたいにオシャレする……だって、愛する夫に会いにいくんだもの!! いつもワンピースとハイヒール……ただし、ワンピースは膝上五センチ以下にして。下にレギンスをはいても同じ。パンツ・スタイルだったら、黒のジーンズ、黒かチョコレート色のスラックス(ハイヒールとの相性バツグン)!そこに鮮やかなトップスを合わせる。ピンクか紫ならまずだいじょうぶ。あたしはよく赤を着る。口紅も忘れないで。あなたを見たら、ダンナはきっとよだれをたらすわよ☺ 楽しんできて!![*14]

それに同意するこんな書きこみもあった。

〝マブい女とジャック坊や〟が言うこと、ほんと当たってる。あたしも毎回、うんとそそる恰好で行くことにしてる。家で待ってる女がいるってこと、忘れてもらっちゃ困るからね。*15


カレンと私はこざっぱりとした服装を心がけた。ゆるいシルエットのパンツに、着心地のいいTシャツかセーター。私たちが会いに行くのは息子、いとこであって、恋人ではないのだから、規定からはみ出さない恰好ならそれでよかった。

列に並んで待ち、サインし、服装チェックを受けたあとは、刑務官が面会相手の受刑者番号を呼ぶまで待った。番号が呼ばれるとすぐに、監視塔の下にある高さ約二・五メートルの両開きの金属扉がきしりながら開く。その先には小さな囲い地があった。

二枚の金属扉がふたたび跳ね橋のように動き、背後でガチャンと閉まると、前方の新たな扉が開く。短い歩道がなんの特徴もない小さな建物に通じている。その内部にも装飾はいっさいない。ここが訪問者の待合室だ。ここでしばらく待ってから、身分証明書を手渡し、ビニール袋に入れたお金を確認される。そのあと面会許可証を受け取り、金属探知機のゲートをくぐって、中庭に出る。わずかな植栽とまばらな芝生がある中庭を通り抜けると、そこが面会室だった。

面会室に足を踏み入れると、漂白剤の臭いが鼻腔に飛びこんできた。入って右手の一段高い場所が看守の詰め所で、真向かいに自動販売機が並んでいる。看守に近づいて、面会許可証を示す。看守は、内線電話を使って、舎房から面会相手を呼び出す。刑務所前にできる車列に早く並べたときには、面会室はまだがら空きで、幼稚園にあるような低い円形テーブルと小さな椅子が並んでいるだけだ。

車の列の後方に並んだときには、すでに人でいっぱいになっている。ブルージーンズとブルーのシャツを着た、タトゥーを入れた男たち。それぞれの男たちの周りを、色味のある服を着た人たちが囲み、監獄には似つかわしくない雰囲気をかもしだす。まるでカフェ・テーブルが並んだ、陽気ににぎわうイタリアの小さな広場のようだ。

面会者があらわれたら、ここでおしゃべりをして過ごす。つらい気分になるような話題を避けながら。天気のいい日なら、中庭に出てぐるぐると円を描いて歩いたり、ピクニックテーブルに腰をおろしたりして話すこともできた。ときには看守が、監獄の写真屋として写真を撮ってくれた。担当の看守はポラロイドカメラで、つぎつぎに受刑者と訪問者を撮っていった。子どものためにボードゲームがいくつか置いてあった。

ときどきスピーカーから点呼を告げる声が聞こえた。刑務所にいるかぎり、定時に点呼されるのは避けようがない。受刑者たちは一列に面会室から出ていき、二、三〇分すると戻ってきた。

全体の面会時間は三、四時間。舎房に戻るようにアナウンスが入ると、それでおしまい。いつもあっという間に終わりが来た。

面会相手がいなくなると、出口に向かって、行きの道を逆戻りした。自動販売機の横を通り、外に出てまばらな芝生の中庭を突っ切り、金属探知機を通過し、待合室の看守に手を振り、囲いの金属扉があけられるのを待つ。

こうして囲い地まで戻り、背後で扉が閉まり、目の前の扉が開く。背後で扉がきしりながら動き、跳ね橋のようにガチャンと閉じる。監視塔の看守に手を振ったかどうかは憶えていない。そうはしなかったような気がするが、ときどきはそうしたかもしれない。

午後の早い時間には、試合中の野球グラウンドの横を通り過ぎるとき、幸せそうな郊外住まいの人々の歓声が聞こえた。刑務所内の自動販売機の電子レンジで温めるジャンクフードを食べなかったときは、刑務所から最初の角を曲がって二ブロック先にあるウェンディーズかバーガーキングで食事をとった。どちらも、ノルコの刑務所で提供されているものより格段にましだった。ロサンゼルスに戻る車中ではほとんど会話を交わさなかった。くたくたに疲れきり、気持ちも滅入っていたからだ。

刑務所のそばの湖も、一九二八年に贅沢なホテルとして建てられたという古い建物も、まだそこにあったにもかかわらず、一度も見に行かなかった。ホテルは女子刑務所として使われており、駐車場から目を上げれば、眺めることはできた。堂々として、古い時代のお屋敷のようだった。

このころのマイケルは、母親のカレンには「あの子らしさを保っている」ように見えていた。マイケルが大学の通信課程で成果をあげていることを誇らしく感じているのが彼女にはわかったし、何より息子が荒《すさ》んでいないことに安堵していた。

「そう、刑務所ではまだ荒んでいなかった」と、彼女は振り返る。「もっとあとになって、望みどおりの暮らしがしたくて、荒んでいった。でもあのころはまだやさしくて、にこにこしているマイケルだった」彼は、仮釈放規定違反で再収監されているあいだに、つまり彼にとって人生最後の数カ月のあいだに荒んでいった。でも、ノルコの刑務所にいるときは、そうではなかったのだ。

ただ、カレンが言うには、マイケルはノルコにいるあいだに、「前よりちょっといい加減で、力が抜けて、少し生意気な人間になった」。彼女は、がっかりさせられた面会の話を語ってくれた。「忘れもしないわ。彼が点呼で呼ばれて、出ていったの。あたしは戻ってくるのを待ってたけど、ぜんぜん現れなかった。彼の仲間のひとりが教えてくれた。点呼のとき、ガムを噛んでるのが見つかって、戻ってこられなくなったってね」カレンは、息子本人の生意気なふるまいのせいで、面会の後半を棒に振ったのだった。

それでも、彼はまだ荒んでいなかった。面会室には荒んだ印象を与える人が大勢いたけれど、彼はまだそうではなかった。

18　面会　その二

ここからは、私自身について告白したい。

私は前章をまるで研究者のように書いた。確かに私は研究者にちがいないが、前章では主体性を欠いた客観的な描写で面会について語るだけだった。私自身については何も語ろうとはせずに、当事者ではない観察者の視点に自分を置いた。

それは、苦悩や不公正と向き合わざるをえない世界において、研究者に与えられる特別席だ。研究者の立場を選ぶことは、ときとして、そこで出会う痛みを自分に取りこまないようにする言い訳になる。

私が何を書いたかを振り返ってみよう。

〈ひとたび刑務所に入ると、面会はきわめて儀式的な性質を帯びた。その儀式には規制という目的が内在していた。受刑者に対する規制、あるいは受刑者の家族に対する規制。いや、そう言ってしまうと、何かがずれる。儀式の対象はもっと曖昧で大きなものであるように感じられた。まるで規制そのものが儀式の対象であるかのように。〉

抽象化。距離をとること。このふたつが、私が自己防衛に用いる最初の手段、すなわち知恵の女神アテナの槍と盾だ。

私はここでもう一度、マイケルとの面会が私にとってどんな意味を持っていたかを語り直さなければならない。私が研究者の視点からこの話を語ったという事実それじたいが、これから読者に伝えるべきことをすべて語っているだろう。

刑務所にいるマイケルに会いに行くことは、私の心に深い傷を残した。それは、この本を書く段になっても受け入れるのがむずかしい、だが否定しようがない事実だった。私は刑務所に行った。刑務所のなかに足を踏み入れた。もちろん、罪を犯して有罪判決を受けて、そこに入ったわけではない。でも私がそうならずにすんだのは、これまでの人生を通して、古代ギリシアの哲学者アリストテレスが幸福に必要だと考えた三つのもの、援助と偏りのない性格と運を持ち得たからだった。

私は先のふたつを父と母からもらった。子ども時代に神を信じ、その後、信仰を失い、苦悩の時代をへてふたたび信仰を取り戻した。三つめは、神によって授けられた。

ここまで読んでくれたあなたは、私の夫（マイケルが射殺されるわずかひと月前に結婚した二番目の夫）を除く誰よりも私を知っていることになる。

私が囚人として刑務所に入らずにすんだのは、父と母と神のおかげだ。しかし、そこから出ていけるとわかっていても、私は刑務所にいるだけで、焼きごての〝刻印〟を、焼印用拘束具《ブランディング・フォーク》〔仔牛の頭に装着して自由を奪う金属製の器具〕の圧力を感じていた。たんなる一時滞在者に過ぎなかったとしても、それを魂の奥で感じとっていた。

私が感じたものの正体はなんだったのだろう？　面会に来た女性たちは、華やかにお洒落していた。私はそうではなかった。私は本の虫で、おおかた本の虫に似つかわしい恰好をしている。黒い服が多い。ときどきは明るい色の服も着るけれど、面会に行くときは、いつも黒ずくめだった。黒いTシャツ、黒いリネンのパンツ、テニスシューズ。

刑務所を訪れるときには、気分を盛りあげる要素が必要だ。私にとってそれは服装ではなく、おしゃべりだった。お洒落と、服の色味と、メークアップの効果もそれなりにわかってはいる。でも私は、刑務所に恋人を訪ねていくわけではなかった。アレン家のひとりを訪ねて刑務所に行ったのだ。誇りある一族の誇りあるひとりが、同じ一族の別の誇りあるひとりに会いに行く。そして、お互いに以前と何も変わっていないかのように、さまざまなことを――書物について、人間について、自由について、政治問題について――語り合った。

なぜ私は面会に行ったのか？　アレン一族には固い絆があり、私たちがそれを守ろうとしていたからだ。ただし、この説明は正しくもあり、間違ってもいる。

正しい部分について語るなら、私たちは、フロリダ州北部に位置する島の漁師で、のちにバプティスト派教会の牧師となったJ・P・アレンからはじまる一族だということだ。

私の祖父J・Pから生じた、半分は正式な、半分は内縁関係による、いとこまで含むと数え切れないほどの人々をかかえた大きな一族。それほどの大所帯でも、禿げ頭で長身痩軀の威厳あるJ・Pが教会の説教壇に立ち、朗々たるバリトンでゴスペルを歌いあげる姿を心にとどめていない者はひとりもいなかった。

主は闘いの斧
——戦《いくさ》のときには
主は闘いの斧
——戦のときには
主は避難所
——嵐のときには
〔ゴスペルの「主は闘いの斧（He's a Battle Axe)」より〕

私たちアレン家は、〝戦士〟の一族だった。それゆえ、ときには一族どうしで戦うことがあり、そうなると固い絆という一族の理念はポキリと折れた。一族の歴史にはそんな折れた枝がいくらでも散らばっていた。しかしそれでも、戦わなかった人々は固い絆を守りつづけた。私の父と、その妹であるマイケルの母との絆も、いまに至るまで変わることなくつづいている。

アレン一族は、背筋の伸びた人々の集まりだった。みんなとびきり姿勢がよかった。偶然からではない。それは、私たちが自由の民であるからだ。先祖のひとりがペテンと策略によっていっとき奴隷にされたことがあったにせよ、私たち一族はずっと自由民として生きてきた。

獄中のいとこを訪ねていくとき、私の自由民であるという自覚が揺らいだ。理由はとても単純だ。刑務所のなかでは、たんなる一時滞在者だったとしても、自由民ではなかったからだ。

服装も行いも感情も時間も、あらゆる要素が規制されていた。マイケルとの面会を重ねることで、私は権威ある立場の人間に「イエス、マーム」「イエス、サー」を使うようになった。いまも使うことはあるが、それは内輪のジョークとして、呼びかける相手への好意を示す場合にかぎられる。好意の表現になるのは、私が自由民であるからだ。使わなければならない言葉ではないからこそ、相手をやさしく称える言葉になる。けっして服従を表す言葉ではない。

では、私はいったいなぜ刑務所に通い、いとこを助けようとしたのか？　それは、私がアレン一族の一員だから――。アレン一族なら、一族の誰かを助けるのは当然だった。父は妹カレンを、私のいとこの母親を支えつづけた。娘である私は、いっしょに育ったいとこ、カレンの子どもたちの支えになろうとした。それが私たちのやるべきことだった。そして、彼らも私を支えてくれた。彼らは私を子ども時代からずっと知っていて、私が何かを達成すれば喜び、ばかなことをすればいっしょに笑ってくれる。

とにかく、いとこを助けようとして、私は刑務所に行った。だが、それが思っていた以上に自分を苦しめていたことに、あとになって気づいた。そうなるとわかっていたから、私以外のマイケルの親族たちは、面会に行こうとしなかったのかもしれない。いまになってそう思う。

五月がやってくるたびに、マイケルは母親に〝母の日〟のカードを送った。刑務所にいた後半の数年間、彼は私にも同じカードを送ってくれるようになった。

もしチャンスがあるなら、あなたもいつか、一日でもいいからいつか刑務所を訪ねてみてほしい。そこには誰かが訪れてくれることを求めながら、それが叶わない人たちがたくさんいる。

19 眩暈《めまい》

二〇〇二年の秋、〝穴倉〟から出てきたマイケルは、インディアナ大学の通信課程に再挑戦した。順調に受講を進めたかいあって、半年が過ぎて春休みが終わるころには、ほかの学生と同じように中間試験のことを心配するようになっていた。

だが一方、刑務所内の仕事については行き詰まっていた。厨房の仕事や肉体労働よりもましなデスクワークに就こうと応募してみたのだが、ふたつつづけて不合格になった。どちらも真剣に求めた仕事だった。

そんななか、ひとりの監督官から、刑務所がカリフォルニア州森林保護局《CDF》に派遣する消防隊チームに入れるかもしれないという話を聞いた。カリフォルニア州にとって山火事は大きな脅威であり、山火事対策のひとつとして、受刑者から成る消防隊が組織されていた。消防士の訓練合宿に参加すれば、刑務所の外にも出られるということだった。

しかしながら、訓練合宿に参加できるのは〝レベル1〟の受刑者にかぎられていた。〝レベル1〟とは、個人ファイルに〝暴力的〟という判定のない受刑者のことで、マイケルはそれに該当しなかった。彼は入所したときから、その罪状ゆえに〝暴力的〟と判定されていた。

だが、目配りのきく監督官が、マイケルの逮捕時の若さと入所後の態度を考慮すれば、〝暴力的〟という判定はふさわしくないと判断してくれた。こうして二〇〇三年五月、年一度の評価の見直しで、マイケルは〝レベル1〟の格付けを得ることができた。彼は心を躍らせ、久しぶりに未来への希望を持った。

二〇〇三年五月一九日、マイケルは消防訓練合宿に参加した。刑務所と護送車の外に出るのは、ほぼ八年ぶりだった。山林の渓谷を徒歩でめぐり、延焼を防ぐために樹木などの燃料源を取り除いて〝防火帯〟をつくる方法、そのためのシャベルと熊手の使い方などを学んだ。班長、班長補佐、救急係など、消火隊のさまざまな仕事や役割についても学んだ。マイケルは合宿の最初の四日間について記録を残している。

二〇〇三年五月一九日
一日目　マジで眩暈がした。いつも思っていたことだが、何かにつけて、おれは初日に弱い。パニックを起こしそうだった。すぐに元の場所に戻りたくなった。自由の空気にむせかえった。山を登っていくと、刑務所とはぜんぜんちがう空が見えた。どこから見ようが、空は大昔から同じ空であるはずなのに……。山を下りるころになって、ようやくいろんなものが意識に入ってきた。道沿いに小さな黄色い花が咲いていた。紫の花も咲いていた。

二〇〇三年五月二〇日
二日目　きょうは樹木のことが気になった。きのうも見ていたはずだが、今朝は「こっちを見ろ！」と、木々から呼びかけられているような気がした。ずっと木々のそばにいたかった。山のなかには、あちこちに人がいた。おれは、刑務所の外で営まれている人生にくらくらした。人々が仕事や学校や、買いものにも行くところを思い描いて、心のなかでうめきを洩らした。

二〇〇三年五月二一日
三日目　乗馬している人々に出会った。まわりの連中は、女性たちが太って重そうで馬が気の毒だと笑っていた。自分たちのほうがましだと思っているような軽口だったから、むかついた。彼女らは少なくとも、好きなときに好きなことができるじゃないか。

二〇〇三年五月二二日
四日目　早朝に食べたプルーンのせいで、腹具合が悪くて、集中しきれなかった。こんなことは二度と繰り返したくない。引き返すころには、すっかり気が滅入っていた。こうして書いていても、泣きそうになる。出かけていって戻ってこられるのは、幸せなことであるはずだ。だが、戻らなければならないとわかっていて出かけていくのが苦痛だ。

この時期に、マイケルにとってもうひとつの大きな出来事があった。恋をしたことだ。彼から電話で知らされたのがいつだったのか、正確には思い出せない。でも、彼がこう切り出したことは憶えている。「素敵な人と会ったんだよ、ダニエル。彼女はきれいで……」私はひどく狼狽《うろた》えた。「誰と会ったの？　どうやって？　どこで？」なぜマイケルが女性と出会えるのかわからなかった。看守のひとりだろうか。私は面会を重ねるうちに、何人かの女性看守と顔見知りになった。ぎこちないやりとりをして、私たちはお互いを認識するようになっていた。でも、相手は女性看守ではなかった。話を聞いて、マイケルが恋に落ちたのは仲間の受刑者、イザイアという男性だとわかった。イザイアは、豊胸手術やホルモン投与を受けて、ブリーという女性として生きてきた。彼女は間違いなく刑務所のなかでいちばんきれいだ、とマイケルは言った。母親には言わなかったが、私にはそれを言い、秘密にするように求めた。母親が動転し、咎《とが》められることを恐れていた。彼は私にも咎めないように望んだ。

　私は咎めなかった。一抹の驚きはあったが、その関係について詮索はしなかった。私はレズビアンの叔母〝ビッグ・ロズ〟が大好きで、中学時代は彼女のパートナーに髪を整えてもらっていた。周囲の人々の性同一性《セクシュアル・アイデンティティ》の変化に合わせることにも慣れていた。なぜブリーがノルコに来ることになったのかについても尋ねなかった。マイケルと私は、彼の仲間の受刑者がどんな罪を犯したかについて話さなかったし、このときも例外ではなかった。私がそれを知ったのは、ブリーがマイケルに手をかけたあとだった。

私はただ、マイケルが刑務所内で、彼を幸福にしてくれる大切な人を見つけたのだと受けとめた。将来はどうなるのだろうという心配が頭の隅を掠めはしたが、口にはしなかった。私は、いま起きていることだけに反応した。電話越しのマイケルの声は、かつて聞いたことがないくらい満ち足りていた。私は彼にそうあってほしかった。

自由と同じように、欲望はマイケルに眩暈を起こさせた。告白から一カ月後、彼が送ってきた作品は、これまでとはまるでちがっていた。〈世界は変わった。兄弟たちも前とはぜんぜん同じじゃない〉というラップ風の書き出しがあり、こんなふうにつづいていた。

おれが正気を失った?
いいや、見つけたんだ
おのれの偉大さに気づくのはすごいこと
はっきり言って、そこにいるのはキング
鏡のなかに見えるのはおれだけ
おれたちだけ　信じてくれ　触れ合えなくても
永遠にいっしょにいる　それがぜったいに必要なこと

ほどなく、刑務所の年一度の撮影で撮られたというブリーの写真が、マイケルから送られてきた。彼女は色味のある服を着て、メークアップをしていた。床に寝そべりピンナップガールのようにポーズをとっていた。きれいだった。少なくとも、その領域においては。〝マブい女とジャック坊や〟のような、刑務所の面会室を〝アツアツの恋人とのデート〟の場所に変えてしまう女性たちとも充分に張り合えた。その写真はもう手もとにないが、そのときのマイケルの手紙は残っている。そこにはブリーが彼に与えた強烈な印象が綴られている。また、チョーサーの『カンタベリー物語』を読んで文章を書くという大学の課題では、この本の「騎士の話」と「粉屋の話」に関するエッセイという形を借りて、みずからを語っていた。そのエッセイは、「ふたつの話と四つの欲望」と題されていた。「騎士の話」では、王族でいとこどうしであるふたりの男が、塔のなかに幽閉されている。そのうちのひとり、パラモンが、塔の窓から庭を歩く淑女エミリーをちらりと見る。それについてマイケルは〈欲望にはすぐに火が付いた〉と書き、作品からの引用を混ぜつつ、つぎのようにつづけている。〈パラモンはエミリーを求める。彼は苦悩の叫びをあげる。《彼はたじろぎ、「ああ!」と叫びをあげた。あたかも心臓に何かが突き刺さったかのように》〉。いとこのアルシーテは、パラモンの悲嘆は、幽閉されているのが原因だと見なし、耐えるようにとたしなめる。しかし、〈パラモンは、自分の悲嘆は幽閉とはなんの関係もないとアルシーテに告げる。そうではなく、塔の下の庭園をさまようひとりの淑女を見て

しまったことが原因であると〉アルシーテはそう言われて、窓から外を眺め、〈彼もまた、淑女の美しさに心を射抜かれた〉

「騎士の話」が貴族の恋を描いているとするなら、「粉屋の恋」は農民の恋を描いている。だが、欲望の持つ力というテーマにおいてふたつの話は結びつく、とマイケルは書いている。〈欲望は強力で、ほかの多くの感情を生みだす。通常ならやらないようなことを人にさせる〉。彼は結論の核心をつぎのように表現した。〈どちらの話においても、恋と欲望に駆られた人間がどんな結論を出すのか、周囲の人々は予測できなかった。その結論が招く末路を見定めることもできなかった〉

マイケルの言葉はまるで予言のようだ。彼は予見していたのだろうか。彼の意識のあずかり知らぬところで、人生の先を見ていたのだろうか。

当時の私は気づかなかった。これはチョーサーの作品についてのエッセイだとしか受けとめなかった。誰ひとり、マイケルの人生の結末を予想していなかった。なぜなら私たちの誰ひとり、彼の眩暈のするような欲望について考えてみようとしなかったからだ。

20 カリフォルニア史上最大の山火事

筑摩書房　新刊案内

● 2022. 6

●ご注文・お問合せ
筑摩書房営業部
東京都台東区蔵前 2-5-3
☎03(5687)2680　〒111-8755
https://www.chikumashobo.co.jp/

この広告の定価は 10%税込です。
※発売日・書名・価格など変更になる場合がございます。

ちくまQブックス第2期　6月刊行スタート

小林亜津子

生命倫理のレッスン

――人体改造はどこまで許されるのか？

美容整形やスマートドラッグなど、人体を改良するための技術利用は「私の自由」といえる？急速に進歩する科学技術と向き合う、生命倫理の対話の世界へようこそ！

25132-9　四六変型判（6月16日発売）　1210円

池田晶子

言葉を生きる

――考えるってどういうこと？

言葉はどうして通じるのか。なぜ意味がわかるのだろう。当たり前なのに不思議、その驚きから考えることは始まる。『14歳からの哲学』の著者が説く考えるヒント。

25133-6　四六変型判（6月16日発売）　1210円

「ちくまQブックス」シリーズ詳細は3ページをご覧下さい。

6桁の数字はISBNコードです。頭に978-4-480をつけてご利用下さい。

ダニエル・アレン　那波かおり 訳

マイケル・Aの悲劇

ある黒人男性の生を伝える

「私の愛するいとこは、なぜ殺されなければならなかったのか？」米国で大きな反響を呼んだ、高名な政治学者による黒人差別の実態を伝える回想録。解説＝榎本空

86739-1　四六判（6月22日発売予定）予価２９７０円

鶴見済

人間関係を半分降りる

――気楽なつながりの作り方

人間は醜い。だから少し離れて繋がろう。大ベストセラー『完全自殺マニュアル』著者が、悲痛な体験から生きづらさの解決法＝優しい人間関係の作り方を伝授する。

84324-1　四六判（7月1日発売予定）予価１５４０円

書影はイメージです。変更になる場合がございます。

日本政治学会 編

年報政治学2022－I

コロナ禍とジェンダー

女性の窮状、脆弱な層への負荷の偏り、ケアの危機等をもたらした権力構造を分析し、ポストコロナ時代に求められる政治や行政を見通す。
編集委員長＝三浦まり　　86740-7　A5判（6月20日発売予定）5280円

6桁の数字はISBNコードです。頭に978-4-480をつけてご利用下さい。

6月の新刊 ●17日発売

筑摩選書

0231
「天下の大勢」の政治思想史
▼開国から終戦への航跡

濱野靖一郎
法政大学客員研究員・海陽中等教育学校教諭

丸山眞男が言う日本人の「勢い」の意識とは何か。頼山陽、阿部正弘、堀田正睦、勝海舟、木戸孝允、徳富蘇峰の天下の大勢をめぐる思想から日本近代史を読み直す。

01749-9
2090円

好評の既刊 ＊印は5月の新刊

ぼくの昆虫学の先生たちへ 今福龍太 ファーブル、手塚治虫など14人への手紙 01734-5 1870円

連帯論 ――分かち合いの論理と倫理 馬渕浩二 人間の生はいかに支えられるか 01732-1 2090円

暴走するポピュリズム ――日本と世界の政治危機 有馬晋作 「劇場型政治家」が暴走する危機を警告する 01735-2 1760円

PTA モヤモヤの正体 ――役員決めから会費、「親も知らない問題」まで 堀内京子 PTAに「?」を感じたすべての人、必読! 01736-9 1760円

世界文学の名作を「最短」で読む ――日本語と英語で味わう50作 栩木伸明 編訳 世界文学、50の名作をつまみぐい! 01737-6 1870円

星新一の思想 ――予見・冷笑・賢慮のひと 浅羽通明 全作品を読み抜いた本邦初の本格的作品論! 01738-3 2200円

教養としての写真全史 鳥原学 写真は何を写し、何を伝えてきたのか 01724-6 2090円

デジタル化時代の「人間の条件」 ――ディストピアをいかに回避するか? 加藤晋/伊藤亜聖/石田賢示/飯田高 「人間の条件」を多角的かつ原理的に探究! 01741-3 1760円

ろうと手話 ――やさしい日本語がひらく未来 吉開章 歴史を知り、ともに歩む 01739-0 1650円

横浜中華街 ――世界に誇るチャイナタウンの地理・歴史 山下清海 中華街の地理、歴史、魅力を地理学者が解説 01742-0 1870円

資本主義・デモクラシー・エコロジー ――危機の時代の「突破口」を求めて 千葉眞 危機の時代の突破口を求めて思索した渾身作 01743-7 1980円

鉄の日本史 ――邪馬台国から八幡製鐵所開所まで 松井和幸 列島の技術と自然が織りなす類まれな発展譚 01744-4 1870円

女教師たちの世界一周 ――小公女セーラからブラック・フェミニズムまで 堀内真由美 女子教育を変えた、教師たちの大冒険! 01740-6 1870円

中庸民主主義 ――ミーノクラシーの政治思想 崔相龍 小倉紀蔵 監訳 洋の東西に共通する中庸の知に学ぶ 01747-5 1760円

東アジアの農村 ――農村社会学に見る東北と東南 細谷昂 大陸の原風景を描き出す、農村社会学の射程 01745-1 1870円

＊**北海道廃線紀行** ――草原の記憶をたどって 芦原伸 地域の栄枯盛衰と人々の息遣いを活写する 01748-2 1870円

6桁の数字はISBNコードです。頭に978-4-480をつけてご利用下さい。
内容紹介の末尾のカッコ内は解説者です。

好評の既刊
＊印は5月の新刊

どうにもとまらない歌謡曲
舌津智之 ●七〇年代のジェンダー
大衆の価値観が激動した1970年代。誰もが歌えた「あの曲」が描く「女」と「男」の世界の揺らぎ――衝撃の名著、待望の文庫化！（斎藤美奈子）
43821-8 902円

刀 ●文豪怪談ライバルズ！
東雅夫 編 刀にまつわる名作、競演！
43757-0 1100円

鬼 ●文豪怪談ライバルズ！
東雅夫 編 恐ろしくも妖艶な作品たち
43772-3 1210円

変半身《かわりみ》
村田沙耶香 最新最恐最驚の村田ワールド、はやくも文庫化！
43778-5 682円

つげ忠男コレクション ●吉田類と読む
つげ忠男 吉田類 編 『ガロ』黄金期を代表する伝説の作家 初の文庫傑作集
43780-8 990円

小説の惑星 ノーザンブルーベリー篇
伊坂幸太郎 編 小説って、超おもしろい
43770-9 792円

小説の惑星 オーシャンラズベリー篇
伊坂幸太郎 編 ドリームチーム、誕生！
43771-6 792円

ぼくたちは習慣で、できている。 増補版
佐々木典士 三日坊主は、あなたのせいじゃない
43782-2 858円

私の脳で起こったこと ●「レビー小体型認知症」の記録
樋口直美 福岡伸一大推薦!!
43789-1 880円

線の冒険 ●デザインの事件簿
松田行正 「線」っておもしろいな！
43800-3 1650円

日本語で読むということ
水村美苗 小説には収まりきらない世界がここにある！
43801-0 880円

日本語で書くということ
水村美苗 〈書く〉ことは〈読む〉ことからしか生まれない
43802-7 880円

ベルリンは晴れているか
深緑野分 第二次大戦直後のドイツを舞台にした歴史ミステリの傑作が文庫化！
43798-3 990円

すべての季節のシェイクスピア
松岡和子 シェイクスピア劇を10倍深く楽しむために
43807-2 924円

プロ野球新世紀末ブルース ●平成プロ野球死亡遊戯
中溝康隆 平成プロ野球を総括する最強コラム集
43806-5 924円

＊**圏外編集者**
都築響一 編集という仕事の面白さと本質
43819-5 924円

＊**お江戸暮らし** ●杉浦日向子エッセンス
杉浦日向子 江戸にすんなり遊べるしあわせ
43815-7 924円

6桁の数字はISBNコードです。頭に978-4-480をつけてご利用下さい。

6月の新刊 ●13日発売 ちくま学芸文庫

ウィトゲンシュタインのパラドックス ■規則・私的言語・他人の心

ソール・A・クリプキ 黒崎宏 訳

規則は行為の仕方を決定できない――このパラドックスの懐疑的解決こそ、『哲学探求』の核心である。異能の哲学者によるウィトゲンシュタイン解釈。

51124-9 1540円

ポストモダニティの条件

デヴィッド・ハーヴェイ 吉原直樹 監訳 和泉浩／大塚彩美 訳

モダンとポストモダンを分かつものは何か。近代世界の諸事象を探査し、その核心を「時間と空間の圧縮」に見いだしたハーヴェイの主著。改訳決定版。

09894-8 2200円

タイムバインド ■不機嫌な家庭、居心地がよい職場

A・R・ホックシールド 坂口緑／中野聡子／両角道代 訳

仕事と家庭のバランスは、時間をうまくやりくりしても問題は解決しない。これらがどう離れがたいものなのかを明らかにした社会学の名著。（筒井淳也）

51125-6 1760円

日本商人の源流 ■中世の商人たち

佐々木銀弥

第一人者による日本商業史入門。律令制に端を発する供御人や駕輿丁から戦国時代の豪商までを一望し、日本経済の形成を時系列でたどる。（中島圭一）

51122-5 1210円

百姓の江戸時代

田中圭一

百姓たちは自らの土地を所有し、織物や酒を生産・販売していた――庶民の活力にみちた前期資本主義社会として、江戸時代を読み直す。（荒木田岳）

51126-3 1100円

Math & Science

対称性の数学 ■文様の幾何と群論

高橋礼司

モザイク文様等〝平面の結晶群〟ともいうべき周期性をもった図形の対称性を考察し、視覚イメージから抽象的な群論的思考へと誘う入門書。（梅田亨）

51128-7 1100円

6桁の数字はISBNコードです。頭に978-4-480をつけてご利用下さい。
内容紹介の末尾のカッコ内は解説者です。

サンディエゴ市に近い山野の火事

〝よく学び、よく遊べ〟とは言うけれど、〝とにもかくにも学べ〟が、私のいつものやり方だった。二〇〇三年の六月と七月は暑い日がつづき、カリフォルニア州にとって毎年の脅威となる山火事が多発する酷暑の夏を予感させた。そのころ、私はマイケルの大学通信課程の学習を後押しし、同時に、消防士として働くことも励ましつづけていた。当時の私に見えていたのは、彼が仕事に就いて報酬を得る将来だった。

いまは、さらに多くのことが見える。二〇〇三年は、マイケルの人生のなかで最も輝かしい年だったにちがいない。車の運転を覚え、素晴らしいエッセイをいくつも書いた。そして恋もした。

彼が地獄の業火と闘ったのもこの年だった。二〇〇三年、カリフォルニア史上最大の山火事〔二〇二二年の現時点では史上三番目となる〕が発生した。

二〇〇三年の〝火災包囲〟〔Fire Siege　一定期間に同時多発的に発生する山火事を〝包囲攻撃〟siegeにたとえた呼び方〕は、カリフォルニア州の林野、約三二〇〇平方キロメートルを焼きつくした。そのなかで最も大きな〝シダー火災〟はカリフォルニア州史上で最大級の山火事となり、六〇メートルにもなる炎を空に噴きあげ、一時は一〇時間で三二〇平方キロメートル以上の土地を焼失させた。貨物列車のような轟音をあげて森が、骨を砕くような音をあげて野が破壊された。この火事だけで消防士一名を含む二二名が、火に焼かれるか煙に巻きこまれるかで死亡した。

マイケルが消火活動にあたった〝パス火災〟は、この年の一連の火災のなかでは初期に起きている。最初の通報は、二〇〇三年一〇月二一日の午後四時一一分に入った。カリフォルニア州リヴァーサイド郡の街、モリーノヴァレーの北にあるリチェ渓谷の乾燥した草と灌木に火が燃え広がり、九・七平方キロメートルを焼いた。

消防士たちは炎と果敢に闘った。熱気と疲労に耐えながら、険しい地形を移動し、火の通り道を封じる防火帯を設置した。風が吹くという気象予報が出ていることを知りつつ、熱い空気を肺に吸いこみながら奮闘した。風が吹きはじめると、炎はあちこちに飛んでいく。大きく、遠くへ、あちらかと思えばこちらへ。予測不可能な飛び火が、消防士たちの前線を後退させた。最も激しく燃えたときには、六九六人の消防隊員が投入されたが、隊員たちはみるみる消耗し、渇ききり、足は鉛のように重くなった。しかしそれでも彼らは炎に立ち向かっていった。二軒の邸宅と二軒の納屋を犠牲にしたのち、火災はようやく鎮火された。

マイケルの消防士としての稼ぎは、一日につき一ドルだった。だがもちろん、その稼ぎがほしくて消防士になったわけではなかった。彼は賃金に関して一度も不満を言わなかった。消火隊に参加したのは、それが彼にとって最も挑戦しがいがあり、最も意義深く、それまで得たことのなかった満足感をもたらす仕事だったからだ。

彼はその経験を、地獄にまつわるふたつ目の話として書きとめた。私に届いた六ページにわたるその報告書は、すべて大文字で書かれており、改行がなかったため、読みやすくするために、私が大文字と小文字を整え、改行を加えた。マイケルは火災と闘いながら、そこに自由を見いだしていた。

マイケルの消火活動についての報告

一〇月二一日火曜日が、歴史の始まりだった。カリフォルニア州史上最大級の災害の始まりだった。自分はノルコ刑務所からカリフォルニア州森林保護局《CDF》の消火隊に加わっている。ノルコ刑務所には消火隊が全部で三班あって、山火事と闘うための訓練を受けていた。訓練でおもに学ぶのは、火事が広がるのを防ぐために土地から可燃物を取り除き、岩肌や土を剝き出しにする防火帯のつくり方だ。ひとつの班はおおよそ一九名で、一八名が受刑者、一名が隊長だ。この日は一三名のチームで、マシューズ湖で知られる首都圏水道公社《MWD》の土地で作業していた。班長はシェーン・ポーター。山火事の第一報が入ったのは、午後一二時半から一時頃だった。ペリスにある本部は、オークグレンとバウティスタのキャンプから、それぞれひと班ずつ出動させた。オークグレンもバウティスタも、CDFに所属する受刑者による消火隊の訓練キャンプだ。そのあと無線から流れてきたのは、オークグレンとバウティスタの班への連絡だった。無線がつぎつぎ入る前から、ペンドルトン海兵隊基地近くで起きた火災が目視できた。自分たちの班にも出動命令が出るんじゃないか、みんなそう思いながら作業していた。だが出動命令はなかなか出なかった。その日は、煙柱が三本、それぞれちがう方角に立つのが見えた。ノルコのキャンプからも班のどれかが出動するだろう、いや、きっと自分たちの班を含む特別編成班《ストライク・チーム》9282GULFが出動するだろう、と半ば決めこんでいた。CDFでは、ふたつの班が合体して消火活動にあたる形式をストライク・チームと呼んでいる。だが午後三時になっても、ノルコへの出動命令は来なかった。班長がしびれを切らして無線で問い合わせた。「ノルコにも消火隊がいるんだがな」何人かは声をあげて笑ったが、笑うどころではない状況がすぐに訪れることになる。

一日の作業が終わるころには、きょうの出動はもうないだろうと思いはじめた。一日じゅういまかいまかと待っていたのだが、キャンプに戻るころには、きょうはもう火事場には行きたくない気分になっていた。きょう一日の仕事に満足していたし、施設に戻ってシャワーを浴びて、のんびりしたかった。帰りの車中で、火事のことが話題になった。班長が、きょうの二件の火事は連邦政府の所轄だから、CDFが出動する必要はないんだろう、と言った。フォンタナの火事は国有林で発生したらしい。だからってCDFが助けにいかない法はないのだが、政治的に見るなら、〝火事から搾りとる〟ことが目的だったのかもしれない。つまり、火事が長引いたほうが儲かるというわけだ。CDFが出動すれば、火の勢いは大幅に落ちて、早い段階で鎮火する。CDFの消火隊が今後出ていくのかどうかはわからないけれど、火事の発生当日に送りこんでいたら、焼失面積は小さくなっていただろう。あくまでも推測にすぎないが、林野庁が落ちる金を目的に火事を長引かせている可能性はあるかもしれない。帰りのバスのなか、みんなでそんな話をした。キャンプに戻ると、リチェ渓谷で火事が発生し、ノルコから一班と三班が出動していることがわかった。おれたち二班の隊員は、派遣されたのが自分たちではなかったことを喜んだ。二班の出動時間がいちばん多かったので、派遣される順番が最後になっていたようだ。これならベッドに入って、テレビを見て、週末まで楽ができる、とみんなで笑い合った。もちろん、そんなのは虫が良すぎる話だった。数分後、班長が現れて、ノーメックスを着るように命じられた。

冗談だろ、と最初は思った。でも同時に、出動を期待してもいた。どんな消防士もそうだろうが、火事に立ち向かえると思うと、アドレナリンが噴きあがるのを感じた。

　話をつづける前に説明しておくと、消防士は全員、出動するときにはノーメックスの上下を着用しなければならない。ノーメックスは、炎の熱から身を守ってくれる難燃性の繊維だ。班長が冗談を言ってるんじゃないとわかると、おれたちはすぐにノーメックスを着て、安全装具を二重チェックした。一班と三班がリチェ渓谷に向けて出発したのは、四時四五分から五時頃だった。おれたちの班は、正規の班長トニー・ヘルナンデスが到着するのを待たなければならなかった。やきもきしながら待っていた。まだ日が落ちていないのに、炎が空に立ちのぼるのが見えていたからだ。みんな、腹を空かせていた。空きっ腹のまま山に入りたくなかったから、おれが隊員に携行食《MRE》を二セットずつ配った。五時半から六時頃、班長が到着した。班員は出動の準備万端だったが、すぐには出られなかった。出発は七時頃になった。車が幹線道路から下りるとき、フォンタナ火災の炎が見えた。リチェ渓谷の火災に近づくと、巨大な炎が見えた。三、四メートルの高さがあって、燃料源（草、灌木、樹木）の多い一画では六、七メートルにもなっていた。現場に着くと、仮の指令本部になった場所におれたちのバスを停めた。数台の消防車と給水車と消火隊員たちが指令を待っていた。先に出たノルコの一班、三班も、バスを停めたところで待機していた。おれたちはフル装備で降車し、班長が指示するために戻ってくるのを待った。戻ってきた班長が、指示待ちはさらにつづくと言い、全員に安全装具の再確認を命じた。おれたちは携行する水や予備のバッテリーを確認した。班長が、班長補佐とおれに、発煙筒とマーキングテープを持っていくようにと言った。二、三〇分待ったところで、ふたたび荷物をまとめるようにと言われた。ノルコの三つの班がそろって別の場所に移動し、そこでまた一時間か一時間半ほど待った。おれはバスの横に寝そべっていた。班のみんながまだ腹をすかせていた。班員のひとりが携行食《MRE》を配った。おれたちがバスを停めたのは、この地域を囲む丘のひとつのふもとだった。炎があがるのは見えていたが、期待感はもう燃え尽きていた。一日働いたあとなので、車で移動しているだけで疲れてしまい、横になっていたかった。しばらく休んだあと、ほかの班と合流するために立ちあがった。それからまた待たされた。それが何時間にも感じられた。ふたたび荷物をまとめてバスに乗りこむことになり、幹線道路に戻った。なんだか同じところをぐるぐる回っているみたいだった。目的地はピジョンクレストという場所で、山の反対側の斜面のどこかだということはわかっていた。ピジョンクレストに着くと、決められた順番どおりにバスから降りた（そのまま整列して、すぐに仕事に取りかかれる順番だ）。降りるときに、割り当てられた道具を手渡されるのだが、おれは道具を渡す役割だったから、いちばん先にバスを降りなければならなかった。準備が整うと、隊長から安全に関する訓示があり、一〇項目の服務規定と注意事項を確認した。それから、一軒の家まで道を歩いていった。その家までたどり着くと、眼下の五〇メートルくらい先に炎が見えた。

その家から始まる坂道を下りていった。その途中にいくつも檻があって、動物が飼われていた。山羊、イボイノシシ、羊、仔羊、狼、鳥。おれには種類がわからない動物もいた。さらに少し下ると、今度は上り坂になり、巨大な岩を越えた。ここで班長が無線で指示を受けているあいだ、立ち止まった。けっこう時間がかかったので、おれたちは斜面の下でノルコのほかの二班が消火活動を始めているのを見おろしていた。下で働いている連中がうらやましかった。そのうち何人かは、きょうが初めての出動だったので、ほほえましい気持ちにもなった。気づくと、列の後方になっていて、少し焦った。おれは隊列の前方にいて、班員が怪我したり転落したりしないように気を配る役目を負わされていた。どの班にも救急係がいて、応急処置キットを携行することが義務づけられている。移動の隊列は、先頭が班長で、つぎに班長補佐がつづく。何が起きているかを見逃さないように、列の前方にいたかった。何度か火事場を経験したが、いつも現場の動きを見逃していたような気がしていた。班長も班長補佐も救急係もシャベルを手にしていた。おれの道具は、重い木の柄《え》の先がシャベルと熊手を合わせたような形になっている。土をかけて火を消すのがシャベル係の役割だ。おれは現場でさんざんシャベル係をやらされてきたから、今度は別の役目が回ってくるんじゃないかと思っていた。

班長が「出発！」と叫んだ。おれたちは家の下にある巨大な岩を乗り越え、丘の斜面をほぼ水平に歩きつづけた。暗くて足もとがよく見えなかった。小径にはいくつも穴があき、足を滑らせやすい草が生えていた。さらにまずいのは、ちょっと足を滑らせただけで、斜面を転がり落ちてしまうことだった。丘の下は岩だらけで、ガラガラヘビもいる。二、三〇メートル進むと、下り坂になった。丘ではいつもこんなふうに、上りと下りを繰り返しながら斜面に沿って進んでいく。下りになったときは、たびたび出くわす段差に注意しなくてはならない。急斜面は岩がゴツゴツしているし、ときには二メートルくらいの垂直な段差もある。そこを切り抜けても、すぐにまた危険な段差がある。おれたちはそんな段差を何カ所か通過した。途中でひとりが垂直な段差を避けようと横に回りこんで、足を滑らせた。おれはすぐに落ちた班員のところまで行けなかったが、下り坂で手助けするために三班から派遣された男がいて、受けとめてくれた。それをきっかけに、おれはハンボルト火災の事故を思い出した。あのときは、おれとほかの班員ふたりが、山の斜面を登って行き、一八〇メートルの長さがある放水ホースを受けとって、それを下まで通すという仕事をまかされた。ハンボルトの地形は複雑で、少しでも気をゆるめると、斜面を滑落して骨を折るか、頭を岩に打ちつけることになる。斜面をおりていくとき、班員のひとりがおれの約九メートル前方にいた。ホースを下に引き伸ばすために、おれたちはホースをつかんで後ろ向きに歩いていた。突然、下のほうで大きな音がした。足を止めて、下を振り返ると、仲間が転がり落ちていくところが見えた。おそらく三〇メートル近く転がり落ちた。おれはホースをすぐに放して、急斜面をずるずる滑りおりた。が、その途中にも大きな段差があって、もし左足を木に引っかけて踏ん張らなかったら、勢いよく崖から飛び出していただろう。おれは段差の上から、落ちた仲間に大丈夫かと尋ねた。返事はなかったが、体が動いていた。近くに、たぶん第六一か第六二消防署から派遣された消防士がふたりいた。おれは彼らに向かって大声で助けを求めた。ふたりは、そこから動くなとおれに言い、ひとりが崖から落ちた男のところまで下りていった。仲間がひどい怪我を負っているんじゃないかと思うと恐ろしかった。仲間の消防士が大怪我を負ったところを見るのは、ほんとうにつらい。罪悪感がこみあげるが、自分にはどうにもできなかった。訓練では、少なくとも前と三メートルの距離をあけて進むように、斜面を下る場合は、さらに距離をあけるようにと教わった。そうしないと、ドミノ式の滑落を招いて、自分の道具で仲間を傷つけることにもなりかねないからだ。あのとき落ちた男は、大怪我ではなかった。でも、リチェ渓谷火災では、何がどうなるかわからない。あの滑落事故を目撃して以来、おれは気を引き締め、とことん用心するようになった。

おれたちの班は無事に丘を下って、ほかのふたつの班と合流できた。そのあとは、数メートルさがって、すでに火が消えているところに防火帯をつくる作業を開始した。ほかのふたつの班は、おれたちが合流したときにはもう仕事をしていたが、立って見ているだけのやつもいた。この時点で、シャベル係全員が火災の最前線に召集された。おれも自分の道具を持って最前線まで行った。炎が高く熱く燃えあがっていた。自分のなかに一瞬にして力がみなぎるのを感じた。班長がおれと班長補佐に、最前線にとどまって火に土をかけろと言った。炎の最前線と勢いを確かめてから、すぐに取りかかった。おれとほかの二名のシャベル係が横並びになって、火に土をかけた。炎からの距離は一－一・二メートル。ときには六〇センチくらいまで近づくこともあった。防火帯の仕上がりにはシャベル係の仕事が影響する。おれたちは炎の境界に沿って進み、懸命に作業した。自分以外の二名は、シャベルをほかの班員に手渡して交代した。疲れたら交代するのがきまりなのだ。そのうちシャベル係のひとりが作業の邪魔になってきたので、そいつに向かって「疲れてるなら、どいてくれ。おまえのせいで仕事が進まない」と大声で叫ぶしかなかった。彼はおとなしく従った。おれは消火隊のなかでは一目置かれていた。消火隊に入ってまだ三カ月だが、仕事の覚えが早かった。この仕事が好きで、楽しんでやっている人間として、まわりから認められていた。作業をつづけていると、肩や腕が石のように重くなってきたが、かえってやる気が出た。そのうちシャベル係の三人の息が合ってきた。

どういうわけだか、気づくと、おれがいちばん前に出ていた。作業するときには、仕事のことだけを考えている。没頭するあまり、はっと顔をあげて、ようやく事態の変化に気づくこともある。このときも、気づくと、おれがいちばん前に出ていた。三人でかなりの広範囲に土をかけていたこともわかった。新鮮な空気を深く吸いこもうとしたが、無理だった。火事の最前線に立って消火活動をおこなうとき、最も苦しめられるのは煙だ。煙のせいで涙が止まらなくなる。おれたちの班長は、火災との闘いは煙との闘いだと言った。つねに涙を流し、息を詰まらせ、自分の洟《はな》をすすって飲みこみつづける体験をしなければ、火災と闘ったとは言えないのだと。げんなりするかもしれないが、あらゆる消防士にとって間違いなくほんとうの話だ。

もし火事から逃げるとき、煙に苦しめられていないとすれば理由はふたつ。その一、いまはまだ安全だから。その二、たんに運がよかったから。安全規則を守り、警戒していても、何が起きるかわからない。いまは安全でも、少し先には死が待っているかもしれない。風のわずかな変化だけで、あわてて火から逃げなければならないこともある。おまけに、そんなときはたいてい、走る速さより火の勢いのほうが速い。だから、つねに何が起きているかを意識することが、きわめて重要になる。おれは作業に没頭するあまり、注意を怠った。だから、ひどい目に遭ってもおかしくなかった。おれは炎に背を向けて、やっと新鮮な空気を吸いこみ、作業をつづけた。自分を立て直すと、火事の全体に意識が向いた。振り返ると、ノコギリ隊が奮闘していた。火事場でノコギリを使う仕事を見くびる人がいる。そのせいで、ノコギリの担当を長くつづけられる人は少ない。ノコギリを使うには、腕力と根性と勇気が必要だ。すごくつらい仕事だ。だけどおそらく、最も重要な仕事だろう。ノコギリで灌木や樹木を切らなければならない。しかも、夜間に、滑りやすい草が生えて岩がごつごつした急斜面でそれをやるのは、並大抵のことじゃない。この仕事をこなすノコギリ隊の粘り強さには尊敬の念しかない。もう一度振り返って前方を見ると、進んでいる小径の先に段差があり、煉瓦の壁のように木々が立ちはだかり、灌木が生えていた。おれは炎に土をかける作業に戻った。数メートル先の炎は最初に見たときほど激しく燃えてはいなかった。班長補佐が、無線で班長に、追加の指示はないか、針路を変更すべきかどうかを尋ねた。

班長は、同じ方向に進みつづけるようにと答えた。班長補佐が深い茂みに覆われた急斜面を下りはじめた。おれはあとにつづいた。ノコギリ隊はおれの三－四・五メートル後方にいた。段差を下りたところで、つぎにどう進めばいいのかわからなくなった。この段差の周辺はすでに燃え尽きていた。地面がまだ熱いことを除けば、対処できないような熱気ではない。太いバットのような無数の枝が、あちこちから突き出ていた。班長補佐がスコップで茂みの一部を叩き壊して進んだ。それでもうまくいかないときは、足で踏みつけて枝を折るしかなかった。そのとき、理由はよくわからないが、班長補佐だけ引き返すようにという班長の指令が無線で入った。そんなわけで、ノコギリ隊の前に通り道をつくる役割がおれひとりになった。見落としがないように気をつけながら、焼け跡にそって進んだ。暗闇のなかでは、ヘルメットのランプだけが頼りだ。深い茂みのせいで、どっちに行けばいいのかわからない。防火帯をつくりながらノコギリ隊が背後から近づいてくるのが音でわかる。灌木の茂みのなかで、背中の荷とノーメックスの上着が枝に引っかかった。抜け出そうにも、枝が折れなくてイライラした。どうすりゃいい？　何も浮かばなかった。下生えで足を滑らせた。こうなるまで、自分がどんなに疲れているかに気づいていなかった。……抜け出すまでに永遠の時間が過ぎたような気がした。ヘトヘトだったが、それはたいしたことじゃなかった。抜け出すのはひと苦労だったが、なんとか態勢を立て直すことができた。……おれは茂みを歩いてノコギリ隊を先導していく仕事をつづけた。彼らにはチェーンソーもあるから、灌木を切りながら抜けていくのはもっとたやすい。でもだからと言って、疲れたりヘトヘトになったりしないというわけじゃない。強力なチェーンソーを使えば、密生した茂みやもっと険しい地形でも通り抜けることができた。おれは

谷に沿って燃え広がり民家に迫る山火事

ノコギリ隊を先導し、四、五〇分かけてゆっくりと、斜面が燃えている山を回りこむように進んだ。

その途中、低木のなかを這うように進んだ先に、炎が激しく燃えている箇所があった。一〇－一二メートルぐらいある幾本かの木が燃えていて危険だった。もっとよく見ようと近づくと、高さ三〇メートルくらいの木に火が燃え移っているのを見つけた。木のあちこちに火がついて、てっぺんが激しく燃え、焼けた枝がときどき降ってきた。ノコギリ隊は一〇メートルくらい後方にいた。その先の小山の上に班長たちの姿が見えたので、急いで登っていき、手短に状況と地形を説明した。おれの班の班長が、ノコギリ隊のところに戻って、彼らを燃えている木から遠ざけておくようにと言った。おれはノコギリ隊のところまで行った。そこはなぜか火が燃え移っていない場所だったので、短い休憩を取った。燃えている木を境として緑が残っている側に防火帯をつくるために、炎がおさまるのを待たなければならなかった。それには三〇分くらいかかった。それでもまだ木の内部が燃えているので、いつ倒れるかわからず、危険きわまりなかった。

班長補佐のひとりが、その木に〝倒木危険《キラー・ツリー》〟のマーキングテープを巻いた。誰だったかはよく覚えていない。そのあと全員で小山を登り、また下って、大きな段差のあるところまで戻った。斜面を上るほうが、下るよりも楽だった。結局、そこから先の作業は、三つの班から結成した特別班でおこなうことになり、自分もそこに加わった。午前一時ごろになっていた。燃えている木を過ぎると、地形がなだらかになり、歩きやすくなった。防火帯をつくりながら二〇分くらい進んでいくと、火の手が方向を変えて急斜面を登りはじめた。数分間は近くに火のないところで防火帯をつくっていたが、上り坂になるとまた丘の斜面の火が見えた。火の回りが早かった。炎が発する明かりを除けば、あとは真っ暗だ。小山の上で木が燃え尽きるのを待っているとき、下のほうで消防車のヘッドライトが点滅するのが見えた。丘の上の火を見つけた班長たちが、シャベル係がまず行けと無線で指示してきた。おれと班長補佐ふたりが上に向かった。ほかにもシャベル係はいたはずだが、どこかに隠れてしまった。たぶん疲れていたのだろう。それに何人かは初めての火事場だった。

おれたちはできるだけ急いで丘を登った。丘の上には燃料源となる灌木がみっしりと生えていた。すぐに土をかける作業を開始した。班長のジョン・ハレルも少しあとから到着し、いっしょにシャベルを使いはじめた。ハレル班長はもうかなりの歳だが、言われなきゃわからない。班長のなかでは飛び抜けて健脚で、身長は一六三センチ、体重七五キロくらいか。火事の現場で進んで最前線に立つ班長は、実はそれほど多くない。おれは、ジョン・ハレルをすごく尊敬していた。彼はいつもよく動き、この仕事を愛し、他人のために働いた。丘の上の茂みが濃かったので、煙もとても濃かった。安全のためのノーメックスの衣類でも、つねに万全というわけではない。……炎が激しい場所に向かうと、急斜面や崖がたくさんあった。そのうえ、繰り返すことになるが、とても暗かった。炎しかあたりを照らすものがなかったのだ。

丘の上で作業を終えると、歩いてほかのふたつの班が休憩をとっているところに戻った。装備をはずし、一時間ほど休んだ。軽食なのか朝食なのか、とにかく食事が配られた。午前五時頃だった。……班長に呼ばれて円陣を組むと、つぎの任務が言いわたされた。林野庁の消防隊が斜面の燃料源を焼いているあいだ、そばに建つ三軒の家を見張れというものだった。その斜面というのがフットボールグラウンドぐらい広い。誰が決めたかは知らないが、おれたちのような消火隊を近くに控えさせる必要があると考えたのだろう。ただの見せかけの見張りとして。ひと晩じゅう立って働いたあとなので、そのままつづけて火と闘うほうが、見張りなんかするよりずっとよかった。さらに屈辱的だったのは、そこには数台の消防車がいたことだ。消防車のほうが、おれたちのような手作業の消火隊より早く消火できる。なぜ自分がそこにいなければならないのか、わからなかった。そういうわけで、おれたちは延焼を防ぐために焼かれる土地と、そこから一〇メートルくらい離れた家のあいだに立った。見張りの合間にときどき仮眠を取った。消火活動よりやりたいことがあるとすれば、そのときは眠ることしかなかった。〝消火軍団〟のボスのひとりが近づいてきて、うちの班長と話していた。知り合いらしく肩を抱いたり握手したりした。消火活動を長くつづけていると、その界隈で知り合いが増えていくものらしい。彼らは二〇分くらい話していた。そのあと、班長はおれたちに、腰をおろしていいと言った。ただし、ヘルメットも含めて装備はすべて身につけていなければならなかったのだが。

*

二〇〇三年のカリフォルニアの山林火災シーズンに起きた〝パス火災〟についてのマイケルの報告は、ここで終わっている。

マイケルが〝パス火災〟で炎と闘ったあと、私たちは何度も電話でそれを話題にした。私は、その経験に胸を打たれた。写真でしか見たことのなかった山火事――写真で見るだけでさえ恐怖で震えてしまうのに、マイケルはそれを自分が見てきた事実としてたんたんと語った。

彼が経験したのは、私の想像をはるかに超える強烈な熱さだった。私は記録を残しておくように強く勧めた。マイケルは毎日の目標を立てて少しずつ書き進め、週末には書きあげたものを私に送ると約束してくれた。

こうして、すべて大文字で、六ページにわたって改行のない報告書が、私のもとに郵送されてきた。そこには、一刻たりとも気のやすまらない、消防士の仕事ぶりが綴られていた。いったん現場に入れば、たやすく引き返せない、片時も目を離せない、つねに火の動きをつかみ、休みなく動きまわらなくてはならない。熱気のなかでは息をするのもやっとだ。そして気を抜くことはけっして許されない。

〝一〇月の火災包囲〟に関する九九ページにおよぶ正式な災害後の報告書[*16]には、受刑者の消火隊に関する記載が二箇所にある。ひとつは一点の小さな写真。もうひとつは最終章に提言として述べられた、つぎのような文章だ。〈カリフォルニア州少年司法局が、レベル1の受刑者を〝林野火災緊急支援キャンプ〟のスタッフとして最優先で配備することが、いっそう求められている〉

森林保護局は、消火活動に携わる要員を集められるだけ集めておきたかったのだろう。しかし、彼らの存在は一般社会からはほとんど見えていなかった。彼らは紙吹雪の舞うパレードに出ることも、街に出ていくこともなかったが、自分たちが意義ある仕事をしていることをわかっていた。それをマイケルの記録が証言している。

火事の最前線に立ち、シャベル隊を率いて、火の回りを遅らせているとき、マイケルは、自分がなりたかった自分になれたと感じていた。私はそう信じている。激しい山火事との出会いが、彼を学業にも集中させた。そのころ成果をあげていた大学の通信課程においても、彼は自分のなりたかった自分になっていたはずだ。彼はその課程を最後までやり遂げた。戸外での活動が、彼の刑務所内の活動にも集中力をもたらした。

この〝火災包囲〟の年、マイケルは、彼自身が幸福に生きるために必要とするものを見つけていた。消火活動、書物、そして恋愛――。彼は幸福な人生を送るひとりだった。それは彼が失われた何百万という命のなかのひとつとなる前で、そのとき、束の間だったとしても、彼は自分自身を見いだしていた。

しかしながら、汗だくの訓練と、熱と煙に抗いながら消火活動にあたる日々が、完全に汚れなきものだったわけではない。

マイケルの死後の数年間で、私は彼について知らなかったことをたくさん知った。なかには、受け入れがたいこともいくつかあった。そのひとつをここに書いておきたい。この時期、マイケルは勇敢な消防士でありながら、麻薬を肛門に入れて外部から刑務所内に持ちこむ運び屋でもあった。一日一ドルの賃金に文句ひとつ言わなかったのは、そのせいもあったのかもしれない。

ほかの事柄も彼の光が闇と表裏一体であったことを物語っている。二〇〇四年五月、刑務所内で騒乱が発生し、ひとりの受刑者が亡くなり、長期のロックダウンが敷かれることになった。マイケルはこの受刑者の死と騒乱について、ひと言も私には語らなかった。私がそれについて知ったのは、受刑者の家族が集まる掲示板を見たからだった。マイケルは総じて、このような闇をいつも自分ひとりのなかにおさめようとした。

しかしながら、パス火災から一年後、彼がある種の精神的危機に陥ったときに、その秘匿に綻《ほころ》びが生まれた。精神的危機の原因は、ブリーだったのではないかと思う。

受刑者とのコミュニケーションの特徴のひとつは、電話であれ手紙であれ、けっして充分に会話できないことだ。通話は録音され、監視され、手紙は開封されて必ず検閲を受ける。そのせいで語れないことがたくさんある。あるいは、語ったとしても暗号のような遠回しな表現になる。ゆえに、私が彼から受け取った絶望に満ちた一通の手紙も、いったい何が彼にそれを書かせたかは想像してみるしかない。手紙の日付は二〇〇四年一〇月のある日で、原因がなんにせよ、彼の心の闇が顔をのぞかせている。

疲れて、力が湧いてこない。何もかも面倒になっている。慰めがほしくて、書いているんじゃないんだ。でも、なんで書いているのかもよくわからない。……ダニエル、おれは必死に耐えようとしてる。でも、もう何もかも失いそうだ。夜、泣きだすと止まらない。楽しい日はほとんどない。苦しい時間ばかり永遠につづくように思える。横たわって何も考えまいとすると、よけいに眠れなくなる。夜眠れるように、昼間にできるだけ疲れるようにしている。このことは、いつかまた話すよ。

変わらぬ愛をこめて　マイケル

このとき、マイケルは失恋したのではないだろうか。マイケルの家族は誰ひとり、彼が薬物を使用していることを知らなかった。また、この時期には、どんな治療も受けておらず、病気だったわけでもない。初恋の人との関係がうまくいかなくなっていたのではないかと、私は想像する。

私たちの会話や手紙のやりとりでは、多くが遠回しに語られていたため、推測の域を出ることはないが、この手紙からは彼の闇の深さがうかがえる。しかしそれでも、〝火災包囲〟の年、マイケルの人生はひときわまぶしく輝いていた。

一族の人々から獄中のマイケルに関する断片的な情報を拾い集めていたとき、強く印象づけられたのは、意外にも、誰もがこの年がマイケルにとって素晴らしい一年だったと口を揃えることだ。
〝火災包囲〟の年は、マイケルにとって人生の最高潮だった。
彼の手紙、エッセイ、山火事に関する記録……。そのすべてが歌っているように、一年間にわたる栄光の〝救い給え《ホサナ》〟を歌いあげているように思える。この時期――『神曲　地獄篇』についてエッセイを書きあげ、消火活動について学んでいるとき――彼はこんなふうに書いている。〈数年前、おれには何年かかけて登るべき山が見えていた。おれはその頂《いただき》まで登った。そしていまは駆けおりようとしている〉
同じ年に、彼はこのようにも書いている。〈時は飛ぶように早く過ぎていく。おれはそれに追いつけそうにない〉

許しなき社会 Ⅲ

21　火と氷

世界は火で終わるという人がいる。

氷だという人もいる。

――ロバート・フロスト

ブリーはいとこたちが、少なくとも彼女のいとこたちのひとりがヒットマンである世界の住人だった。それでもマイケルはブリーを愛しつづけた。ふたりの愛は、マイケルが手紙の最後にいつも書くように、〝変わらぬ愛《ラブ・オールウエイズ》〟だった。その愛がマイケルを、ブリーの他の大勢のいとこたちの世界に、銃とドラッグの世界に縛りつけた。そこから抜け出すのかどうかを問われたとき、彼は迷わずブリーへの愛を選んだ。

それが彼を死に追いやった。

なぜマイケルはブリーを愛したのだろう？　男ばかりの刑務所のなかで、思春期の異性への欲望を持つようになった彼にとって、ブリーがいちばん美しい女性だったからなのか。

彼がいつから同性と性交していたのかはわからない。最初に移送されたスーザンヴィルの成人刑務所から始まったのかもしれない。つぎに移ったセンチネラの、彼が〝よくしてもらっている〟と言っていた終身刑の年輩者から始まったのかもしれない。ただし、マイケルとブリーは同年代だ。刑務所の多くの男性のなかから、ブリーはマイケルを選んだ。マイケルが家族を愛し、家族が彼を愛したのは、彼が家族の一員として生まれついたからだった。マイケルとブリーは、選択肢のかぎられた世界だったとしても、お互いがお互いを選びとった。マイケルとブリーにとって相手はかけがえのない天からの贈り物だったことだろう。ではなぜマイケルは、最後には彼を死に追いやる人と出会い、離れがたい恋愛関係に陥る――その過程に要するだけの長い歳月を、獄中で過ごさなければならなかったのだろう？　どうして少年期から青年期への長い道のりが、鉄格子のなかになったのだろう？

マイケルが、未成年の被告として法廷に立った一九九五年、カリフォルニア州議会は、刑務所における受刑者の更生に――未成年の受刑者の更生にさえ――すでに見切りをつけていた。現行の刑罰制度に対する批判が集中するのは、まさにこの点だ。だが、あまり批判の論点にはならないことも、ここには書いておきたい。

州議会はそのとき同時に、正当な懲罰という思想――刑罰は犯した罪に見合うべきであり、科される刑罰には制限が設けられるべきであるという考え方にも見切りをつけたのだ。カリフォルニア州議会は全会一致で、カージャック犯罪に関しては一六歳以上を、のちには一四歳以上を成人として裁くことができると決議した。すべての州議会議員が、厳罰こそが犯罪を抑止すると考える犯罪抑止論者になったのだ。刑罰の重さを決めるとき、彼らが見ていたのは人ではなく現象——犯罪統計上のスコアだった。とにかく犯罪件数を減らしたかった。個々の人間の——被害者の、加害者の——正義は、彼らの視野に入っていなかった。

マイケルに宣告された刑期は、ほんとうに彼に対して科された罰だと言えるのだろうか。それは、利発だけれど（私たちから見れば）軽度の窃盗癖を持つ一五歳の少年ではなく、一九九三年の一月から八月までにロサンゼルスで起きた二六六三件のカージャック事件に対する懲罰だったのではないか。

一九九五年の春、マイケルが被告席に立ったときに、この犯罪件数がどこまで伸びていたのか、私にはわからない。しかしそのときマイケルは、突きつめて言うなら、このようなカージャック犯罪のすべてを背負って法廷に立っていた。それまでも同じように、同じ罪を犯した者が裁判官の前に立ってきたのだ。

犯罪抑止政策は、非人間的な側面を持っている。社会全体が負の現象の集積にいだく強い憎しみを、個人に振り向ける。しかし個人がそのような憎しみに対して責任を負うことはできないし、負うべきでもないだろう。そのような罰の与え方は、良心に照らして正しくない。〝因果応報〟——犯した罪にふさわしい罰が与えられるという考え方は、行き過ぎた懲罰から人々を守る役割も果たしていたはずなのだ。

古来人類は、怒りが懲罰を、誰かに責任を取らせたいという欲求を生みだすことを知っていた。罰が罪に見合ったものなら、怒りは鎮静する。少なくとも調整され、軟化する。そうさせるのは怒りであって、憎しみではない。怒りと憎しみの区別には、古くから多くの哲学者が取り組んできた。憎しみは、その永続性、固着性、軟化のむずかしさによって、怒りとは区別される。

一五歳の少年に対して――それも初めての逮捕で、一週間のうちに犯した複数の犯罪を逮捕前に自供し、カージャックに失敗し、負傷したのは当人だけという状況において――二五年から終身刑という懲罰の可能性を裁定前に示すのは、想像しうる最も純粋な憎しみの表明のひとつであるように私には思える。経済学者のクローディア・ゴールディンとローレンス・F・カッツは、二世紀にわたってこの国の人々に学びの機会をもたらしてきたアメリカの教育制度を称え、それは〝寛容な、やり直しを許す〟制度だったと語っている。[*17] しかし、いまの私たちの社会は、もはや寛容であるとは言えない。マイケルは、思春期のさなかから壮年期を迎えるまでの一一年間を、仲間の受刑者とのあいだに彼の人生を変えるほど深い関係を築くのに充分な一一年間を、獄中で過ごした。そうなった一因は、私たちが不寛容な社会を築いてきたことにある。

こうして、私たち親族は、愛するマイケルを二九歳で喪った。それはなぜなのだろう？火のせいなのか、氷のせいなのか。詩人のロバート・フロストは、ダンテの『神曲　地獄篇』をわずか九行に凝縮させたような、「火と氷」という作品を書いている。

世界は火で終わるという人がいる。
氷だという人もいる。
欲望を味わった経験からすると、
私は火を唱えるほうに加担したい。
だがもし世界が二度滅びるのならば、
私は憎しみも知り抜いているので、
破滅にかけては氷も
あなどれない、
十分にやれると言いたい。[*18]
〔「火と氷」川本皓嗣訳、『対訳　フロスト詩集』岩波文庫〕

高まる暴力に対する社会の憎しみが、マイケルに対して不相応に重い刑罰を科した。マイケル自身のブリーへの欲望が、彼を暴力的な世界に縛りつけた。氷と炎。炎と氷。そのどちらも彼を破滅へと導いた。

それでもまだ、〝なぜ？〟という問いも、〝なぜなら〟という理由づけも終わりそうにない。まだ大きな疑問が残されている。

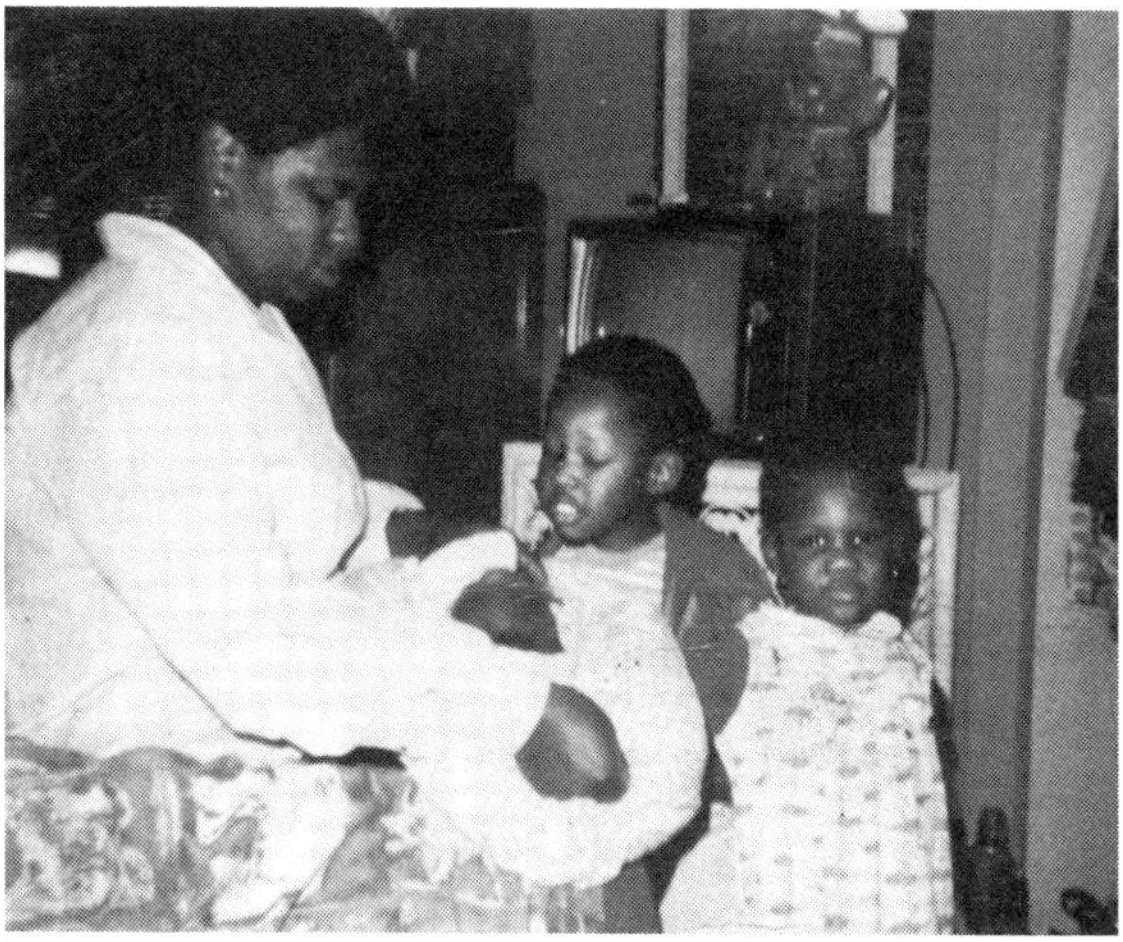
生まれたばかりのマイケル

一九九五年九月、南カリフォルニアの霧深い日曜の朝、いったいどうして、一五歳のマイケルは駐車場にいた男性から所有物を奪うために銃を持つことになったのだろう？　それは火のせいだったのか、それとも氷のせいだったのか。

22　シングルマザーとしての出発

マイケル・アレクサンダー・アレンは、一九七九年一一月三〇日に生まれた。双子だったが、出産のときに彼だけ生きのびた。母親のカレンは二三歳のシングルマザーで、姉のロズリンとその恋人ブレンダの家に身を寄せていた。マイケルの兄と姉は、赤ん坊の誕生をとても喜んだ。

マイケルは、医者が頭に水がたまっているのではないかと疑うほど、生まれたときには大きな頭をしていた。でも、ほほえんだような顔で、笑うような声をあげて産まれてきたので、親族のあいだでは、カリスマ性を備えた赤ん坊だという評判をとっていた。マイケルは、私たちみんなが抱きあげたくなる赤ん坊だった。

母親のカレンは、シングルマザーになって日が浅かった。三人の子の父親と別れたのは、その年の夏だった。元夫と出会ったのは、高校二年生を終えた夏休み、場所はフロリダ州ファーナンディーナ・ビーチ市で、大西洋沖に連なるシー諸島のひとつ、アメリア島の小さな漁村が彼女の生まれ故郷だった。父親は漁船を持つ漁師、二番目の妻である母親は助産婦で、資格なしの地域の訪問看護師として働いていた。カレンはきょうだいの一二人目、実母にとっては七番目の子だった。

一九五〇年代の一〇年間で、専門職に就くアフリカ系アメリカ人の労働人口は飛躍的に伸びた。アメリカ全体の黒人看護師は三五〇〇人から七〇〇〇人近くまで倍増した。[*19] カレンの母は、看護師の資格は持たなかったが、地域共同体の医療に携わっていた。進取の精神を備えた一家だった。

カレンが高校二年を終えた夏に恋に落ちた相手、ポール・ジョンソンは、当時高級リゾートに変貌しつつあったアメリア島につぎつぎと建つコンドミニアムの建設現場で働いており、たいそう羽振りがよかった。やせ薬だと言ってスピード〔純度の高い固形の覚醒剤〕

をやっていた。カレンにとって、ポールは金と高級車とドラッグの象徴だった。彼女も少しだけ酒を飲み、マリファナを吸っていた。一九七〇年代のフロリダにコカインは流れこんでいたが、合成麻薬ＰＣＰはポールにとっても高級品だった。そして彼には結婚した妻がいた。

一九七五年、カレンは大学一年生の春学期の始まりに大学を中退し、地元のバス・ターミナルで働きはじめた。その後、介護施設に転職し、ポールと同棲するようになった。その年の一一月、ふたりにとって最初の子、長男のニコラスが生まれた。妊娠しているあいだ、カレンは飲酒と喫煙をやめた。煙を吸いこむと吐き気がしたからだ。その後も妊娠のたび、マリファナを吸って気分が悪くなることで妊娠に気づいた。一九七七年一一月、二番目の子、長女のロズリンが生まれた。兄のニコラスに似て、おだやかな性格だった。ニコラスはやがて母親と同じように寛容な心を持つ青年に育っていく。

だが、カレンが三番目の子を妊娠するころには、ポールとの関係が危うくなっていた。ポールは、妻と離婚すると言いながら、いっこうにそうしなかった。そのうちカレンは、ポールと彼が妻と呼ぶ女性とのあいだに婚姻関係がないことを知った。つまり、カレンとの結婚に法律上の障害はないのだから、ポールがその気にさえなれば、いつでも結婚できたはずなのに、彼はそうしなかったのだ。

カレンはショックを受けたことで、自分を取り戻した。母親と同じ仕事に就こうと看護学校への入学準備を進めることで、自信も深まっていた。看護学校の学費は、姉のロズリンが出すと約束してくれた。カレンは就学に意欲を燃やし、ポールに対して「前より自由にものを言い、自由にふるまう」ようになった。ポールから返ってきたのは、「信じられないような嫉妬」だった。

ポールは「驚くほど攻撃的」になり、肉体的な暴力も振るうようになった。カレンを身持ちの悪い女だとなじり、おなかにいる三番目の子（すなわちマイケル）は、自分の子ではないと言い張った。赤ん坊のロズリンをつねり、カレンを殴った。「初めて殴られたとき、誰だかわからなくなるくらい顔が腫れたわ。でも、仕事には無理して行った」

そのとき同僚から家に帰るように説得されたことも、カレンは憶えている。あるとき、ポールがロズリンを執拗に追いかけるのを見かねて、カレンはナイフを取り出した。「その瞬間、自分のなかに力がみなぎるのを感じた。娘に何かしたら、ただじゃすまないからって言ってやった。あたしは闘いたかった」

ポールは彼女の首を絞めようとしたが、このときはどちらも怪我することなく、どうにか争いがおさまった。それからは激しいつかみ合いの喧嘩はしなくなったが、口論は絶えなかった。カレンは前より言葉で自分を表現するようになり、ポールをからかうやり方も覚えた。

「スイートポテト・パイを焼いて、あたしは食べなかった。ポールは、あたしが毒を盛ったんじゃないかってビビってたわ。ほんとにそうしてやりたかったんだけどね」彼女のなかに新しい声が生まれつつあった。

妊娠が安定期に入ると、カレンは南カリフォルニアに飛んで、一九六〇年代後半から七〇年代前半にかけて西海岸に移り住んだ兄や姉たちを訪ねた。当時、彼らと同じように、人生のチャンスを求めてディープサウスから出ていった、おびただしい数のアフリカ系アメリカ人たちがいた。カリフォルニアへの旅は、カレンに多くの会話のチャンスをもたらした。とりわけ姉のロズリンとその恋人と話し合うことで、自分の現状がよく見えるようになった。カレンは、ポールとの同棲を解消し、ロサンゼルスに移住しようと決意した。

短い旅のあいだに、生活支援や医療費補助、食料配給券《フードスタンプ》を受けとる準備を整えた。フロリダに戻ると、本、テニスラケット、食器……とにかく手当たりしだいに荷造りし、ニコラスとロズリンを連れて、ふたたびカリフォルニアに向かった。もしポールが暴力さえ振るわなかったら、いまもあのフロリダの暖かな海岸地方で彼と暮らしていただろう、とカレンは言う。自分の家庭を持つことに特別なこだわりがあった。

しかし、彼女はフロリダにはとどまらず、ロサンゼルス郡カーソン市ネスター通りにある〝ビッグ・ロズ〟こと姉のロズリンの家を、新たな家とした。そして、その家で、マイケルが誕生した。

マイケルの初めての歩み

23　初めての歩み

マイケルの伯母で彼に初めての家を提供した〝ビッグ・ロズ〟は、妹のカレンが自立することを望んでいた。最初から、ここにいつまでもいられるとは思わないで、安心してはだめ、と妹に言いつづけた。イラン・アメリカ大使館人質事件の発生から二カ月が過ぎ、マイケルが生後一カ月を迎えたクリスマスの直後、〝ビッグ・ロズ〟は、宣言どおりにカレンと子どもたちを家から追い出し、兄のダニエルのもとに送りこんだ。カレンが仕事を見つけるまで兄の家にとどまるという計画だった。

一九七九年の石油危機は国の経済を揺るがし、ガソリンスタンドには車の長蛇の列ができていた。アフリカ系アメリカ人の失業率は歴史的に高い数値に達したが、そんな状況でも、カレンはひと月とかからず看護助手として働き口を見つけた。母の足跡を追ったおかげで、幸いにも、当時としては数少ない経済成長分野のひとつであった、健康産業というサービス業に職を得ることができたのだ。そのおかげで、新たな年に少しずつだが前に進んでいける生活の基盤が得られた。

しかし、良きことと悪しきことはつねに背中合わせだ。北フロリダ出身の、ちょっと受け口で笑顔のやさしい田舎娘には、彼女が属する医療分野と同じくらい伸び盛りのサービス産業がロサンゼルスに存在することなど想像しようもなかった。ロサンゼルスが、世界最大の違法薬物市場であるこの国の、最大の市場都市になりつつあることなど知りようもなかった。

アメリカは——現在がまさにそうだが——過去のしばらくの期間も、世界最大の違法薬物輸入国だった。ヘロイン、マリファナ、コカインと変遷していく国民の嗜好が、世界の至るところに財を築いては破壊した。これは二〇世紀後半に始まったことではない。一九三三年に禁酒法が解かれ、マフィアが密造酒に代わるものとしてヘロインに目をつけたことがそもそもの始まりだった。

ニューヨークで最初にヘロイン・ビジネスに手をつけたのが、この街を拠点とするマフィア〝コーザ・ノストラ〟であったことは覚えておく必要がある。黒人コミュニティは、残念ながら、恰好のカモにされた。〝コーザ・ノストラ〟の根城イーストハーレムと、黒人の街ハーレムは目と鼻の先だった。そして大恐慌後の一九四〇年代のハーレムには、すぐにも依存症に引きずりこめそうな、破滅の際に立つ人々があふれていた。

犯罪組織としてマフィアの大きさとは比ぶべくもないが、ハーレムにも小規模な黒人の犯罪集団がいくつかあり、街で麻薬を売りさばく売人ならいくらでも調達できた。警察幹部にしても為政者にしても、いわゆる権力者たちは、アフリカ系アメリカ人コミュニティがさらに荒廃していくことに、さほど胸を痛めはしなかった。

イタリア系マフィアの街、イーストハーレムは麻薬取引の拠点となり、一九四〇年代の終わりにはハーレムのアフリカ系アメリカ人コミュニティに薬物依存症が定着した。一九五〇年にはニューヨークのベルヴュー病院にコカイン中毒で六人の若者が搬送されている。それが一九五一年は前半期だけで七四人になり、そのうちの五二人が黒人だった。

権力者たちが本気で頭をかかえるようになるのは、それよりあとになる。とりわけヴェトナム戦争に送り出した兵団に、ドラッグが蔓延したときだった。

一九七一年に、時の大統領リチャード・ニクソンが〝麻薬撲滅戦争《ウォー・オン・ドラッグ》〟を宣言し、キャンペーンに乗り出した。一九七三年には〝ロックフェラー麻薬取締法〟が成立し、違法薬物の売買だけでなく所持も違法とされ、ヘロインやコカインだけでなくマリファナも違法薬物に指定された。そのころにはもう、誰でもドラッグの流行を知っていた。

しかし、カレンがロサンゼルスへの移住を決意した一九七九年、まだほとんどの人が知らないことがあった。それはニクソンが〝麻薬撲滅戦争〟の初動としてアメリカの麻薬市場を拡大させた〝フレンチ・コネクション〟〔フランス経由の麻薬ネットワーク〕をつぶし、それが間接的にコロンビア、メキシコ、東南アジアの麻薬密売人にアメリカ市場に参入するチャンスを与えたことだ。薬物のグローバリゼーションが約束の地に、ロサンゼルスにたどり着こうとしていた。

バーブラ・ストライサンドが『ノー・モア・ティアーズ』をやさしく歌い、マーヴィン・ゲイの『ホワッツ・ゴーイン・オン』が巷で聴き返されているころ、暴力という疫病がロサンゼルス大都市圏に広がろうとしていることなど、カレンには知るよしもなかった。北フロリダの純朴な田舎娘には、〝天使の街〟に輝くチャンスしか見えていなかった。

24 「ヤバい、逃げろ！」

カレンは看護助手の仕事に就くと、子どもたちを連れて、サウス・ロサンゼルスのノルマンディ通り一〇四丁目にある、サウスウェスト・コミュニティ・カレッジに近い団地アパートに引っ越した。一五年前にワッツ暴動が発生した場所から近く、夜間外出禁止令の対象にもなったが、この近辺は略奪や放火や破壊の被害を免れていた。[20]

マイケルは幼かったので、初めて家庭をひとりで営むことになった母親とその子どもたちが、どんなにたいへんな日々を送っていたかを憶えていなかったことだろう。カレンは毎朝四時にマイケルと上のふたりの子を起こし、排ガスを撒き散らす路線バスに乗って、ベビーシッターに送り届けた。そしてまた引き返して職場に向かったが、それでも到着は七時一五分より遅くなった。サウス・ロサンゼルスの窮状を助けるために、バス料金はその前の三年間をかけて五〇セントまで引き下げられていた。マイケルとその家族は、当時のロサンゼルスの公共交通機関の利用者数を現代のピークまで押しあげた人々の一部になっていた。[21]

一日の仕事を終えると、朝とは逆の手順と道すじをたどり、家に帰った。「帰り着くと、子どもたちをお風呂に入れて、食事させて、それから自分が食べて、飲んで、気絶するように眠って目が覚めると、また同じことのくり返しだった」と、カレンは振り返る。幼かったマイケルは、彼を生んで数カ月のうちに母が酒に溺れるようになったことも、憶えていなかったことだろう。

一九八〇年七月、カレンは〝禁酒会《AA》〟〔アルコホーリクス・アノニマス、アルコール依存症者のための自助グループ〕に参加しなければならなくなった。それはあっという間の転落だったが、そのあとには劇的な巻き返しがあった。カレンは、マイケルが一歳の誕生日を迎える前に断酒した。元に戻ることもなかった。

それからは、苦労もあったが、ゆるやかな上り坂になった。AAへの参加から一年後、カレンは看護助手として新しい職を得た。新しい職場であるハーバーUCLA医療センターは、マイケルを出産した病院であり、やがて撃たれたマイケルが搬送されることになる病院でもある。カレンは通勤バスを使うのをやめて、中古のダットサンの青い小型車を手に入れた。もう少し広い住居を求めて、ワッツ地区のウィルミントン通り一〇三丁目に転居した。

ワッツ地区は、それより一五年前に〝ワッツ暴動〟〔一九六五年、飲酒運転の黒人青年の逮捕をきっかけに発生した大規模な暴動。三四人が死亡、約四〇〇〇人が逮捕された〕が起こり、社会不安の発火点となった場所だった。新居のある通りでも当時二名が死亡しており、事件後に再開した食料品店には女性しか入ることが許されなかった。しかし、通りの先の角を曲がると、そこにはワッツタワー〔イタリア系移民サイモン・ロディアが三三年間をかけて独力でつくった一四本の塔。国定歴史建造物に認定されている〕がそびえ、併設されたアートセンターでは子ども絵画教室が開かれていた。ここは一九六〇、七〇年代を通して、知と芸術の改革運動の震源地でありつづけた。

より広い新居の家賃をまかなうために、カレンはルームメイトを求め、ルームメイトが子どもたちのベビーシッターになってくれることを期待した。「子どもたちの世話をしてくれる人を見つけるのが、いつも一大事だった」

彼女はたとえ不足があっても、なんとかすべてのピースをうまく収めようとするよう、いつも躍起になっていた。妊娠したおなかの上でカーディガンのボタンを留めようとするようなものだった。あるとき、すべてをやりきるには物資不足だとわかっていながら、なぜそこまでしゃかりきになるのか、と人から問われて、ぽかんとしてしまった。立ち止まって考えてみる余裕もなかったのだと、そのとき気づいたのだという。

当然ながら、友だちの友だちの、ほぼ赤の他人に近いルームメイトたちは、彼女の期待に応えてくれなかった。ひとりのルームメイトのゲイ男性は、「子どもたちを見ていてくれるはずだったのに、お客を呼んで遊んでいた」。しかしそれでもカレンの子どもたちには、眠る場所と、衣類と、少なくともひとり一足ずつ靴があった。けっして飢えることはなかった。必要とあれば、カレンは嘘をついてでも、食料配給券《フードスタンプ》を掻き集めた。

マイケルは、二歳のときに引っ越したこの家のことをもしかしたら憶えていたかもしれない。いつも外に出たがる子どもだったから、家の近所のことを憶えていたかもしれない。集合団地のなかにある保育園に通い、ほかの子が長ズボンをはいている涼しい季節でも、まるまるとした太ももを半ズボンから出して遊びまわっていた。母親といっしょに――感謝祭やクリスマスには伯父や伯母やいとこたちといっしょに――料理したことを憶えていたかもしれない。私たちはそうやって臓物料理やスイートポテト・パイの味わいを知った。

ときには祖父のJ・P・アレンが、三番目の妻のグレースを伴って、フロリダから飛行機でやってきた。J・Pは特別な日には、アフリカの王様のような堂々たるガウンを着た。子どもたちは決まって通りで駆けっこし、家の前の芝生でフットボールをやり、テレビでフットボールの大学対抗戦を観戦した。こういった親族の集まりのおかげで、カレンは子どもたちへのプレゼントには悩まなくてすんだ。プレゼントのことはビッグ・ロズや兄たちにまかせ、子どもたちに屋根と食事と靴を与えることに専念できた。

ただし、そんな親族の助けがあっても、フルタイムで働きながら三人の子どもを育てるのはたいへんで、一九八〇年代前半の数年間、カレンは長女のロズリンを姉のロズリン、〝ビッグ・ロズ〟にあずけていた。そのために娘のロズリンは母から愛されていないのだと感じ、一方マイケルとニコラスは、母がロズリンのほうを愛しているから、いいところへやったのだと思いこむことになった。

そんな歳月のなか、マイケルが四、五歳のとき、母親の友人、バビ・トゥンデが彼に瞑想のやり方を教えた。瞑想はマイケルにとって生涯つづく、唯一心を落ちつかせることができる習慣になった。カレンは、マイケルが小さなころから、屋上にのぼって瞑想をしているのを見かけることがよくあった。

きょうだいのあいだに複雑な感情を生みはしたが、家族を縮小させたことにはそれなりの効果があった。生活に少しだけ余裕が生まれ、カレンはついに看護学校に通い、母親の

マイケルの子ども時代

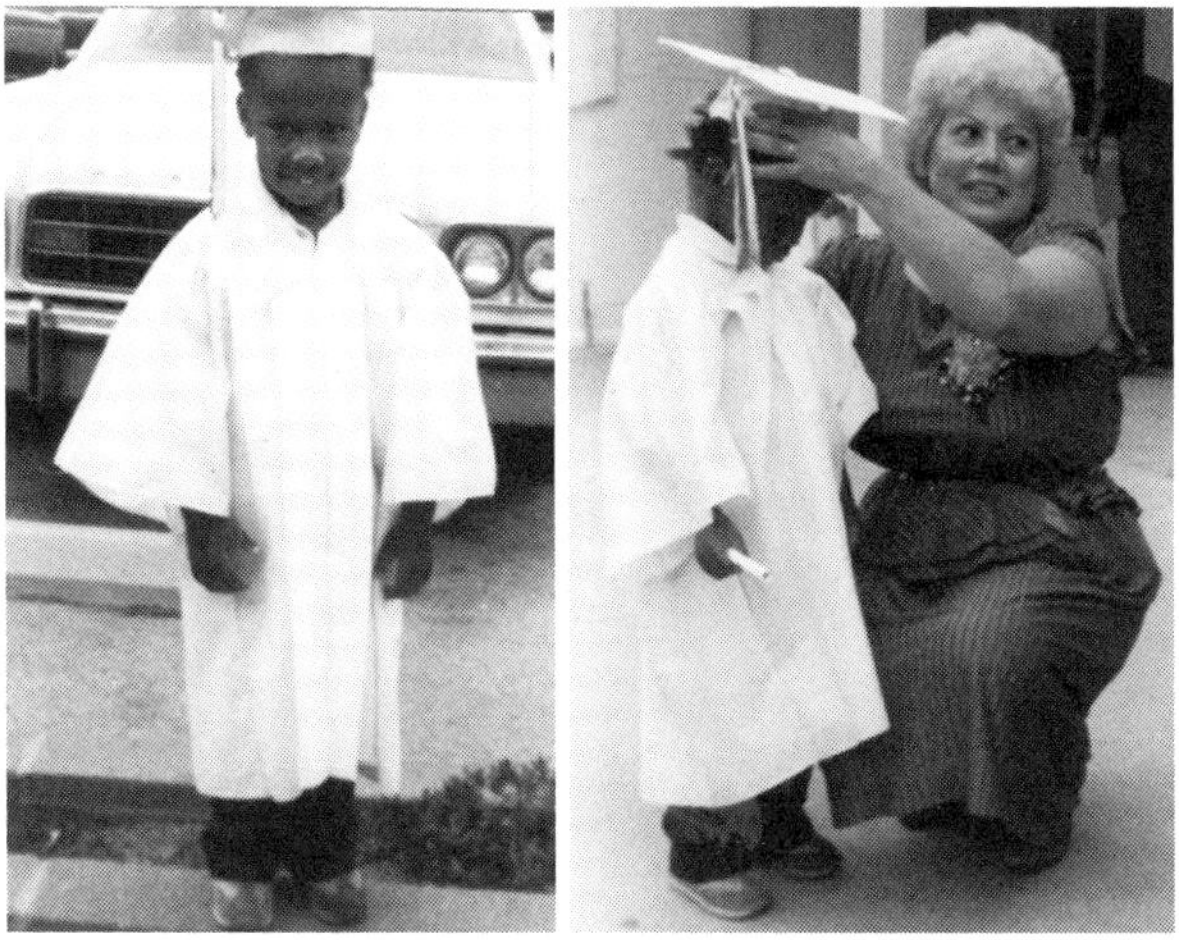

幼稚園の卒園式

夢だった看護師を目指せるようになった。一九八三年に看護学校に入学し、一九八四年に卒業したとき、子どもたちは八歳、六歳、四歳になっていた。

地元の高校の体育館を借りておこなわれた簡素な卒業式のことは、私も記憶にとどめている。折りたたみ式の椅子にすわって家族が見守るなか、ほぼ女性ばかりの卒業生たちが、一列に並んでステージに上がっていった。当時中学一年生だった私は、叔母のことを誇りに思った。彼女の苦労の数々は幼いころから親族の語り草であり、一族の結束を奏でる基調和音になっていた。カレンの電話は繋がったり繋がらなかったりで、繋がらない月は滞納している請求書にささやかな援助を必要としていた。電気もときどき止められていた。だから、カレンが看護学位をステージで受け取ったとき、私はその体育館ホールの誰にも負けないくらい誇らしい気持ちになった。ここまでたどり着くために、どんなに鋼《はがね》の意志を必要としたかをわかっていたからだ。

看護学位を取って、カレンはより稼ぎのいい仕事に就くことができた。一九八六年、友だちの煙草の火の不始末によってウィルミントン通り一〇三丁目の家が火事になったのを機に、また引っ越しを決めた。今度は同じワッツ地区のアパートではなく、ロサンゼルス郡パサデナ市の南西に位置するハイランドパークの貸家に転居することができた。

そこはこれまでの、街路樹のない道路ぎわに、階段しか上階に昇る手段のない集合住宅が建ち並ぶ街とはちがった。芝生と樹木のあふれる街だった。子どもたちにとって〝わが家《ホーム》〟と呼べる家がある街。そこにはちゃんとした学校もあった。近所にはさまざまな民族の人々が住んでいて、子どもたちは通りのあちこちに友だちをつくった。

カレン一家が住むことになったのは、床と地面のあいだに狭い隙間を設けたカリフォルニア式のコテージだった。マイケルは瞑想するために屋根にのぼるだけでなく、床下にももぐりこむようになった。ときには戸外の木々にのぼって瞑想した。

たくさんの友だちもできた。ロビン、ポーリーン、フランシス。ロバートは隣家の子どもで、通り向かいには、反中絶派の子だくさんの一家が住んでいた。

男の子の危ない遊びにも手を出すようになった。あるとき、マッチで遊んでいて、隣家の敷物に火をつけてしまった。電気コードのいたずらで姉のロズリンをからかったことも

マイケルが自転車を壊したハイランドパークの坂道で

あった。魔法を見せると言って、テレビの電源コードを断ち切り、その端と端を合わせたり離したりして画面を点滅させたのだ。母親は、彼が悪さをしたとき、あるいは悪さはしていないけれど彼女がしたと見なしたとき、息子の頭や脚や腕をピシャリと打ちすえた。

そんな厄介なこともあれば、楽しい思い出もあった。

ハイランドパークでは、子ども時代の節目の行事は、すべて計画どおりに進んだ。マイケルは幼稚園に通い、ブロンド・アフロの美しい先生にかわいがられた。卒園式には、お洒落な白い帽子とガウンで臨んだ。体操教室に通い、野球のリトルリーグに入り、サマーキャンプに行った。キャンプの費用をまかなうためにピーナッツを売ると、思いのほか売れて兄と姉の分まで稼ぐことができた。こうして、三人きょうだいがいっしょに三週間のサマーキャンプに行った。家に戻ると、母は汚れ物を洗濯し、ふたたび三人を別のキャンプに送り出した。三人きょうだいは、いつもいっしょに行動した。

マイケルは、大好きなテレビアニメのヒーロー、〝ヒーマン〟がデザインされた自慢の自転車を持っていた。家の前が坂道だったので、裸足で自転車にまたがり、スピードをあげて駆けおりた。裸足のためブレーキがうまくかけられず、あるとき、自転車の車体がゆがむほど派手に転んで、目を腫らした。まわりで見ていた姉も、いとこたちも、母親も、とにかく全員が仰天した。大柄な少女で、早くから母親役を務めることの多かったロズリンが、このときも「マイケル、靴をはかなきゃダメでしょ！」と母親のように叱りつけた。私と弟はよくこの家を訪ねていた。私は六年生から中学二年生までのあいだは、〝ビッグ・ロズ〟の家にも通い、彼女の恋人の美容師に縮れ毛を伸ばしてもらった。

この時代のマイケルの生活習慣について唯一奇妙だったのは、〝ＡＡ子ども会〟に参加したことだ。幼かったマイケルが、母親が酒浸りになっていた過去を憶えているはずがない。彼が〝禁酒《ＡＡ》会〟が主催するアルコール依存症に関する児童のための学習プログラムに進んで参加したことを、周囲のみんなが不思議に思った。

ハイランドパークの思い出を語るとき、カレンの心は軽やかになる。土曜日の朝、子どもたちが〝ＡＡ子ども会〟について話すのに興味深く聞き耳を立てていたこと。彼女の寝室のドアの外側でおしゃべりする子どもたちの声が蜂の羽音のようだったこと。おそらくは母への不満を話しているにちがいないと思ったことを、なつかしく思い出す。三人きょうだいは母親に対して共同戦線を張っていたけれど、あの小さな家に家族四人で住んだ五年間は、家族全員にとって楽しい思い出になっていた。

けれども同じころ、〝天使の街〟には悪しきことが起きていた。クラック・コカインがいつ発明されたのかは、はっきりとはわからない。だが、一九七九年か八〇年あたりだろうと言われている。この依存症に陥らせやすい貧者の廉価版〝恍惚《ハイ》〟は、違法取引が進むほどに、依存症と暴力を呼びこんでいった。

クラックの流行は、おおよそ一九八三年――カレンが看護学校に入学した年に始まった。これによって、ストリートギャングと麻薬密売人の結合に、その致命的な二重らせん構造の形成にスピードがついた。一九八三年から一九八五年までのあいだに、ギャングが関わるコカインの取引量は、全体の九パーセントから二五パーセントまで伸びた[*22]。

八〇年代初め、ギャングはまだロサンゼルスのコカイン市場を支配していなかったものの、八〇年代の一〇年間を通して、着実にそこに足場を築いていった。ストリートギャングが関与するほどに、若者が、とりわけアフリカ系アメリカ人の若者がこの商売に取りこまれた。ドラッグ・ビジネスとギャングの新たな組み合わせが、ギャングがらみの暴力事件を急増させた。ロサンゼルスでは〈ギャングが関与した殺人事件の年間件数は、一九八三年には二一二件、一九九二年には八〇〇件まで増えた〉[*23]。ドラッグ・ビジネスは、かつて少年非行が中心だったギャング犯罪がより暴力的なものへと変わるのに燃料をくべた。

カレンがハイランドパークに転居したのは、そのほうがより安全だと考えたからだった。しかし一九八三年、ロサンゼルスの表層下に潜む見えない世界は、徐々に東へと広がりつつあった（ハイランドパークのあるパサデナ市はロサンゼルス市の南東に位置する）。それは、〈金を奪うか、ヤクを売るか〉[*24]〈やらなけりゃ、弱いやつと見なされる〉[*25]世界だ。〝収益〟という言葉がギャング世界の風景を塗り変えた。

ロズリンは、ある日曜日、教会に向かおうとしていたとき、一台の車からバールを手にした少年たちが飛び出し、こちらに駆けてきたときのことを憶えている。「ヤバい、逃げろ！」兄のニコラスが叫び、車の下に逃げこんだ。ロズリンは教会に一目散に駆けこんだ。

これが、一三歳になったニコラスがハイランドパークでギャングバングを始めたことを、カレンとロズリンが初めて知るきっかけになった。

25　ギャングバングとは何か

〝ギャングバング〟とは何を意味するのだろうか。一九八八年、ニコラスがそれを始めたときには、どのような意味を持っていたのだろうか。オンラインの俗語辞典、〃アーバン・ディクショナリー・コム〃への最新投稿には、〈シマ、縄張りに属し、そこを守り、ドラッグを売ること〉とある。ただ、ギャングバングがつねに〃ドラッグを売る〃ことを意味するとはかぎらなかった。ずっと以前は、むしろ、〃縄張りを守る〃ことを意味していた。

ギャングの話を進めるためには、時を遡らなければならない。ここで少しだけ、その歴史について振り返っておきたい。

二〇世紀初頭、大量のアフリカ系アメリカ人が、南部の農村から北部の都会へと移り住んだ。この〃脱出《エクソダス》〃の結果として、ニューヨークを始めとするシカゴやフィラデルフィアなど多くの都市に、黒人の貧困者が密集するスラムが形成された。こうして北部は突然、多くの点で、南部の色合いを帯びてきた。

メイソン－ディクソン線〔合衆国の地理的中間にあたる各州の境界の一部を定める境界線。一般的に南北の境界と見なされる〕の南から、リンチの横行から逃れて大量に流れこんできた黒人たちという現実を目の当たりにしたとき、南北戦争以前から北部で公言されていた自由主義には綻《ほころ》びが生じた。前々から北部に住む自衛的な白人層は、彼ら自身も一九世紀の移民の結果として民族のるつぼのなかにいるにもかかわらず、さまざまな制限条項や散発的な暴力を用いて、新参者たちが彼らの〃領域《テリトリー》〃に〃浸入《インヴェイド》〃するのに歯止めをかけようとした。新参者について語る際には、街中の会話にも、公的な政策用語にさえも、害虫駆除の用語が流用された。

居住区の制限に加えて、多くの場合、アフリカ系アメリカ人はあからさまな差別を受けた。仕事に就くのは予想以上にむずかしく、とりわけ世界大恐慌の影響によって、アフリカ系アメリカ人にはその前の一〇年に得ていたわずかな稼ぎすら入らなくなった。一九四〇年代を通して、アフリカ系アメリカ人は、ニューヨーク、フィラデルフィア、シカゴ、ロサンゼルスなどの過密化した小さな土地に押しこめられ、仕事にあぶれていた。

二〇世紀初頭の南西部も、それと大差のない状態だった。大量のメキシコ人がテキサス、アリゾナ、カリフォルニア州に移り住み、アメリカ合衆国がメキシコの一部を併合する一八四五年以前から何世代にもわたって住みつづけてきたメキシコ系アメリカ人と合流した。彼らもこの地で隔離と差別に直面した。アメリカ合衆国は世界大恐慌のあいだに、一万二〇〇〇人以上の、アメリカ国民さえ含むメキシコ系アメリカ人を強制送還した。これによって、メキシコ系アメリカ人と白人の関係はさらに悪化した。

土地と就労をめぐる激しい競争を背景として、白人の黒人に対する襲撃が、一九一七年から二三年にかけて、イリノイ州のイースト・セントルイスとシカゴとウェスト・フランクフォート、ペンシルヴェニア州のチェスターとフィラデルフィア、テキサス州ヒューストン、ワシントンDC、ネブラスカ州オマハ、サウスカロライナ州チャールストン、テキサス州ロングヴュー、テネシー州ノックスヴィル、アーカンソー州エレーヌ、フロリダ州ローズウッドなどで再燃した。とくに知られているのは、タルサで起きた襲撃〔一九二一年、オクラホマ州タルサ市で、武装した白人集団が黒人居住区を襲撃して多数の死者を出した〝タルサ黒人大虐殺〟〕だろう。[*26]

一九二九年に世界大恐慌が始まったあと、一九三五年と四三年にハーレムで人種暴動が起きた。一九四三年には西海岸のロサンゼルスでも、アメリカ海軍と海兵隊の兵士が、ラティーノの若者を襲撃する〝ズートスーツ暴動〟〔太いズボンに長い上着のズートスーツが愛国的でないとして、それを着ている若者たちを襲い、スーツを剝ぎ取った一連の暴力事件〕が発生している。ラティーノに対する攻撃はドミノ倒しのように、シカゴ、サンディエゴ、オークランド、エヴァンズヴィル、フィラデルフィア、ニューヨークに広がった。[*27]

二〇世紀のアメリカの歴史は、多くの点で、浅ましく後ろめたい。それは、熾烈に競い合う、民族的に、人種的に分かたれた社会のなかで、人々がいかに生きのびようとしたかを語る、悲劇的な物語の反復となる。白人の人種差別主義はその一部を占めるとしても――念のために言っておこう――たんなる一部にすぎない。

ほぼすべての人が、みずからの利益のために徒党を組み、よそ者に対抗した。より大きな民族集団からの嫌がらせに対して〝自衛する〟集団として、この国のいたるところでギャングが形成された。嫌がらせは四方八方に飛び火し、ギャングが出現すると、同じ民族集団のなかにも対立が生まれた。たとえばマフィアにおけるファミリー間の抗争のように。
ひとつの口承の歴史として、一九三〇年代を語ったつぎのような話がある。[*28]〈ロサンゼルスのカトリック教会の指導者たちの後押しによって、コミュニティのなかのマイノリティ集団であるメキシコ人やチカーノ〔メキシコから移民した二代目以降の人々〕の友愛を深めるために、アスレチック・クラブが設立された〉。教会はそれまでの一〇年間に出現したギャングへの対処として、社会のエネルギーをポジティヴなほうに向けようと努力していた。〈ボイルハイツ地区では、メキシコ系移民に対する人種差別や暴力行為が多発しており〉、さらには〈学校に通う子どもたちが、より大きな民族集団から定期的に嫌がらせやいじめを受けていた〉。そこで、コミュニティの少年たちが、〈弟や妹たちの登下校をエスコートする自衛集団を結成しようと決意した〉。
彼らは自分たちを〝ホワイトフェンス〟と名のり、成長するにつれ、他のチカーノ系ギャングと抗争するようになった。カトリック教会がそのような緊張関係を和らげようと努力したものの、一九三〇年代を通して、〝ホワイトフェンス〟は自衛集団からより攻撃的な地域のギャングへと変貌していった。〈一九三九年のロサンゼルス・タイムズ紙には、〝ホワイトフェンス・ギャング〟が、二名の男性を殺害し、ウィッティア大通りに遺体を放置した、という記事が掲載されている〉[*29]
世界大恐慌と第二次世界大戦という危急の時をへたのち、ストリートギャングは一九五〇、六〇年代に、ふたたび勢力を伸ばすようになった。ただし当時はまだ、犯罪組織としての機能をおもな目的としているわけではなかった。いわゆる〝縄張りギャング〟の時代であり、それがどんなだったかは一九六一年公開のミュージカル映画『ウエスト・サイド物語』のなかに見ることができる。

この映画のストーリーの中心になるのは、白人ギャング〝ジェット団〟と、プエルトリコ系ギャング〝シャーク団〟の激しい抗争なのだが、挿入歌「ジェット・ソング」の歌詞にも、敵対集団に対して自衛する必要性が取りこまれている。

ジェットに入ったら
厄介事が起きても
兄弟がついている
おまえは家族！

おまえはひとりじゃない
放ってはおかない！
おまえには家がある
助けてほしけりゃ

がっちり守る！

当然ながら、民族的な対立についても触れられている。

ジェットはギアを入れた
エンジンがうなりだす
シャークが逃げていく
プエルトリコはうす汚い臆病者！

さあ、ジェットのお通りだ
猛スピードで行くぜ
じゃまするやつには、
ただじゃすませない！

おれたちの縄張りに
鼻を突っこむな！
看板はかけておくからな

「よそもののお断り」
これは冗談じゃないぜ！

古代から現代に至るまで、ギャングの歴史を振り返ってみれば、そこには何度も繰り返されるおなじみの物語がある。お互いに助け合うために、必然的に、集団が形成される。しかし人が増えて集団が力を持ったとき――経済が縮小するときにはなおさら――集団は獲物を狙う捕食者に変わる。学者たちは、これが基本パターンであり、変えられない人間の本質だと見なしている。それを証明する事例の多さは〝圧倒的〟なのだという。[*30]

それだけではない。ここに追い討ちをかける事実がある。ギャングはいったん捕食者に変わると、多くの場合は、それじたいのコミュニティを狩り場にする。まるで税を徴収するかのように、コミュニティを、金を搾りとれる収入源と見なすようになる。だから、ギャングとドラッグの話はつねに重なり合っている。ドラッグを売りさばく市場を求めて、ギャングはみずからの縄張りとコミュニティを食い物にしはじめる。違法の品を売りさばくには、よく知っている土地のほうが容易だということもあるだろう。

一九六〇年代に入ると、経済的困窮と民族的対立が結びつく不穏な流れがふたたび生まれ、ギャングの暴力事件が激化した。第二次大戦後のアメリカの繁栄に翳《かげ》りが生まれ、この国の行く末にまたも垂れこめる戦雲に市民は不安をつのらせた。一九六〇年、ハーレムの成人の失業率は約一三パーセントで、ニューヨーク市の他の地域の二倍に相当した。一九六一年、ハーレムの薬物依存症者の数は他の地域の八倍にのぼった[*31]。ロサンゼルス市でも状況は変わらず、アフリカ系アメリカ人の失業率は、一九五〇年代後半から一九六〇年代半ばまでに、一二パーセントから三〇パーセントへと急激に悪化した[*32]。

一九六四年にはまた人種暴動が、ニューヨーク州ロチェスター、ニューヨーク市、フィラデルフィア、シカゴ、ニュージャージー州のジャージーシティとパターソンとエリザベスなどで発生した。まさに一九六〇年代を象徴するような〝都市に吹き荒れる暴力〟の連鎖だった。国全体の貧困率が一九パーセントに達したのを受けて、リンドン・ジョンソン大統領は〝貧困との戦い〟〔一九六四年の一般教書演説で提唱された社会保障や福祉の拡大を含む大規模な内政改革〕に着手した。

だが一九六五年、ロサンゼルス市ワッツにおいて、暴動・騒乱・反乱が、いわゆる〝ワッツ暴動〟が発生した。飲酒運転をした黒人青年の逮捕から始まった警察と隣人たちとの小競り合いが、困窮に力尽きかけていた地域で、またたく間に六日間におよぶ暴力、放火、警察との衝突へと拡大した。カリフォルニア州知事は州兵を投入し、サウス・セントラルの広域に午後八時以降の夜間外出禁止令を敷いた。この暴動による死者は三四名になった。

ワッツの暴動のあとに、ロサンゼルス市警は武装化を進めた。ロサンゼルスには、ヴェトナム戦争の帰還兵から成る〝特別機動隊《スワット》〟が、国内で初めて誕生した。当時のカリフォルニア州知事、ロナルド・レーガンは、ブラックパンサー〔黒人解放運動の急進的な政治組織〕を始めとするアフリカ系アメリカ人の活動家が武器を入手できないように、厳しい銃規制をおこなった。その一〇年後には、ロサンゼルス市警に航空隊が組織され、まるで戦場のような警察ヘリコプターの音が夜空に響くことになるのだが、マイケルが生まれたのはそれからわずか五年後だった。

一九六六年から六七年にかけては、ワッツ暴動から漣《さざなみ》が広がるように各地で騒乱がつづいた。クリーヴランド、サンフランシスコ、シカゴ、ニュージャージー州ニューアークとプレーンフィールド、デトロイト、ニューヨーク市ハーレム、メリーランド州ケンブリッジ、ロチェスター、ミシガン州ポンティアックとフリントとグランドラピッズ、オハイオ州トリード、ヒューストン、ニュージャージー州イングルウッド、アリゾナ州トゥーソン、ウィスコンシン州ミルウォーキー、さらに北のミネソタ州ミネアポリスとセントポールなど、連鎖はさらにつづいた。

暴力の潮流は勢いを増し、一九八六年にマーティン・ルーサー・キング・ジュニアがメンフィスのモーテルのバルコニーで暗殺されたときに頂点に達した。こうして津波のように、騒乱の波が、この国の大陸の端から端まで、一二五都市を襲った。

まずまずの繁栄が不況へと変わるにつれて、『ウエスト・サイド物語』に登場するようなストリートギャングにも進化が起きた。マーティン・ルーサー・キング・ジュニアが提唱した〝兄弟として同じテーブルにつく〟という団結のメッセージが後退し、より強力な、みずからの力でみずからの権利を守るという〝自助努力〟のメッセージがそれに取って代わったのだ。

当初は相互扶助の自衛集団として生まれ、のちに若者の非行グループに発展したストリートギャングの一部に、高度な犯罪組織に進化して、ドラッグ・ビジネスに食いこむ道を模索する集団が現れた。どうしてマフィアだけにアフリカ系アメリカ人を食い物にさせ、甘い汁を吸わせておかなければならないのか？　ビジネスをコミュニティのなかで回してどこが悪いのか？

ニューヨークでは一九六〇年代に、チャールズ・グリーンが初めて黒人による独立した麻薬密売組織を立ち上げ、一〇〇人以上の密売人、運び屋を使ってドラッグ・ビジネスを展開した。[*33] その後継者となったリロイ・〝ニッキー〟・バーンズは、一九七六年に逮捕されたときには、五つの邸宅と自家用車――ベンツ、マセラティを一台ずつ、リンカーン、キャデラック、サンダーバードはそれぞれ数台――を所有していた。

牙とかぎ爪をつねに血で赤く染めているようなこのビジネスの性質は、売人たちが麻薬依存症者を公正な狩り場の獲物と見なした点にもよくあらわれている。一九五〇年代を通して、薬物依存症の惨状が〝ヤク中〟を人々が悪夢に見る存在へ、ハリウッド映画の極悪人へ、最も卑しむべき人間の類型へと変容させていった。

マイケルが獄中生活をつづった文章の一節を思い出してほしい。〈おれは、社会が極悪人や人でなしと裁決した連中といっしょに、この地獄に閉じこめられている。盗人、強姦者、児童性的虐待者、カージャッカー、人殺し、母親から家賃の分まで金を剝ぎとるヤク中〉。ダンテに触発されて、マイケルは犯罪者を、軽罪から重罪へと、ランク付けをしていった。そのランクにおいて〝ヤク中〟は最低のなかの最低に位置づけられている。

一部のストリートギャングがドラッグ・ビジネスに向かったのは、マルコムXのような黒人の経済的自立を目指す活動が曲解され、誤った方向に進んだものだと見ることもできる。皮肉なことに、この流れは薬物依存症者を、とりわけ黒人の薬物依存症者をクズと見なす社会通念が国じゅうに浸透していくことによって促進された。クズを食い物にするのは、恥ずべきことではなかった。薬物依存症をひとつの病と見なす今日の見方とは大きなちがいがある。

チャールズ・グリーンやリロイ・〝ニッキー〟・バーンズのニューヨーク物語とそっくり同じような出来事が、フィラデルフィアでも、ロサンゼルスでも、シカゴでも起きていた。一九六九年には、〝ブラック・マフィア〟と名のるアフリカ系アメリカ人組織が、フィラデルフィアの麻薬市場を席捲していた。シカゴでも一九七〇年代に入ると、〝ブラック・P・ストーン・ネーション〟と〝ブラック・ギャングスタ・ディサイプルズ〟が、稼ぎの多い麻薬市場に食いこみはじめた。

〝ロサンゼルス・クリップス〟は、一九六〇年代に発足し、ブラックパンサーと結びついた。当初は〈地域住民を助けるために結成された、コミュニティを基盤とする組織〉[34]だったが、一九六九年に創設者のひとりが敵対組織に殺されたことを契機に、薬物と銃の密売組織へと変わった。一九七二年に公開されたブラックスプロイテーション映画〔一九七〇年代前半に登場した、都市の黒人層を観客対象とする映画〕『スーパーフライ』には、羽振りのよいギャングの麻薬密売人が、怪しげだがかっこいい男として描かれている。

今日の世界規模のドラッグ・ビジネスの世界でも、市場はかつてと同じように民族的に構成されている。ある民族から別の民族への移行点は、おおよそ、卸《おろ》しから小売りに移るとき、小売りから街の売人に移るときのどちらかにある。客は自分とよく似た人間からドラッグを買いたがる。それが違法薬物セールスの基本原則だ。麻薬市場は完全なる機会均等の職場で、白人の業者や売人もいれば、民族系の業者や売人もいる。[35]

しかし、アメリカ合衆国の民族的に構成されたストリートギャングの世界が、大陸間をまたぐ供給連鎖《サプライ・チェーン》の末端に、ぴったり適合したことは紛れもない事実だ。もちろん、最大の利益を得るのは、製造から卸し売りまでの連鎖《チェーン》に携わる人々だが、そのはるか末端でも、そこそこの金を儲けることができる。

ただし、あらゆるギャングが儲けを求めてドラッグ・ビジネスに飛びつくわけではない。これは重要なポイントだ。ほかの商売に専念するギャングもいる。たとえば、車泥棒、強盗。ただパーティーを主催するだけのこともある。ある調査によれば、一九九五年のパサデナで、一八あるギャング集団のうち、違法薬物だけを扱っているのは、わずかふたつだった。しかし同じ調査によると、ギャングが麻薬取引に関与する割合を、警察組織は実際よりも高く見積もっていた。〈ロサンゼルスのギャング専門家と違法薬物専門家のどちらもが、ギャングの関与する麻薬取引の割合を、〝ほぼすべて〟か〝九〇パーセント以上〟と査定するのはめずらしいことではなかった〉。実際には、その割合は三〇－五〇パーセントあたりだ。[*36]

しかし現在、ギャングとドラッグは間違いなく二〇年前よりも深く結びついている。一九六〇年代後半から一九七〇年代のあいだに、世界規模の麻薬ビジネスとアメリカのストリートギャングが結びついた。そのとき、新たなアメリカの物語が幕をあけたのだ。それは、法的に認められた国家《ステート》とは根源的に対立する、法と秩序の埒外にある世界、〝影の国家《パラステート》〟の勃興という物語だ。周囲のおとなたちは気づかなかっただけで、マイケルはこの〝パラステート〟のなかで成長した。

こうしていま、私たちは〝ギャングバング〟の新たな定義にたどり着く。この言葉の核心をなすのは、〝自分たちの縄張りを守る〟こと。それが、ドラッグが淀みなく流通するまで世界がフラットになる以前の、ギャングのありようだった。だがそれでも、〝自分たちの〟〝縄張りを〟〝守る〟ということの三語は重要だ。これを使ってもう一度、定義を試みて弱者を食い物にし、そこから利益を生みだし、自分たちの集団を養うこと。

ることにしよう。ギャングバング：動詞：自分たちの縄張りを守り、自分たちの力を使っ

マイケルの姉ロズリンは、一三歳のころ、チアリーダーのほかになりたいものは何もなかった。おおらかで体格のいい少女は、弾けるような満面の笑みを浮かべ、自信に満ちて、スカート姿でポンポンを振っていた。中学三年生になったら、きっとチャンスがめぐってくると信じていた。しかし彼女もニコラスと同じように、ギャングに入らなければならないと思うことがあった。

ただ彼女の場合は、ドラッグを売るようなギャングではなかった。肌の黒さから学校でたびたびいじめられていたため、彼女は自分を守るための仲間を必要とした。ギャングに加わるために、シャワー・ブースが一列に並んだ学校のバスルームの冷たいタイルの上で、彼女は七人の少女と乱闘した。それが仲間に加わるための腕だめしであり、仲間に加わればば、守られることがわかっていたからだ。

しかし、そんなことをおとなたちはどうして知りようがあるだろうか。

26　家族の離散

ニコラスがギャングの世界に飛びこんだころ、カレンに新しい恋人ができた。一九八九年の秋、〝医療記録管理責任者〟の資格をとるために、彼女はイースト・ロサンゼルス・カレッジに入学した。そして新学期の終わりに、〝禁酒会《AA》〟の会合で、ヘンリー・マッカダムと知り合った。マッカダムは建築や保守点検や肉体労働など、さまざまな仕事をこなす万能の働き手だった。ふたりの恋は熱く燃えあがり、ポールのときと同じように、彼女はふたたびカレッジをやめた。

そのころ一〇歳だったマイケルは、ヘンリーによくなついていた。ヘンリーはマイケルをマスやナマズの釣りに連れ出した。ほかにもいろんなことをいっしょにやって、充実した時間を過ごした。ふたりのあいだにはある種の親密さが生まれていた。

中学生になっていた姉のロズリンは、将来のふたつの夢についてよく語っていた。ひとつはスタンフォード大学に行くこと。もうひとつは、専業主婦となって子どもを育てることだ。マイケルにも家庭に対するあこがれがあり、彼の屋根の上の瞑想のように、おだやかな世界を思い描いていたようだ。ヘンリーは、瞑想という川がつくったマイケルの心の砂州《さす》にそっと入りこんできた。

翌年の夏、プリンストン大学一年生の私は、夏休みになると実家へ戻り、電気検針員のバイトを始めた。サザン・カリフォルニア・エジソン社の制服である茶色の短パンを身につけ、家から家へと駆けめぐって、電気量計の数字を読み取った。駆け足のおかげで時間が浮くと、電力会社のトラックを涼しい木陰に停めて、リンカーンの演説集に読みふけった。

七月に、ラインハート師の教会で、カレンとヘンリーの結婚式が執り行われた。簡素だが厳粛な式だった。ヘンリーとニコラスとマイケルはタキシード姿で、胸に白いカーネーションの花を挿し、粋に装っていた。ピンクのサテン地のドレスを着て、髪を引っつめ、首に真珠を飾ったロズリンは、彫像のように美しかった。カレンはアンティーク調のアイヴォリーのウェディングドレスを着た。私はサンドレスだったように記憶する。はっきり憶えているのは、カレンの看護学校の卒業式のときのように誇らしい気持ちになったことだ。

結婚式をすますと、新しい家族は、ミシシッピ州にあるヘンリーの故郷の村に引っ越した。そこは、かつては月桂樹の林に囲まれていたという鉱泉があることからベイスプリングス〔〝月桂樹の泉〟の意〕と呼ばれる、人口一万五〇〇〇人ほどの村落だった。シングルマザーにとって、これはひとつの夢ではなかったろうか？　看護学位の取得、カレッジ、そして結婚。郊外とは言えないけれど、のどかな田舎の住まい。

でも、夢のような暮らしにはならなかった。結婚式のときから、いささか不穏な空気はあった。私はヘンリーの人柄に温かみを感じなかった。でも、兆候はそれだけではなかった。結婚式の写真を見返すと、ニコラスもロズリンも笑っていない。それどころか、ほかの人々には見えていない将来の試練に備えるかのように、厳しい顔つきになっている。ヘンリーも、写真のなかではあまり笑っていない。ただ、マイケルだけが満面の笑みを浮かべている。

カレンは、一〇年かけて苦労しながら少しずつ積みあげていった財産、収入、チャンスをすべて、この結婚によって失うことになった。五人家族がベイスプリングスに引っ越した背景には、激化するギャングの抗争からニコラスを遠ざけたいという動機もあった。

しかし引っ越しからちょうど一年後、カレンと子どもたちはカリフォルニアに戻ってきた。そこにヘンリーの姿はなく、一家はお金もエネルギーも喜びもすべて使い果たしていた。ヘンリーと暮らした一五カ月を、カレンは「悪夢だった」と表現した。それは、家族全員にとっての悪夢だった。

結婚するまで、ヘンリーに前科があることをカレンは聞かされていなかった。故郷に戻るとすぐに、ヘンリーはミシシッピの藪《やぶ》のように濃くて見通しのきかない暴力と復讐に巻きこまれた。彼は一四、五歳のとき、ひとりの男性を銃で撃ち、それによって服役していた。ベイスプリングスに戻ると、彼の敵方の孫が報復に出た。報復として、その男はロズリンを襲ってレイプしようとした。一家は告訴することを望んだが、一二歳のロズリンが裁判になるのをいやがった。

それだけではない。この個人への暴力事件の前に、カレンはやむなくニコラスを祖父の、彼女の父のもとへ送り出していた。あとからわかったことだが、結婚式以前から、ヘンリーはニコラスを追いまわし、殴っていた。それが、ベイスプリングスに転居してから、いっそうひどくなった。ある夜、ニコラスが気怠《けだる》い一日を終えて居間のカウチでテレビを見ていたとき、母と義父の寝室から喧嘩の声と揉み合う音が聞こえてきた。母を助けようと、彼は立ちあがって、寝室に通じる廊下に出た。

大きな家ではないし、寝室まではすぐだった。ニコラスが近づくと、ヘンリーが寝室のドアを勢いよく開け放ち、彼に飛びかかってきた。いまになっても、ニコラスにはヘンリーがなぜああまで自分を目の敵《かたき》にしたのかよくわからない。しかしそのとき、彼は恐怖に打たれ、すぐに逃げ出した。ヘンリーが何かの道具を、よくは見えなかったが、フライパンのようなものを握っているのが見えたからだった。息子が義父に殺されると思った、とカレンは言う。ヘンリーはまた飲酒するようになり、酔うといっそうカレンへの虐待が激しくなった。ニコラスは隣家に逃げこみ、家を出ようと決めた。カレンはしかたなく、ニコラスを彼の祖父のもとに送り出した。

遠い土地に来た亡命者のように不安定な暮らしのなかで、カレンはまずニコラスを、つぎにロズリンを守ることに専念した。一〇歳のマイケルはミシシッピの森をひとりでうろついていた。社交好きで才能豊かな少年だったマイケルにとって、新しい学年になった直後に南カリフォルニアの都会を離れ、田舎暮らしを始めることは、けっして容易ではなかったはずだ。だが、ベイスプリングスの森をうろついていたころのマイケルがどんな様子だったのか、正確なところは誰にもわからない。

一〇歳の（まもなく一一歳になろうという）マイケルは、まずまずミシシッピになじんでいる、とカレンは感じていた。よく遊んでいたし、木登りをする木はいくらでもあった。自然の木々が、彼がよく瞑想していた屋根の上の代わりになった。マイケルは多くの時間を戸外で過ごし、いつもお気に入りの場所にいた。ただ、カレンには当時のマイケルの様子が詳しく思い出せない。もちろん、マイケルはニコラスが祖父のもとにやむなく送られた事情について理解していただろう。兄と弟が離ればなれになるのは人生で初めての経験だった。

そしてとうとう、四月か五月、ロドニー・キングが警官に殴打されてからほどなく（一九九一年三月、カリフォルニア州サンフェルナンドで、黒人男性ロドニー・キングが四人の警官から暴行を受けて重傷を負う。翌年、警官らに無罪判決が下りたことが〝ロサンゼルス暴動〟につながった）、いつものようにヘンリーが酔って帰宅したが、その日はとりわけ家のなかにただならぬ不穏な空気がただよった。カレンは意を決して子どもたちと家から逃げ出した。靴さえはいていなかった。結局、彼女だけ忍び足で引き返し、なけなしのお金と衣類を持ち出した。こうして、カレン、ロズリン、マイケルの三人は車に乗りこみ、ひたすら走った。

三五歳のカレンにとって、マイケルは頼もしい道連れになった。最初は子どもたちの祖父母を頼ってジョージア州バックスレイに行った。ここもまた森林に囲まれた南部の小村で、長く身を落ちつけることはむずかしかった。ロズリンもこの逃避行に同行していたが、六月になると、カレンは娘を飛行機に乗せて、オークランドにいる姉〝ビッグ・ロズ〟のもとに送り出した。そしてマイケルをお守りのように連れて、バックスレイから二〇〇キロ西にあるジョージア州アメリカスに向かった。そこは州立大学もある、バックスレイよりはるかに大きな街だった。

カレンはヘンリーとよりを戻そうとしていた。ヘンリーもベイスプリングスを出て、アメリカスにいる兄と同居していたのだ。だが、ヘンリーと再会すると、彼がミシシッピを離れる前に、子どもたちのおもちゃを全部売り払っていたことが判明した。マイケルはショックを受けた。人生で初めて、自分の所有物を失ったのだ。ただおもちゃを失ったというだけではない。彼の心の隙間を埋めてくれた人が、彼のおもちゃを売り払ってしまった。その夏の一家の暮らし向きは楽なものではなかった。

秋が訪れると、私はプリンストン大学に戻って三年生になり、カレンはヘンリーの家庭内暴力をアメリカスの法廷に告訴した。離婚を決意して訴訟をおこない、一週間につき二五ドルの生活費を勝ち取った。そのあいだずっと、ヘンリーの兄が車で彼女をつけまわしていた。その車のなかにはつねにショットガンが置かれていたという。

　そのような暴力の脅威に家族がさらされているとき、マイケルが初めて事件を起こした。秋のさなか、一二歳を目前にして、彼は通り向かいの白人家庭から、瓶に入った小銭を盗んだ。合わせて一〇ドルにも満たない額だった。彼は堪え性もなく、いろんな物を欲しがるようになっていた。カリフォルニアから引っこ抜かれ、ディープサウスに否応なく植えつけられた、世間知らずの子どもだった。世間知らずゆえに、彼はジョージアという南部の土地で、白人の家に盗みに入ろうと考えた。

　その白人一家は、カレンに窃盗のことを話して弁償を求めるのではなく、マイケルをすぐに警察に突き出した。それが、一一歳の少年にとって、司法との初めての出会いになる。まだティーンエイジャーにもならない年齢で、彼は母親と法廷に行った。カレンはカリフォルニア行きの航空券二枚を法廷に持っていき、裁判官に見せた。裁判官から、この街から立ち去り、二度と戻らないという条件に応じるなら、裁判を取り下げると言い渡されていたからだ。

　ふたたび、新学年がはじまった直後に、カレンはマイケルを連れてカリフォルニアに戻った。当時大統領だったジョージ・H・W・ブッシュは、前大統領ロナルド・レーガン夫妻の家族愛を称えていた。だが苦境を脱する手だてとしてシングルマザーに結婚を勧める人は、重大な一点を見逃している。相手の男しだいで、結果がまったく変わってしまうということだ。ヘンリーは、ミシシッピの竜巻のごとく、カレンの一家の暮らしをなぎ払っていった。

ロサンゼルスに戻ったカレンが、その後一〇年以上つづくことになる比較的安定した仕事を得たのは一九九三年だった。結婚した一九九一年から一九九三年までのあいだに、カレンは四回の転職を、子どもたちは六回の転校を経験した。

そのあいだに、マイケルは一〇歳から一四歳になった。そして、この時期に見えないところで、何かまずいことが起きていた。

27 子どもたちを助ける限界

マイケルが問題を起こすようになったのは思春期の一歩手前、彼が一一歳で、母カレンとヘンリーの短い結婚生活が終わったあとだった。そこからカレンが職を転々とし、子どもたちが学校を転々とする暮らしが始まった。ジョージア州ベイスプリングスからバックスレイへ、アメリカスへ。

一九九一年、またしても新学年がはじまって一カ月後、マイケルの一二歳の誕生日が近づくころに、一家は引っ越しをした。今度はジョージア州からカリフォルニア州クレアモントへ。クレアモントは、オクスフォードやケンブリッジを手本にした大学街で、私が育った街、政治学者でレーガン大統領の任命によって合衆国公民権委員会委員〔一九五七年の公民権法によって設立された、公民権向上のために調査、報告、勧告等をおこなう連邦政府の独立機関。八人の委員のうち四人が大統領から任命される〕を一年余務めた私の父が暮らし、教えている街だった。

カレン一家が引っ越してきたとき、私と兄は大学に進学してすでに街を出ていたが、私の両親、つまりマイケルにとってのウィリアム伯父さんと地元図書館で司書を務めるスーザン伯母さんはまだ街にいた。私の実家は、いとこたちにとって、もうひとつの家になった。月桂樹とピンクの花を咲かせるサルスベリに囲まれ、正面に枝葉を大きく広げた枇杷《びわ》の木のある家。裏手には大きな公孫樹《いちょう》があり、感謝祭の季節には鮮やかな黄色の炎のように色づき、独特の臭気を放つ実をたくさんつけた。公孫樹の先に母が手入れする薔薇の花壇と、そのかたわらにハンモックがあった。

両親はカレンの住居さがしを手伝い、実家から数ブロック先に、南カリフォルニアにはよくあるタイプの、まずまずの二階建て木造アパートを見つけた。マイケルはこの街でピアノを習いはじめた。ピアノ教師は、私もかつて習っていた女性の先生だった。私たちは聴音を習い、指使いを厳しく指導され、椅子にすわるときには背筋を伸ばし、「英国女王のようにすわりなさい」と教わった。マイケルは彼女の家の庭仕事を手伝って小遣いにしたが、草をむしるあいだ、先生が頭上から威圧的に人生訓を語ることに閉口していた。

この暮らしやすい大学街で、私は公立学校に通い、陸上部とバレー部のキャプテンを務め、自分の年齢にふさわしくない大人じみた言葉遣いを隠すやり方を覚えた。その公立学校は、マイケルの姉のロズリンが、いじめから身を守るために、あえて喧嘩までしてギャングへの道を開いた学校でもあった。

クレアモントにやってきたとき、彼はすでに中学一年生になっていた。アダムという友だちができたが、マイケルは彼といっしょに学校内で問題を起こした。カフェテリアからチョコレートチップ・クッキーを盗んだところを捕まったり、授業中に大声を出して騒いだりした。そんな調子だったので、アダムから強制的に引き離されることもあった。学校はマイケルにリタリン〔中枢神経刺激薬メチルフェニデート塩酸塩の商品名。ADHDの子どもに鎮静効果があるとされるが、依存性が問題視されてもいる〕の服用を勧めてきたが、カレンはドラッグに警戒心を持っていたので服用を断った。

ある日、カレンが仕事から帰ると、マイケルが姿を消していた。「ママ、学校でまたしくじった。ママの望みどおりにはやれそうにない。だから出ていく」と、一枚の紙に走り書きされていた。

マイケルは学校をサボり、中古のスーツケースをかかえて、友人の家へ行き、夕食をご馳走になり、そのあと家族で通っている教会に向かった。私の家族も通っているその教会で、ひと晩過ごそうと考えていたようだ。だが、夜も更けないうちに教会にいるところを発見され、翌日はまた学校に戻った。一日だけの行方不明だったが、クラスメート全員が〝おかえり〟カードをくれた。カレンが言うには、それこそマイケルがみんなの人気者だという証拠だった。

同じころ、マイケルは近所のショッピング・モールで万引きをして捕まっている。ジョージア州のときとはちがって、店主は警察には通報せず、マイケルを私の父のもとまで送りとどけた。マイケルがちょくちょく盗みをはたらくようになったことを、父は心配していた。草むしりのバイトも、マイケルの金銭への欲求への対策として考えられたことだった。

もちろん、母親のカレンも心配していた。彼女はマイケルを〝ネーション・オブ・イスラム〟〔一九三〇年に設立されたアフリカ系アメリカ人の民族性の強いイスラム運動、新宗教組織。通称〝イスラム国〟のＩＳＩＬとは異なる〕の傘下にある青少年組織〝シンバ〟に登録させた。〝シンバ〟の本部は、クレアモントの南、丘陵地帯を越えて州間高速一〇号線沿いにある街ポモナにあった。カレンは、〝シンバ〟の活動を通して息子が規律を身につけることを期待した。

マイケルは活動の一貫として、街角に立ってビーン・パイ〔マッシュした豆を詰めた甘いパイ。ブラック・ムスリムにとっての定番料理」を売った。ハイランドパークでピーナツを売ったときのようによく売れた。マイケルは物販が得意で、それを楽しんでいるように見えた。

学校ではフットボール・チームに入り、選手として活躍した。仲間と活動することは、マイケルに規律といっしょに喜びももたらした。

フットボールチームに所属していた中学生のマイケル

しかし一九九三年、一家はまたも窮地に立たされる。二度目の火事に見舞われたのだ。煙草の不始末か電気系統の発火か原因は特定できなかったが、今回はアパートが全焼した。私の両親はすでにミシガン州に移っており、一家を繋ぎとめる錨《いかり》はもはや引き抜かれた状態だった。アパートの住人たちは住居を失い、周囲からは煙の被害を責められた。最初の一週間ほどは家族がばらばらになり、それぞれの友人の家のカウチで眠った。カレンは赤十字社の商品引換券を手に入れ、新しい住まいをさがしはじめた。

火事の数カ月前、彼女は〝ホームレス・ヘルスケア〟というロサンゼルスの路上生活者を支援する団体に新しい職を得ていたが、子どもたちが同じ学校に通いつづけられるように、彼女だけ毎日クレアモントからロサンゼルス市街まで、片道五五キロの通勤をつづけていた。しかし、私の両親が中西部のミシガンに転居してしまった以上、新居をあえてクレアモントに見つける理由はなくなった。

カレンはふたたびロサンゼルスへ、前年のロサンゼルス暴動〔一九九一年に起きたロドニー・キング事件の裁判で、翌九二年、暴行した警官に無罪判決がおりたことをきっかけに、ロサンゼルスのサウスセントラル地区を中心に発生した、黒人とヒスパニック系住民による大規模な暴動。五五人が死亡。八〇〇棟以上の建物が焼失し、被害総額は一〇億ドルにのぼった〕の焦げ跡が残る街へと戻ることにした。暴動の発端となったロドニー・キング事件は、カレンの職場に近い場所で起きていた。五月になると、ロサンゼルス市街の南西に位置するイングルウッドにアパートを見つけ、友人宅にとどまりつづけるニコラスを除いて、家族がふたたび集結した。イングルウッドの人々は、前年の怒りと暴力がもたらした荒廃から立ち直ろうとしていた。

当時中学二年生だったマイケルの学校生活がどんな様子だったのかは、カリフォルニア州当局による子どもたちへの調査によって、いくらかは知ることができる。そこからわかるのは、当時、マイケルと同年代の子どもたちがどれほど頻繁に暴力にさらされていたかということだ。

報告書によれば、一九九三年から九四年の一学年のあいだに、中学三年生では三九・八パーセントの子どもが身体的な喧嘩を経験し、五七・三パーセントの子どもが学校内で誰かが武器を所持しているのを見たことがあった。さらに、中学一年生では一六パーセント、三年生では一八パーセント、高校二年生では一六パーセントの青少年が、ギャングに所属しているか所属した経験があると回答している。[*37]

脆さと弱さをかかえる思春期の子らの実態として、これは驚くほど高い数字ではないだろうか。緑豊かな大学街であるクレアモントにさえ、ロズリンが経験したように、ギャングが入りこんでいた。

この統計結果にある数字は、都市環境ではさらに高くなるにちがいない。たとえばマイケルの転校先であったイングルウッドの公立学校のようなところでは。もちろん、私や弟のように、多くの生徒はギャングに加わることなく思春期の脆弱さに対処することができた。けれども、かなりの割合の若者にとって、ギャングに加わることが、脆弱さがもたらす経験への対処になった。ギャングが家族の代わりになったのだ。

カレンの一家がイングルウッドに転居したのは、学年の残りわずかというときだったが、何度も否応なく転校を繰り返してきたマイケルとロズリンには、もはや新しい学校に通おうという気が失せていた。母親自身が地域の不登校担当官に、子どもたちを学校に戻すように依頼したが、担当者がマイケルとロズリンと話し合うことはなかった。

もうすぐ一四歳になろうというマイケルは、地元のストリートギャング、〝クイーン・ストリート・ブラッズ〟の仲間とうろつくようになった。〝クイーン・ストリート・ブラッズ〟は、イングルウッドの西側をシマとする黒人のストリートギャングで、〝レイモンド・アヴェニュー・クリップス〟と対立していた。

〝ブラッズ〟対〝クリップス〟。〝ブラッズ〟が赤で、〝クリップス〟が青。サウス・セントラルで育つ黒人の子どもにとって、〝ブラッズ〟か〝クリップス〟かは、最も重要な政治的選択だった。ロズリンによれば、〝ブラッズ〟のシマの子どもたちは「青は悪い、青は悪い、青は悪い。赤はいい。赤はいい。赤はいい」と心に刻みつけながら育つのだという。当然、〝クリップス〟のシマの子どもたちは、その逆のマントラを唱えながら育つ。

学校をサボり、街をうろつきながら、マイケルは新しい世界を、身をもって試していた。だが一九九三年の夏、彼はときどきＲＴＤ〔南カリフォルニア高速運輸公団〕の白いバスに乗って、五五キロの道のりをたどり、古巣であるクレアモントに戻り、友だちのアダムと遊んでいた。アダムといっしょに隣家のラジオを盗んだのはそんな訪問の最中だった。マイケルは起訴はまぬがれたが、保護観察二年の処分を受けた。

ここまでのところは、そこそこによくある話、どこかで出会ったことのある話だ。問題をかかえた家庭の子どもが、貧困のなかで、おとなが世話してくれる安寧な世界と関われず、多くの場合は物欲に駆られて盗みを始める。しかしこの時点でも、マイケルの物語のなかに、兄弟どうしの口喧嘩やつかみ合いは別として、暴力沙汰はいっさい出てこない。彼の人生にはなおも数多くの可能性が広がっていたはずだ。

しかし想像力が描き出す地平線がどれほど広く開けていようと、人生の出来事は一本の道に沿って展開していく。人生は自己選択式のアドベンチャー・ゲームかもしれないが、私たちは一度きりしか生きられない。そして道を進むほどに、いまとはちがう別の生き方の可能性は狭められていく。一四歳から先、マイケルの道は遥かな地平線に向かうことはなく、過酷で険しい地形のなかを進む隘路《あいろ》になった。

一五歳で——ジョージア州で小銭を詰めた瓶を盗んだ日から四年もたたないうちに——彼の人生は一気に厳しさを増して刑務所へ、さらにその先へと進んだ。まるでジェット気流に乗ったかのように。

マイケルが逮捕されるまでの最後の一年間に、なぜこのような加速が起きたのかを理解するためには、ここで新しい物語を導いてこなければならない。〝パラステート〟の物語だ。

28　天使の街

あのころのロサンゼルスの街を、頭のなかに思い浮かべてみる。最も高級で気取った一部の街区を除いて、街のあらゆる表層が——路地、橋、高架下の側壁、配送トラック、通用口、角のコンビニ、郵便ポスト、給水塔、排気口、街路――とにかく目につくすべてが落書《グラフィティ》きで覆われていた。

一九九〇年代は、まさにグラフィティの全盛期だ。それを過ぎると、ロサンゼルス市当局がさまざまな専門知識や技術を駆使して、グラフィティを街の目立つ場所から看板の裏や幹線道路沿いの周縁へ追いやることになる。

あなたにはグラフィティが読めるだろうか？　当時の私にはまったく読みとれなかった。いまになってそれを学び、どうにか解釈できるようになりつつある。だが、グラフィティは言語であると同時に、ひとつの世界の表象でもある。そこには死と取引が、便宜《べんぎ》の貸し借りが、恩情と侵害が記録されている。言うなれば、掟《おきて》と罰が。グラフィティが読めなければ、自分の周りで何が起こっているかはわからない。行く手を知る航海図なくして、どうして若者たちをどこかに導くことができるだろうか。

一九九三年、カレンは子どもたちを連れてロサンゼルス市に戻ってきた。八六年にこの街を離れてから七年が過ぎていた。一九九三年は、ドラッグとギャングが縒《よ》り合わさった二重らせん構造が、刑事司法制度の進化と結びついた年でもあった。〝麻薬撲滅戦争《ウォー・オン・ドラッグ》〟の名のもとに、国家はきわめて強力な犯罪抑止政策を打ち出した。それを推し進めることによって、ある種の人々が、犠牲者ひとりひとりが、罪を犯すすべての者が、〝罪の購《あがな》いという物語〟から掻き消されていった。

先にも述べたように、法執行機関がギャングの麻薬取引への関与を高く見積もりすぎていたことは、一九九五年の研究調査によって明らかになっている。為政者は違法薬物を撲滅するには、ギャングを撲滅するのが早道だと考えた。麻薬ビジネスは、ほぼギャングに起因すると誤解されていたからだ。こうして、麻薬撲滅戦争がギャング撲滅戦争に移行し、その結果として、刑事司法制度が変化した。

その一〇年前の一九八四年には、大統領夫人ナンシー・レーガンが、反麻薬キャンペーンを率いて、〝ただノーと言おう《ジャスト・セイ・ノー》〟のスローガンを国民に説いてまわっていた。同じころ、連邦麻薬取締局は、全米の幹線道路で検問を実施し、違法薬物の流通経路を断つ〝パイプライン停止作戦〟に着手した。[*38] レーガン大統領がつぎつぎに強硬政策を打ち出していた時代でもあり、作戦の一貫として、いままでは〝人種的プロファイリング〟〔アフリカ系アメリカ人やその他の有色人種を調査対象に絞って捜査をおこなうこと〕と呼ばれる捜査手法が全米の警察に導入された。[*39]

一九八四年から八八年までのあいだに、カリフォルニア州議会は八〇件の独立したギャング対策条例を成立させた。その多くは、ギャングがらみの犯罪に対する刑罰を一様に〝強化〟するための――平たく言えば、犯罪者をより長く刑務所に閉じこめておくための条例だった。このような犯罪の厳罰化が超党派で推進されたことも明記しておかなければならない。共和党だけではなく民主党も、州を超えた連邦レベルで、この流れに乗った。

厳罰化を推し進めるために最も使われたのは、犯罪の種別ごとの最低刑罰を法律で定めることだった。それによって裁判官から、犯罪者に情状酌量する裁量権が奪われた。一七九〇年から一九五〇年までのあいだに、合衆国刑法による強制的な最低刑罰は七項目から三八項目まで増えている。一方、一九八〇年から二〇〇〇年までのごく短い期間には、七七項目から二八四項目にまでふくれあがっている。[*40] こうして強制的な最低刑罰の法律化が、犯罪厳罰化を推進する重要な柱になった。

ジェット団とシャーク団の抗争がブロードウェイの舞台を席捲して二五年が過ぎたころ、ロサンゼルス郡保安局は、この国で初めてのギャング関連データベースを作成した。[*41] 一九八八年、カリフォルニア大学ロサンゼルス校近くで、走行中の車からの銃撃で一般市民が巻き添えになって死亡する事件が起きて世間の注目が集まると、ロサンゼルス市警は、くだんのデータベースを用いて、ロサンゼルス・メモリアル・コロシアムの検問所で一四〇〇人近いアフリカ系アメリカ人の若者を検挙し、半年間で一万八〇〇〇人以上を投獄した。[*42]

一年後、ロサンゼルス市警の警察長、ダリル・ゲーツは、上院司法委員会において、「麻薬常習者は射殺してもかまわない」と発言した。[*43] 一九八二年から一九九五年までのあいだに、カリフォルニア州だけで、アフリカ系アメリカ人受刑者は一万二四七〇人から四万二二九六人に、ラテン系アメリカ人受刑者は九〇〇六人から四万六〇八〇人に増加した。[*44]

ロドニー・キングを暴行した四人の警官が、証拠映像がありながら無罪放免になったとき、街中には爆発寸前の怒りがくすぶっていた。これが〝天使の街〟、ロサンゼルスだ。

カレンと子どもたちが戻ってきたのは、ふたつの統治者が戦いつづける戦場だった。ひとつは、ギャングと結びつきを深めるドラッグ帝国、〝影の国家《パラステート》〟。もうひとつは、カリフォルニア州政府および連邦政府という表《おもて》の国家だ。

マイケルがジョージア州で一〇ドルを盗み、判事の裁量によって起訴をまぬがれたとき、彼はまだ〝許しある世界〟にいた。一九九三年、クレアモントで万引きとラジオの窃盗で捕まって起訴をまぬがれたときも、彼はまだ〝許しある世界〟にいたと言える。しかし一九九三年、ロサンゼルスに戻ったマイケルは、政治的に変容した〝許しなき社会〟と出会う。一九九五年、彼がカージャック未遂と強盗容疑で初めて逮捕されたとき、天使たちはとうとう彼に背を向けた。

ただし、〝パラステート〟の存在を確認し、〝許しなき社会〟の出現を示すだけでは、まだ充分とは言えない。ほかにもまだ考慮すべき点がある。まずは、こんな問いを投げてみたい。カレンには、こういった環境に子どもたちを連れ戻したことが、わかっていたのだろうか?

カレンは仕事を求めてロサンゼルスに戻った。彼女が最初にこの街に住みはじめた一九七九年と同じように、当時の〝天使の街〟も、急速に人口が伸び、サービス産業が成長していく途上にあった。ロサンゼルスは、船乗りを誘惑するセイレーン〔ギリシア神話に登場する上半身が女性、下半身が鳥の魔物。美しい歌声で船乗りを惑わすとされる」のように、カレンを惹《ひ》きつけた。ここにはチャンスがあると、カレンは見た。しかし、彼女に〝パラステート〟は見えていなかった。

後世の歴史家の目には、その宿命的な結びつきが――麻薬ビジネスと、ギャングと、新たなる〝許しなき刑事司法制度〟との結びつきが、はっきりと見てとれることだろう。しかし、その渦中に暮らす者には、事件報道のような、きわめて小さな断片しか見えていない。警察が一四〇〇名の黒人を大量検挙したというニュース。〝ロサンゼルス暴動〟――人によっては〝反乱〟とも呼ぶあの事件。どこまでもつづくグラフィティ。

しかし、このような幾多の断片を集積したものは、いったいなんなのだろう？　そのなかにいる私たちに、どうしてその集積が把握できるだろうか。その問題には、どんな名がついているのか。

カレンという小舟は、荒れ狂う海のなかで、子どもたちという壊れやすい荷を目いっぱいのせて、避難できる港までたどり着こうとしていた。彼女の目の端をときどき、大きな尾の先端が、尾びれのきらめきが通りすぎた。丸みを帯びた背の頂《いただき》が波間に見えることもあった。だが巨大な生き物の全体像は……？　それはけっして見えなかった。

その生き物は――カレンの小舟をときどき叩くそいつは、いったいなんなのだろう？

グラフィティはそれを知る手がかりを与える。グラフィティはまさに、暴力と抗争が織りなす世界を記録する――含むところの多い歴史とわかる者にはわかる掟、恩情と侵害、罪と罰を記録する。それは独自の均衡、独自の法を持った、ひとつの世界だ。

連邦政府は、麻薬の世界的な供給連鎖《サプライ・チェーン》を断ち切るために、末端の売人を片っ端から捕らえて割の合わない重罰を科すことで、売人を一掃する作戦をとった。だが、麻薬ビジネスに大金を投じた製造業者や元締めは、そうそう簡単に敗北を認めるわけにはいかなかった。小売りと路上販売の支配権を捨てて撤退すれば、莫大な経済的損失をこうむるからだ。

ロサンゼルスの高校ではテニスの花形選手、その後はコミュニティ・カレッジの学生を隠れ簑《みの》に暗躍した麻薬王、〝フリーウェイ・リック〟ことリック・ロスは、連邦検事の見積もりによれば、一九八二年から八九年までのあいだに、〝ブラッズ〟と〝クリップス〟双方のストリートギャングにコカインを売りさばき、約八億五〇〇〇万ドルを荒稼ぎした。麻薬製造業者と元締めは、彼らから売人を奪おうとする連邦政府の方針に屈せず、むしろ戦いを挑んだ。彼らには、新兵を確実に補充できて、なおかつ規律を厳守する小売業者、路上の売人が必要だった。こうして、戦いから引くに引けない麻薬ギャングたちは、〝麻薬撲滅戦争〟に反撃する手段として、彼ら独自の抑止システムをつくりあげていった。

その抑止システムとは、煎じつめれば、逆らえば撃たれる、という掟だ。最初は膝を撃たれる。それでも逆らおうとすれば……？　おそらく、命を奪われる。自分が、もしくは愛する人が。どちらにせよ、すみやかに。ビジネスの存亡は、実証性の高い目撃譚《たん》が生みだす抑圧プログラムがうまく働くかどうかにかかっている。麻薬ビジネスは、どんな法治国家にも真似できない、はるかに強力な支配を生みだす抑止システムを備えている。[*45] そして結局のところ、それが麻薬ビジネスを〝影の国家《パラステート》〟たらしめている。

さらに、もうひとつの弊害についても記しておきたい。〝麻薬撲滅戦争〟は、非暴力の麻薬犯罪を大量に摘発することで、この国の司法制度全体に過重な負荷を与えた。二〇一三年の調査によれば、連邦地方裁判所が扱った事案の三二パーセントを麻薬関連事件が占めている。それは全体のなかで最大のカテゴリーにもなっている。[*46]

州の裁判制度も、大量の麻薬事件に人と予算を割かれることになり、著しく疲弊した。実のところ、このようなことは一九九〇年代から起きていた。裁判制度に重い負荷がかかると、検察のなかに、暴力事件のなかでも司法取引に持ちこみやすい簡明な事件を好んで扱う傾向が生まれた。退役警官のヴァーノン・ゲベルトは、公共ラジオのインタヴューに応えて、今日、殺人事件が解決に至るまでのハードルが高くなっている一因は、検事が起訴しやすい事案ばかりを引き受けたがることだと語っている。[*47]

このようなハードルの高さによって、さらなる問題が生まれた。警察が事件を検察に引き渡すのがむずかしくなると、殺人事件の〝解決率〟――ここでは容疑者が逮捕されて結審に至る割合――が低下した。この低い数字の陰には、起訴にも逮捕にも至らない数多くの事件が隠されている。
一九六〇年代、殺人事件の平均解決率は九〇パーセントを超えていた。[*48] これとは対照的に、財政破綻寸前の二〇〇九年のデトロイトでは、一桁台まで近づいた。[*49] 二〇〇九年のシカゴにおいてもわずか三〇パーセントで、多くの殺人事件が結審に至らなかった。[*50] ロサンゼルス市警のある管区は、解決率およそ六〇パーセントと報告していたが、実際には〝解決率〟の解釈にズレがあり、逮捕から検挙まで至るケースはそれより低いとわかった。被害者の肌の色が黒か褐色であると、検挙率はさらに低くなった。[*51]
事件の検挙率低下が招く麻薬ビジネスの凶悪化は、とりわけ深刻だ。一九九一年から九五年までのマイケルの軌跡をもう一度振り返ってみたい。通り向かいの家から一〇ドルの小銭を盗み、つぎに万引きし、隣家からラジオを盗んだ。つぎに銃を手に入れ、強盗するために一週間で最少でも三人、最多の場合は五人に銃口を向けた。日付の並びは直線だが、行為は指数関数的に凶悪さを増していく。
マイケルの過激化は、周囲のおとなたちには想定外だった。周囲の人々はトラブルに対処しようと努めたが、過激化のスピードに追いつけなかった。最悪の場合は、前よりまずい事態が起きると予測していたが、実際にそこで起きたのは、場の様相がまるごと変わるようなフェーズの転換、〝位相変位《フェーズシフト》〟だった。マイケルのこのような人生の加速をどう説明すればいいのだろうか。

〝パラステート〟の成り立ちを語るためには、つぎのような経済学者の意見が参考になる。ブレンダン・オフラハーティとラジーブ・セティというふたりの経済学者が、〝麻薬撲滅戦争〟と暴力事件のあいだに存在するきわめて微妙な関係について言及している。[*52]

彼らは、全体の平均以上に殺人事件――武器による、とりわけ銃による殺人事件――の発生率が高くなるのは、殺人事件の捜査と起訴の成功率が低いことに起因すると主張する。もし人が人を殺しても処罰されない社会にいれば、最初の危険な兆候だけで、相手を撃ち殺す可能性は高くなる。殺人が処罰されなければ、さらなる殺人が起きる。もちろん、復讐のための殺人もあれば、無法状態に乗じた殺人もあるだろう。

しかし、先制攻撃による殺人という一面はないがしろにできない。殺人が罰せられない状況に置かれれば、あらゆる人間が（警察組織も含めて）引き金を引きやすくなる。殺人が罰を受けない社会では、攻撃は最大の防御であるという考え方がはばをきかせる。言い換えるなら、殺人事件の検挙率の低い環境では、社会全体の暴力レベルに〝フェーズシフト〟が起きる。それはたんなる直線的な増大ではすまない。そして、銃が拡散される。世界は、ひとつの社会的均衡から新たな局面へと傾いていく。

この〝フェーズシフト〟――転換点を通過したのちの急激な下降を、私たちは加速として経験する。それは気送管のチューブのなかを飛ばされていくような急激な変化だ。この〝フェーズシフト〟は、マイケルの人生の加速とつながっている。

ロサンゼルスのサウス・セントラルで育った人々に、マイケルが銃を手に入れた方法について尋ねてみた。誰も明確な答えを返せなかった。しかしそれは何も知らないからではない。彼らはすぐにこう切り返した。「だって、銃を手に入れるのは、すごく簡単なんだ。どこだって手に入る」そもそも、マイケルがどうやって銃を手に入れたかなどという問いが意味をなさなかったのだ。愚かな質問だった。要するに、一九九〇年代のロサンゼルスにおいて、銃はあって当たり前だった。

いとこのロズリンが、こんな信じがたい経験を話してくれた。ロサンゼルスのどこかのパーティーに、誰かが黒いゴミ袋を担いで入ってきて、それをフロアの中央に放り出した。多くの硬いものが床板に当たる音がして、ゴミ袋からこぼれ出てきたのは拳銃だった。ひとりの少女がそこから一挺《ちょう》をつかみ、ロズリンの頭に銃口を押し当てた。「あんた、〝ブラッズ〟？　〝ブラッズ〟に入ってんの？」少女は拳銃を手に、ロズリンに詰め寄った。

ロズリンは凍りついてしまい、何も返せなかった。そこへ突然、見かけたことのない（その後も二度と見かけなかった）男があらわれた。男は全身白ずくめで幽霊のようだった。「彼女、クールだな」幽霊男はそう言うと、またいなくなった。少女は拳銃をおろし、ロズリンはそこから立ち去った。

〝天使の街〟のような、世界的な麻薬取引の中心地では、〝パラステート〟が法治国家には及びもつかない、強力な抑止システムを稼働させている。〝麻薬撲滅戦争〟という誤った政策が、暴力をいっそう加速させた。残念ながら、それはただ〝パラステート〟の権力を強化しただけだった。〝パラステート〟は際限なく、保護を必要としている人々を新兵として利用した。

このあたりで、これまで見えなかったものを可視化してみよう。

見えないのは、視力が衰えているからではない。

見えないのは、捜しものが苦手だからではない。

見えないのは、調べものが苦手だからではない。

そう、全体像が見えてこないのは、私たちがなにも気づいていないからではない。砂のなかに頭を突っこんでいるからでもない。ロサンゼルスという大しけの海のなかにいて、その巨大生物が不可視の存在になっているのは、それが違法だからだ。私たちはドラッグを求め、私たち自身の欲望を違法と認めることによって、巨大生物を見えない存在にした。この国において自分たちが何をしている者であるかについて嘘をつくことで、私たちはその巨大生物を不可視の存在にした。

私たちには、この不可視の世界の大きさを数字であらわすことさえできる。アメリカ国民は、過去一〇年間にわたり、一年当たり一〇〇〇億ドルを違法薬物に費やしてきたという調査結果がある。[*53] アメリカが世界最大のドラッグ消費国であることを思い出してほしい。

年間一〇〇〇億ドルは、アメリカの国防予算の六分の一、連邦政府がCIAに投じる予算のおよそ二倍に相当する。CIAが世界じゅうでどれほど多くの隠密活動をおこなっているかを想像してみてほしい。それに必要とされる予算の二倍。その額を投じてこの国で、このアメリカ合衆国で起きているあらゆることを想像してみてほしい。それが、CIAよりはるかに強力な、不可視の帝国の大きさだ。

私たちはここにきてささやかな介入を、ささやかな慈善活動を望んでいるかもしれない。しかしそれで苦しむ人々は救われるのだろうか？　天使たちは彼らに背を向けた。天使たちは、交戦するふたつの国の狭間で身動きがとれなくなった人々に背を向けてしまった。こうして、途方もない大金が、不可視の帝国に流れこんでいくシステムができあがった。

カレンが安定した職を求め、マイケルを連れてロサンゼルスに戻ったとき、警察は、この街の二一歳から二四歳までのアフリカ系アメリカ人男性の四七パーセントを、ギャング関連データベースに登録していた。[*54]

繰り返そう。一九九二年、ロサンゼルス市警は、この街の二一歳から二四歳までのアフリカ系アメリカ人男性の四七パーセントをギャング関連データベースに登録していた。こんなにも多くの若者が、実際にギャング行為に関わっているのだろうか。警察はそう信じているのだろうか。しかし、そういったことは重要ではない。こんなにも多くの若者がドラッグを売っているのか、それとも警察がそう信じているだけなのか。そういったことも重要ではない。

　居住区の住み分けが存在する社会において、世間の理屈はつぎのようになる。この街の特定グループの若者の半数がギャングに関与している、もしくは警察がそう考えている。特定グループの若者の半数がドラッグの密売に関与している、もしくは警察がそう考えている。そうであるなら、この街の特定グループの若者はすべて、ギャングの影響を受けているだろうし、処罰の対象となる可能性がある。

　おそらく問題はそこにある。このような状況下では、生きていくかどうかではなく、生きのびていけるかどうかが問われることになる。ロサンゼルスに戻ってきた当初、マイケルは生きのびるために、引きこもりを選んだ。毎日ひとりで家にこもり、外に出るのは、お気に入りの屋根の上にのぼるときだけだった。

　生きのびている若者たちを見て、あなたは気づくだろう。彼らの多くが引きこもってきたことを。

　カレンが家族を連れてロサンゼルスに戻ったとき、彼女は、彼女には見えない世界のなかを子どもたちが手探りで進んでいくのを支えなければならなかった。彼女にはその世界が見えていなかった。その世界が、かつてもいまも、違法であるからだ。

　子に何かを禁止することがかえって親の力を奪うことになる。禁止することが、思春期の闇をより深くする。親にとっても子にとっても、明瞭な視界を確保できていなければ、意義ある選択をするのはむずかしい。目隠しをされた人が穴に落ちたとして、いったい誰がその人を責められるだろうか。

29 ジ・エンド

一九九三年六月、私はプリンストン大学を卒業し、イギリスの大学院に進学した。同じころ、マイケルと姉のロズリンは、地域の不登校担当官の追跡をかわしながら日々を送っていた。秋になると、兄のニコラスとロズリンが高校を退学して家を出た。

ニコラスは、ロサンゼルスのダウンタウンに住む母親の友だちの家に転がりこみ、クレアモント高校を卒業して近くに引っ越してきたガールフレンドとの仲を深めていた。ロズリンは、〝ジョブコープ・プログラム〟〔労働省が若者に対して無償で提供する一般教養と職業訓練の教育プログラム〕を受けるためにサンディエゴに行った。カレンの上のふたりの子どもたちは、ほぼおとなとなり、マイケル――カレンのベイビー――だけが家に残った。末っ子のマイケルが、一二人きょうだいの末っ子だったカレンのもとに最後まで残ったのだ。

カレンは、しばしば問題行動を起こすマイケルの将来を心配し、これまでと同じように、息子のために長続きする何かを、彼を導いてくれる男性をさがそうとした。〝ネーション・オブ・イスラム〟への参加を継続し、傘下の青年組織〝シンバ〟の男たちと関わることが、息子によい影響を与えるだろうと考えた。

〝シンバ〟に参加するためには、マイケルが高校一年生を過ごしたクレアモントの近くに下宿させる必要があった。〝シンバ〟の関係者からポモナの街に住む信頼できる女性を紹介され、その女性の家にマイケルが下宿することが決まった。

だが、その女性には息子がいて、あとからわかったことだが、その息子はストリートギャングの世界に足を突っこんでいた。女性がマイケルを引き受けることが決まったときには同居していなかったのだが、息子はすぐに戻ってきた。マイケルがその息子と街をうろつきはじめたので、カレンは怪しげな環境から彼をまた引き離そうとした。マイケルを危険から遠ざけるために、高校の学期半ばでまた家に連れ戻した。ノースリッジ地震の直後のことだった。

ただし、カレンがマイケルを連れ戻したのは、息子がかつて〝クイーン・ストリート・ブラッズ〟のギャングたちとうろついていたイングルウッドの街に借りた家ではなかった。ニコラスがガールフレンドと同棲を始め、ロズリンが職業訓練のために家を離れ、マイケルもポモナで下宿するようになった時点で、カレンは子どもたちがいなくなった家を広すぎると感じるようになった。寝室が三部屋あり家賃にひと月一〇〇〇ドルかかる家を解約し、インペリアル・ハイウェイ沿いに、ワンルームの小さなアパートを見つけた。

そこは、カレンが一三年前に子連れで初めて所帯をかまえたアパートから数ブロックしか離れていなかった。カレンは戻ってきたマイケルを、近所にあるサウスウェスト・コミュニティ・カレッジの〝高校課程〟――高校のカリキュラムを習得して四年制カレッジの初年に備えるためのコース――に登録させた。妥当な選択だったが、この街の事情に疎いカレンには、サウスウェスト・コミュニティ・カレッジが〝クリップス〟の縄張りであることは知りようもなかった。その界隈のストリートギャングは、イングルウッドのストリートギャングより大きな勢力を持ち、暴力的だった。

ポモナから戻ったマイケルは、インペリアル・ハイウェイ沿いのアパートでカレンと暮らしはじめた。ハイウェイの高架交差路のほぼ真下、排気ガスにまみれたコンクリートビル群のなかの平凡なアパートだった。周辺に樹木はなく、瞑想にふさわしい屋根もなかった。

それでもサウスウェスト・コミュニティ・カレッジには、マイケルの求めていたものが、本と野外活動があった。もうすぐ一五歳になるマイケルは、クラスでよい成績をおさめ、クロスカントリー競争のチームに入った。ママのパスタで力をつけて、チームの仲間と一九九五年のロサンゼルス・マラソンにも参加した。

新たな旅行のチャンスもあった。カレンが州の牧師免許をとって定期的に女性リーダーの会合に出かけるようになったので、マイケルは母に付きそって、ワシントンDCやオークランド、サンディエゴまで行った。

高校二年生を迎えようという夏、マイケルはバイトをさがしはじめた。まずは食料品店の裏方やバッグボーイ〔客が購入した商品を袋に詰める係〕の仕事をさがした。年上のいとこ、私の弟のマークが高校時代に食料品店のバッグボーイをしていたことも影響していたのだろう。だが、マイケルにチャンスはなかった。一五歳という年齢は就労許可証を必要とするのだが、彼はそれを持っておらず、便宜をはかってくれる雇用先も見つからなかった。カレンの知人や友人にも、仕事を紹介してくれる人はいなかった。

七月になると、マイケルはミシガン州にいる私の両親、ウィリアム伯父さんとスーザン伯母さんといとこのマークを訪ねた。プリンストン大を卒業したばかりのマークがフォルクスワーゲンの緑色のパサートを乗りまわしていることに、マイケルは衝撃を受けた。

八月になると、マイケルはまたしても母親を心配させる行動をとるようになった。暑い日がつづいていたが、出かけてばかりいた。アパートを出て、街をうろつくのが日課になった。ときには三ブロック先の、この土地で知り合った少年の家の前で仲間とたむろしていた。それを見つけたのはカレンだった。長距離走で鍛えた筋肉質の引き締まった体を見て、すぐに息子だとわかった。シャツは着ておらず、カーキのズボンをはいていた。ストリートギャングが縄張りにたむろするときのような恰好だった。

「ふたりの仲間がいて、彼らの親もいた。ほかの子はTシャツを着ていた。ひとりはヘアネットをかぶってた〔ストリートギャングがよくするファッションのひとつ〕。いかにもがらが悪そうだった」と、カレンは振り返る。「あなたには高架下の家があるでしょ。ここにいちゃだめ」と、息子を叱った。なんでそんな恰好をしているのかと尋ねると、マイケルは、「暑いからだよ、ママ。それだけさ」と答えた。

一七歳になった姉のロズリンも、その八月は家に戻っており、マイケルといっしょに過ごすことが多くなった。弟が近隣一帯をうろついていることにロズリンは気づいていた。マイケルにはデヴォンという友だちがいたが、デヴォンは〝クリップス〟に属していた。ふたりは通っている教会で知り合った。

デヴォンは〝ローリング・シクスティーズ・クリップス〟のメンバーで、一部の人によれば、牧師のアンドリュー・ラインハート師も、かつては同じグループにいたということだった。そう考えると、ラインハート師の教会の青色を基調とした装飾も、特別な意味を帯びてくる。別のいとこが言う。「ラインハート師は牧師の活動を通して、この街の恵まれない環境のなかで、助けを必要とする若者たちと行動をともにした。彼らにはどこか出かける場所が必要だったんだ」

マイケルは、赤と青のカラー・コードを気にしなかった。理解してはいたが、真剣には受けとめていなかったようだ。弟は近隣一帯をうろついていた、と姉のロズリンが言ったように、彼は色の境界線を越えて行動していた。〝クリップス〟のデヴォンといることが多かったが、ロズリンは、インペリアル・ハイウェイ沿いの母のアパートから通りを進んだ先で、弟がカーキのズボンに赤のシャツという恰好でぶらぶらしているのを見かけたことがある。おそらく、いっしょにいたのは〝クイーン・ストリート・ブラッズ〟のメンバーだった。

彼女は、弟がふたつの縄張りをなんなく行き来できることに驚いた。ひとつのシマにたむろする者は、別のシマに立ち入らないのが常識だったからだ。ある日、マイケルが目を黒く腫らして帰宅した。ギャングに入るのを拒んだから殴られた、と彼は姉に説明した。

マイケルより二カ月先に生まれた別のいとこのピリが、ほんの数ブロック先に住んでいた。ピリにも、当時のマイケルの行動について憶えていることがある。マイケルとバスに乗って古巣のイングルウッドに行ったとき、マイケルはすぐに〝クイーン・ストリート・ブラッズ〟の仲間に溶けこんだ。

ストリートギャングとの関わり方はふた通りだと、ピリは言う。シマで育った人間なら、そのままギャングの一員になり、所属の証《あかし》として何かをする必要はない。つまり、ギャングバングをしなくてもいい。しかし、シマにとって新参者は、つまりいろんな土地を転々としてきて、そこにいついた者は、自分が何者であるかを証明し、忠誠の証を行動で示さなければならない。マイケルがまさに後者のケースだったと、ピリは振り返る。

高校二年生になる前の夏、マイケルはときどきピリと泳ぎに行って、そのあとピリの家に泊まった。八月の最終週から九月の第一週にかけて、猛暑の日がつづいていた。カレンがたまたま遠出していた夜、眠ろうとすると、マイケルがピリに言った。「もし、夜中におれが出かけたら、誰かにそれを伝えてくれよ」。結局、マイケルは出かけなかったが、ピリはそのときマイケルが言ったことを誰かに話しておけばよかったと、いまになって思う。

彼は、マイケルが何かのトラブルに巻きこまれていると感じはじめていた。マイケルが彼に「カズ《あんた》」〔Cuz：いとこ cousin の意味だが、親しい間柄で二人称として使われることがある〕と呼びかけるようになったことも気になった。〝クリップス〟のメンバーがお互いをこう呼び合うからだ。

ピリは〝ブラッズ〟のシマで生まれ育ち、当時もそこに住んでいた。ギャングバングに加わるほどギャングと深く関わっているわけではなかったが、〝カズ〟という呼びかけには違和感を覚えた。「ぼくにはその言葉は使えない」と、彼は言う。マイケルは組織への忠誠について真剣に考えていない、とピリは気づいていた。でなければ、そんな言葉を使うはずがない。しかし、その言葉を使うということは、〝ブラッズ〟だけでなく、〝クリップス〟ともなんらかのつながりがあるということだ。

マイケルは人生の最後まで、私によく〝カズ〟と呼びかけた。私は、それが〝いとこ〟という以外の意味を持つことを知らなかったが、ギャングの挨拶を彼が私に対して使ったとは考えにくい。それでもこの言葉は、私が気づけたかもしれないのに気づけなかったことの手がかりになる。

兄のニコラスは、マイケルの夏休みと高校二年生のはじまりについて、それとはちがうことを記憶している。当時一九歳になっていたニコラスは、恋人のシャロンと彼女とのあいだに生まれた幼い娘と、サンペドロ〔ロサンゼルスのサンペドロ湾に臨む海岸地区〕で暮らしていた。陸軍予備役の訓練をその年の春に終えて、月一回の研修を継続しながら警備員の仕事をさがしていた。

マイケルはシャロンの姉のリンダと親しくなり、サンペドロでニコラスたちと合流することが多くなった。ニコラスの目に、マイケルはうまくやっているように見えた。サウスウェスト・カレッジの高校課程のクラスになじんでいたし、陸上競技にも打ちこんでいた。マイケルが、ギャングの色や、それらしい恰好をするのを見たことはなかった。ストリートギャングにどっぷり浸かるのを避けているように見えた。けれども、マイケルは金を持っていた。ほしい靴や服は自分の金で買っていた。ニコラスはそれについて深くは考えなかった。

ただ一度だけ、怖い思いをしたことがある。インペリアル・ハイウェイ沿いの母親のアパートの前の路上に、マイケルといっしょにいたときのことだ。

茶色のキャデラックに乗った、ふざけたやつらが近づいてきた。〝デンヴァー・レーン・ブラッズ〟の連中で、おれたちにしつこく話しかけてきた。ひとりの男が立ちふさがり、マイケルを引き寄せようとした。弟はいい服を着ていた。ここでちょっとでも間違ったことを言ったりやったりしたら、殴り合いになっていたはずだった。「くそカズめ。おまえらふたりともカズなのか？」男はそんなことを言った。マイケルとおれが見かけない顔だったから、確かめにきたのだろう。

ニコラスは、マイケルが以前〝クイーン・ストリート・ブラッズ〟のメンバーと仲良くしていたことを知ってはいたが、そのつながりはもう終わったと思っていた。弟が〝デンヴァー・レーン・ブラッズ〟と関わりがないこともわかっていた。そして、まさか〝クリップス〟に深く関わりはじめているなどとは考えてもみなかった。

母親カレンの話も、別の角度から当時のマイケルの日々の輪郭を描き出す。彼女は息子がストリートギャングに所属しているとは考えていなかった。彼女の見るかぎり、服の色で所属を示すようなことはしていなかった。表にはどんな兆候も出ていなかった。学校の成績はよく、二学年の出だしも順調のように見えた。治安の悪い区域をうろつくことを心配していたが、何かまずいことが起きるかもしれないと思って心配するのであって、まさかすでにまずいことが起きているとは考えていなかった。

その夏の終わりに、カレンは、彼女の母親が遠い昔に胆嚢摘出手術で死亡した経緯について調べるために、フロリダまで旅をした。マイケルを信用していたので、寝室に家賃の五〇〇ドルを残し、ロズリンとマイケルに大家に届けておくように頼んだ。

しかしカレンが旅行から帰ると、五〇〇ドルはなくなり、大家は賃料を受け取っていなかった。網戸式のドアが壊され、カレンの寝室が引っかき回されていた。彼女は、もしや息子が空き巣をよそおって金を盗んだのではないかと疑った。

そこからおよそ一週間後、マイケルは五〇〇ドルをカレンに手渡し、「これを家賃にするといいよ」と言った。どこでこの金を手に入れたのかとカレンが尋ねても、何も答えなかった。彼女は金を受け取らなかった。「悪いところから出た金だろうと思ったから」

ラジオの窃盗による二年間の夜間外出禁止処分が解けると、マイケルが外で過ごす時間はいっそう増えた。カレンは、息子の保護観察担当官に電話で相談しようか迷ったが、教会仲間からやめたほうがいいと忠告された。

以前はいつもAだった、息子の数学のテストの成績がみるみる落ちて、落第点のFすらとるようになった。カレンは、マイケルをまじえて学校の担任教師と話し合った。ほんとうはもっと賢いはずなのに、とカレンと教師が言うと、マイケルは「もっと賢くなりたいとは思わないんだ」と答えた。

一九九五年九月一五日金曜日が、カレンにとって、少年時代の息子といっしょに過ごした最後の日になった。その日、マイケルは学校に行かず、仕事に行く母親といっしょに家を出た。カレンの職場の近くで時間をつぶしたあと、カレンに連れられてロサンゼルス公共図書館に行った。図書館は彼女の職場から近かった。金曜の給料日だったので、仕事が終わったあと、母子で待ち合わせて買いものをするつもりだった。

マイケルは新しいズボンをほしがっていた。ふたりは図書館で落ち合うことにした。だが、カレンが仕事を終えて図書館に行っても、息子の姿はなかった。「図書館で待つようにって言ったのに、どこかへ消えてしまったの」。何かの行き違いだったかもしれないが、カレンは自分が置き去りにされたと考えた。

携帯電話が普及する以前だったので、いったんはぐれてしまうと、ふたたび出会うのはむずかしかった。仕事でへとへとになっていたカレンは帰宅することにした。が、もしもに備えて、職場にマイケル宛ての伝言を残しておいた。

マイケルは結局、カレンの職場にあらわれ、彼女の同僚から、バスに乗って家に戻るようにという伝言を受け取った。だが、彼は帰宅しなかった。近所まで来たことはわかっているが、家には戻らなかった。彼は、ふたたび家を出たカレンの車を通りで見かけ、コインランドリーに逃げこんだ。カレンも車からマイケルの姿を見かけ、一ブロックを車でさがしたが、ふたたびカレンの車を見たマイケルは、大きな洗濯機の陰に身を潜めた。

コインランドリーを出たあと、彼は友人で、〝ローリン・シクスティーズ・クリップス〟に属するデヴォンの家に行った。

その金曜の夜、デヴォンの母親は教会でカレンと顔を合わせたとき、マイケルが家に来ていることを伝えている。

カレンは、息子に帰宅するように言ってくれと頼んだが、その夜、マイケルは帰ってこなかった。

土曜日になっても帰らなかった。カレンが息子の消息を知るのは、日曜日の朝、デヴォンの妹がアパートの扉を叩いたときだった。デヴォンの妹は、マイケルが撃たれたと告げた。

病院に向かう救急車のなかでマイケルが話したことは、これとはちがっていた。彼は、一週間家に帰っていない、と言った。拳銃は二週間半ほど前に見つけた、と言った。二週間半前というのは、カレンの寝室から家賃にあてる五〇〇ドルがなくなった時期と一致する。

銃を見つけたのは、最初は、母親のアパートに近いマクドナルドの店舗の裏だと言い、つぎに、ローズクランズ通りに建ち並ぶアパートのどれかの路地裏に捨ててあった、衣類の詰まったゴミ袋から見つけた、と証言を変えた。おそらくマイケルは、母親と彼の行為のあいだに距離をあけることで、母親を守ろうとしたのだろう。

マイケルが、母親が家賃のために残した金を盗み、銃を購入したことは想像にかたくない。そしてほぼ間違いなく、それはストリートギャングとの関わりがより深くなったことと関係がある。彼はそれまで、〝クイーン・ストリート・ブラッズ〟と付き合いがあると思われていた。しかしいつしか、いとこも含むまわりの人間に〝カズ〟と呼びかけるようになった。

その九月の朝、彼は〝クリップス〟の一員と、儲け仕事を求めて行動を共にしていた。だが警察は、彼の犯行をギャングがらみだとは見なさなかった。警察の調書の「ギャングのメンバーか?」という質問項目には〝ノー〟と記されている。

マイケルは、警察のギャング・データベースには登録されていなかった。ギャングのシンボルや色を使ったタトゥーも入れてはいなかった。その九月半ばの朝、彼は暴力行為に及ぶつもりはなかったのだと思う。銃を手に入れたが、人を撃つつもりはなかった。撃つのを控えていたら、撃たれてしまったのだ。

彼は確かに強盗を働こうとした。それは承知している。しかし、撃ったのは彼ではなかった。銃を持つというのは、彼とは別の誰かの考えではなかったのか。そして、彼は自分自身の証《あかし》を立てるために銃を持つ必要があったのではないのか。

すでに数百万の人々を呑みこんでいたにもかかわらず、見えないギャングの帝国、〝パラステート〟は、マイケルにも誘惑の手を伸ばしていた。私たちがそれを確信する理由は、彼がけっして共犯者の名前を明かさなかったことにある。

マイケルの死後にアレン一族の人々に取材を重ね、私は共犯者のファースト・ネームだけ知ることができた。でも、フルネームまではいまに至るまで突きとめていない。病院での警察の取り調べで、マイケルはいっさい自分を守ろうとしなかった。ただ、自分のことは何もかも語ったが、友人については口を閉ざしていた。

まったく自分を守ろうとしているようには見えなかった彼が、友人に関する情報だけは明かさなかった。それは自分の身を案じたからではないだろう。マイケルは、その情報を警察に与えたら、彼自身ではなく、彼の家族が報復を受けると考えたにちがいなかった。デヴォンにとっては、ギャングの保護力は、短期間だったかもしれないが、働いたと言える。一九九〇年代半ばのロサンゼルスでは、保護とはこのような意味を持っていた。

マイケルの逮捕のあと、カレンは精神的にひどく打ちのめされた。私たち全員がそうだった。カレンはマイケルの保釈を望んだが、彼がそれを望まなかった。彼は自分が街に戻ったら、さらに面倒な結果になると考えていたのだろう。だから街ではなく、監獄を選び、ギャングとの関わりを断った。一五歳で、このとき初めて逮捕されたマイケルが、ギャングの保護の申し出ではなく、刑事司法制度による保護（と思えたもの）を選択した。

しかし、司法制度は、この選択には目をくれず、応えようとはしなかった。マイケルにとって人生で最も勇気ある決断だったが、彼にはよい結果をもたらさなかった。彼の生きた〝許しなき社会〟のなかで、その勇気は一瞬きらめいたかもしれないが、彼に報いをもたらすものではなかったのだ。

ここまで来て、私たちはようやく、ひとつの答えを見つけることになる。マイケルが一五歳だったとき、彼を破滅へと急がせたのは、火であり、氷だった。金がほしいという欲望が火。〝パラステート〟と厳罰化に傾く国家という、ふたつの対立する憎悪のシステムが氷。もしかしたら、この後者だけでも、充分だったのかもしれない。

隠された誘惑の罠は、私たちの不意を突く
心は、思慮なき言葉や行為に血を流す
これほど最善を尽くして、なぜまだ試されるのだろう
でも、いつかそのうち、私たちにもわかる日が来るだろう
〔聖歌「いつかそのうちわかるだろう（We'll Understand It Better By and By）」〕

お気に入りの屋根の上で瞑想をつづけ、欲望の鎖から解かれ、憎悪の脅威から逃れられていたら、もしかしたら、マイケルは生きのびていたのかもしれない。

30　私の胸のロケットのなかには

私の胸のロケットのなかには、五人のひょろっとした褐色の肌の子どもたちがいる。いとこどうし、五人の子ども。私たちは、二本のサルスベリの木のあいだで、六月のやさしい陽光を浴びながら、永遠に遊びつづけている。

マイケルと同じくらい、私は木登りが大好きだった。ピンクや紫の花をこぼれんばかりに咲かせた、花柄のサンドレスみたいな木々の、あっちから、こっちから、子どもたちの腕や脚がのぞいていた。地面に広がるアオイゴケのなかに蕾《つぼみ》を見つけると、指でそっと押して花弁を割り、儚げな小さな花が一気に開くのを見とどけた。

家の大きな窓からは、なかにいるおとなたちが見える。愛する父や母、一族の人々もまた、とりとめもないおしゃべりをしながら、そこで永遠の時を過ごしている。

結び——つぎには何が?

親愛なるみなさん、私たちのなかで最も貧しい人々が人生をしくじるのはなぜなのか。そう問いかけるとき、あなたはあの手この手ではぐらかし、同じところを行きつ戻りつし、答えないですますこともできるだろう。しかしもし、あなたが正直であるなら、否応なく、ひとつの答えにたどり着くはずだ。

私たちのなかの最も貧しい人々が人生をしくじるのは、違法薬物がまわす経済の頂点にいる者たちが、〝影の国家《パラステート》〟を築き、組織的暴力によって、貧困コミュニティを囲いこんでいるからだ。

一八六五年六月一九日、すべての奴隷を解放するという知らせがテキサスに届いた日にちなんだ祝日、〝奴隷解放記念日〟に、刑務所のなかでブリーと恋に落ちていたマイケルは、こんなラップをつくった。

みんな〝G〟になりがたる　だが人間になりたいやつはいない
戦いたがるおとなたち。おれはどうすりゃいい?
頭がイカれないように必死に耐えるしかない

親愛なるみなさん、私たちのなかで最も貧しい人々が人生をしくじるのはなぜなのか。そう問いかけるとき、あなたはあの手この手ではぐらかし、同じところを行きつ戻りつし、答えないですますこともできるだろう。しかしもし、あなたが正直であるなら、否応なく、ひとつの答えにたどり着くはずだ。

私たちのなかの最も貧しい人々が人生をしくじるのは、連邦政府が歴史的規模の武力と厳罰によって〝麻薬撲滅戦争〟を遂行し、〝パラステート〟のなかに組織的暴力によって囲いこまれた人々を支配しようとしたからだ。

生きてりゃ、間違いを正すチャンスはめぐってくる
メディアがなんと言おうと、おれたちは闘うしかない
（コーラス：見くびるな、当たり前だと思うな、
現実から眼をそらすな、やれると信じろ！〔四回繰り返し〕）
それが、おれを一瞬で憎む連中のなかに立つための、
自由《リバティー》と能力《アビリティー》
肌の色のせいで、おまえたちは勝てない、
連中はそう囁く　だけど、おれはそんなふうに育ってないんだ

おれは使命《ミッション》を果たし、理想《ヴィジョン》を守る
もう生きてない先人たちが築きあげたものを守る
人は死んでも、自由の精神は死なない
監獄にいても、心まで囚われやしない

親愛なるみなさん、私たちのなかで最も貧しい人々が人生をしくじるのはなぜなのか。そう問いかけるとき、あなたは、あの手この手でこの問いに答えないですますこともできるだろう。しかしもし、自分が何者であるかを意識するなら、否応なく、ひとつの答えにたどり着くはずだ。
私たちのなかで最も貧しい人々が人生をしくじるのは、私たちの多くが違法薬物をほしがり、その欲望を満たすために払われる犠牲から目をそむけてきたからだ。私たちはまるで、奴隷がつくった砂糖でお茶を甘くした一九世紀の英国人たちのようだ。

だからおれは衰弱の呪いを打ち砕く
敵を祈りで衰弱させる、これはほんとさ
ロックダウンされても、おれはさがしつづける
集中を維持し、着陸を準備する

親愛なるみなさん、国際的な違法薬物経済の直接の犠牲者には、三つのカテゴリーがあることを忘れないでほしい。ひとつ目は、薬物依存症者。ふたつ目は、暴力の犠牲者。三つ目は、〝パラステート〟に取りこまれた人々。三つ目が数としていちばん多いかもしれない。幾多の命がこうして消えていった。

縛りつけられやしない　おれたちには信仰がある
おれは主キリストに仕え、主のように民衆のために血を流す
もしマルコムやマーティンがあきらめてしまっていたら……
だが彼らは逆境に屈せず、道を拓いた
親愛なるみなさん、おれたちはきょう、
惨殺された人々を偲ぶために集まろう
おれは、みんなの平安を祈る
ムショにいても、おれたちは自由の民だ
だけど、ここには人間の暮らしがない

いまどれくらいのアメリカ人が刑務所にいるかを考えてみてほしい。現在、成人したア

メリカ人の一〇〇人にひとりが獄中にいる。[*55] 全体では二百万人以上で、この数はさらに増えつづけている。世界に類を見ない刑罰制度だと言っていい。

一五でムショに入って、いま二三
あと三年、おれは自分のしたことに責任を負う

この国が、人を投獄することにどれほど卓越しているかを考えてみてほしい。世界の囚人のうちの二五パーセントがアメリカ人だ。[*56] 東西のきらめく海岸にはさまれたこの国に暮らす人々は、世界人口の五パーセントに過ぎないというのに。こんな社会は誰も見たことがなかった。

これが最初で最後さ　監獄はけっして楽じゃない
おれは自由の民、だからおれから奪わないでくれ

〝麻薬撲滅戦争〟がどれほど司法制度を肥大化させ、無力化させたかを、もう一度考えてみてほしい。くり返して言いたいほど、これは重要だ。現在この国で投獄されているアメリカ人の一四パーセントは、非暴力的な麻薬犯罪による判決を受けた人たちだ。連邦裁判

所の扱う事案のうち麻薬関連犯罪が占める割合は、近年のある年には、三二パーセントにもなっている。これは訴状全体のなかで最大のカテゴリーを占める。さらには、ドラッグとギャングが結びついた二重らせん構造が生みだす暴力的な犯罪もある。このような負担を取り除いたとき、法廷がどれほどよく機能するかを考えてみてほしい。

みんな同じだ、自分を止められるのは自分しかいない
自分を生かすも殺すも自分だ　だからおのれに正直になれ

〝麻薬撲滅戦争〟が、どれほど暴力犯罪を増加させているかを、考えてみてほしい。違法薬物経済が、裁判制度に過度な負担をかけ、検察官の仕事量を増やし、殺人事件検挙率を押し下げている。それが都市部において暴力レベルの〝位相変位《フェーズシフト》〟を招く。都市部で暴力が増加するほどに、貧困にあえぐコミュニティは、シマを守ろうとするギャングと彼らを雇う国際的な麻薬組織の〝保護恐喝〟の、みかじめ料の罠にいっそう陥っていく。そこから解放されたらどうなるかを想像してみてほしい。

おれに自由を与えた亡き人々を称えよう
愛と平和を、闘いつづける囚われの少数者たちに

社会の流れとして、誤った法律が結果的に、かつてないほど強力な搾取の罠に人々を取りこんでしまうのなら、私たちは〝パラステート〟を倒すために、たとえ茨《いばら》の道だとしても、麻薬の合法化に向かって舵を切ることも考えなければならない。その際、マリファナだけを合法化しても、〝パラステート〟を解体させるには充分ではないだろう。私たちは将来を見すえて、ハードドラッグ〔より習慣性の強い、コカイン、ヘロインなどのドラッグ〕まで含む解禁を検討しなければならない。

おれは静脈から血の涙を流す
苦しみなき未来を思って、喜びに泣く

それをすでに実践している国もある。ポルトガルは二〇〇一年に、違法薬物の少量の所持と使用を刑事罰の対象からはずす非犯罪化〔違法ではあるが刑罰は設けないこと。違法でさえなくなる〝合法化〟とは区別される〕し、〝行政上の違反行為〟に再分類した。[*57]
個人使用量程度の所持が判明した場合には、逮捕されるのではなく、〝薬物依存抑制委員会〟への出頭を命じられる。そこで専門家らによって治療を必要とするかどうかが検討され、場合によっては罰金などの行政処分を受ける。それとは対照的に、ドラッグの不法取引は従来どおり犯罪として扱う。だが、少量の所持を非犯罪化することによって、薬物依存は影で隠蔽しておくものではなくなった。

ポルトガルでは一九九八年から二〇一一年までのあいだに、薬物依存症の治療を求める人の数が六〇パーセント増加し、法改正以来、青少年の薬物使用量が減少した。同時に、同国の刑務所に麻薬犯罪で収監されている人々の割合が、一九九九年の四四パーセントから二〇一三年には二四パーセントまで減少した。一方、違法薬物の押収量は増加しているが、それは、供給連鎖《サプライ・チェーン》の上位をターゲットとして、治安維持の資源が使われるようになったためと考えられる。

こういった環境のなかで、子育ては楽になるのだろうか。それに関する調査はまだないが、秘密が減るのはよいことにちがいない。収監される青少年が減り、面会に行く親たちも減ることで、社会の士気が高まるにちがいない。

ひと晩じゅう、おふくろはひざまずいて祈りつづける
膝が血を流すまで這いつくばったハリエットのように
もう諍《いさか》いはやめてくれと、おれのbとcのために祈る
亡くなった人たちの痛みを想像してくれ
頭を割られ、自分の脳みそが地面に落ちてるところを

頭がイカレてる？　いいや、ほんとうのことさ
日々の暮らしこそ自由のための闘い
主イエスに感謝する　だれかがおれのために祈ってくれることを
そしてあんたにも感謝する　こうしておれの話を聞いてくれることを

〔ハリエット：アメリカの元黒人奴隷で、奴隷解放運動活動家のハリエット・タブマン。／bとc：ストリートギャング〝ブラッズ〟と〝クリップス〟のこと〕

マリファナをあらゆる場所で合法化し、ハードドラッグを非犯罪化することは、世の中をひっくり返すことだと思われてしまうのだろうか。ここに、ひとつのひっくり返った例がある。ドラッグには——それが唯一の安全な方法だと考えて——いっさい手を出してこなかったひとりの少女が、ヘロインの非犯罪化も含む、ドラッグ合法化の支持者になった。彼女は親族が投獄と薬物依存症によって壊れていくのも見ていた。それにもかかわらず、合法化を支持した。そう、私は合法化支持者になった。あなたはどうだろう？

私たちはそれぞれに、幼いころ受けた痛手を自分のなかに吸収し、誰かに押しつけることなく、その痛手を知恵に変えるという仕事を持っている。恐ろしいのは——マイケルもそうだったように——人生にとって大切なその作業を、知恵を身につける以前の段階でおこなわなければならないことだ。人生のコースを選択する一一歳から一六歳までのあいだ

というのが、その作業の時期として最もふさわしいからだ。

もちろん、そのときまでに人生で何をするかを明確に見定めることはできないし、そうする必要もない。ただそのときまでに、人生の基本要素をどう組み立てるのかを選ばなければならない。どんな人たちといっしょに暮らしたいのか。報いを得るまでどこまで我慢できるのか。人生の目的に偽りはないか。法の内で生きるのか外で生きるのか。基本要素を選びとる前に、おそらく一四から一六歳あたりで、私たちは、自分が受けた痛手を知恵に変えておく必要がある。

だが、ここでひとつの問いが生まれる。それをうまくやり遂げられる人が私たちのなかにどれほどいるだろう？　子ども時代に受けた痛手が深ければ深いほど、痛手を知恵に変える作業はむずかしくなる。たとえ、痛手が軽くすんだとしても、そのすべてを知恵に変えられるわけではないだろう。痛手がどの程度であっても、それを知恵に変えることが重荷になる場合もあるだろう。

だから問題は、その荷が重いのか軽いのかということになる。もし、その荷が重いのなら、ここでもうひとつ、問いが生まれる。重い荷を背負ったとき、私たちは痛手から生きのびられるだけの知恵をそこから生みだせるのだろうか。もし唯一それができるとしたら、それはおそらく、自分が受けた痛手より他者の痛手のほうが小さくあってほしいと願うときだけだろう。

回り道だとしても、みずからを救うためには、みずからが受けた傷を理解しようと努め、それによって他者を救うという覚悟をもって人生に臨まなければならない。その行為を通して私たちはようやく救われる。

さあ、横たわり、眠りにつこう
そして毎朝目覚めるたびに、
おれは、この奴隷解放記念日を思う

ひとつの社会として、私たちが課題とすることも同じだ。自分たちの世代の受けた痛手より、つぎの世代の痛手をどこまで小さくできるのか。その観点から、自分たちが受けた損傷を理解し、それをつぎの世代に引き継がせないために、いま私たちが拠って立つ土台を築き直せるかどうかを、しっかりと見きわめなければならない。

〝麻薬撲滅戦争〟という誤った政策は、混迷を招き、腐敗しつつある。その影響を受けているのは、けっしてドラッグを売ったり使ったりする人たちだけではないはずだ。

われらの罪を許したまえ
われらに罪を犯す者をわれらが許すごとく

情報源に関する覚え書き

親族に感謝している。とりわけ、叔母のカレン、いとこのニコラス、ロズリン、ピリ、私の両親ウィリアム・アレンとスーザン・アレン、前夫のロバート・フォン・ホールバーグとその息子アイザック・フォン・ホールバーグに。彼らは時間を惜しまず、インタヴューと補足の会話を通して、私と記憶を分かち合ってくれた。また、当時の出来事を再構成するために、私や親族の記憶だけでなく、マイケルのカージャック未遂事件に関するデイリー・ブリーズ紙（カリフォルニア州トーランス）の記事や、マイケルが起こした事件、ブリーの殺人・故殺事件に関する裁判記録なども参照した。

カリフォルニア州では、ほとんどの裁判資料が裁判所で保存され、一般に公開されている。しかし、少年犯罪事件に関してはそうではない。マイケルは成人として裁かれたにもかかわらず、書類上は〝若年案件〟、すなわち少年犯罪として処理されていた。そのために、私は彼の事件に関するすべての記録を入手することができず、その一部を入手するために正式な公文書開示請求を必要とした。ジョシュア・ミロンの貴重な法律上の助言がなければ、この試みを成し遂げることはできなかった。カリフォルニア州では、少年が被告の裁判記録は、被告が一八歳に達しても、すでに死亡している場合は、ストレージ上の孤立ファイルとなる。それらに法的権利を持つ者はいない。もちろん死亡した被告はそこにアクセスできないし、死亡する前に一八歳に達していた場合は、両親さえもアクセスできなくなる。マイケルの場合がまさにそれだった。

さらには、記録が誤って保存されていたので、最初は見つけることさえむずかしかった。当の書類が見つかると、数センチはある厚い書類の束がガラスの仕切り越しに示されたのだが、担当者はこれを検閲し、部外秘の印のあるものを省かなければならないと説明した。二〇分後に私が受けとったのは、そのうちのごくわずかだった。公文書開示請求を模索しはじめたのはこのときからだ。そのおかげで資料を得られたことに感謝しているが、マイケルに関するすべての記録を入手できたわけではない。たとえば、マイケルが二〇〇一年に刑務所から彼の裁判を担当した判事に送った手紙など、いまも解明できない謎が残されている。

謝辞

何よりもまず、友人であり同僚でもあるヘンリー・ルイス・ゲーツ・ジュニアに感謝しなければならない。彼が、ハーバード大学のデュボイス講演会の演者に私を招いてくれなければ、この本が執筆されることはなかったことだろう。講演会の目的はアフリカ系アメリカ人の生活、歴史、文化への理解を深めることにあり、私は何年ものあいだ、そのような講演をしたいと考えていたのだが、講演テーマとして、大量収監による弊害以上に重要なものを思いつけなかった。しかし、この題材はあまりにもむずかしく、あまりにも個人的だった。日程が決まり、場所が確保され、聴衆が来てくれなければ、これをやり遂げられたかどうかはわからない。

友人で脚本家のキアラ・アレグリア・ヒューズにも感謝したい。彼女は私の著書『教育と平等』〔*Education and Equality*, 2016〕に文章を寄せ、みずからのいとこについて率直につづり、私に語りはじめる勇気を与えてくれた。

そして当然ながら、親族には何もかも負っている。両親、弟、祖父母、叔母、叔父、いとこたち。前夫とその息子。いまの夫と子どもたち。みんながなんらかの形で、本書を執筆する支えになってくれた。

娘のノラは、ある夜、マイケルの写真を広げて執筆している私のところに来て、これは誰？　と尋ね、知りたがるようすを見せた。

「マイケルよ」

「マイケルって？」

あのね、ノラ、この人はマイケルと言って……

執筆にあたって叔母カレン、いとこのニコラスとロズリンにインタヴューを繰り返し、しつこく質問して三人を悩ませたことは心苦しかった。私たちの誰もが理解と平穏を求め、それぞれの孤独な旅をつづけていた。それぞれの物語をひとつにまとめようなんて、考えたこともなかったのだ。痛みを伴う過程だったが、私たち全員が洞察を深められたと信じている。私たちは徐々に、少なくとも一部は理解するに至ったし、止むことのない悲嘆も、いずれはいくらか取り除けるのではないかと思っている。

私のエージェントのティナ・ベネット、編集者のボブ・ウェイル、辣腕《らつわん》アシスタントのエミリー・ブロムリー。三人は頼もしい友人であり、擁護者であり、師でもある。これほど揺るぎない信頼と支援を得られるのはなんという幸運だろう。

ほかにも実に多くの人々に助けられた。ハーバード大学のエドモンド・J・サフラ倫理センター、行政学部と大学院教育学研究科、アフリカおよびアフリカ系アメリカ人学ハッチンズ・センター、アフリカおよびアフリカ系アメリカ人学部の友人と同僚たち。もちろん大学の学生たちにも。ブルース・ウェスターン、エリザベス・ヒントン、グレン・ラウリー、ラジーヴ・セティ、トミー・シェルビー、ブランドン・テリー、マイケル・フォートナー、ミシェル・アレクサンダー、ジル・レオヴィをはじめとする多くの優れた研究者や作家たちが、ようやく大量収監の物語をつまびらかにし、曇りのない目で私たちの現在の状況を考察できるようにしてくれた。また、ジョシュア・ミロンの有能で辛抱強い法律家としての手腕、ロサンゼルス裁判所の記録保管所のスタッフの丁寧で親身な支援、ロサンゼルス郡立図書館のいくつかの分館のスタッフの心温まる助力、私のたび重なる公文書開示請求への地方検事局のアイリーン・ワカバヤシの忍耐強い対応がなければ、この本を書きあげることはできなかった。

本書の刊行に尽力してくれたノートン&リヴァーライト社の人々にも感謝したい。とりわけピーター・ミラー、コーデリア・カルヴァート、マリー・パントーハンに。

最後になったが、デュボイス講演会ではじめてマイケルについて語ったあと、私のところに来て、「私の愛する人も刑務所にいる」、「私も荒廃するドラッグの世界で大切な人を亡くした」、そのようなつらい話を打ち明けてくれた幾人もの人々に感謝を捧げたい。あなたがたも、私の胸のロケットのなかにいる。

訳者あとがき

一九九五年、一五歳のマイケル・アレンは、カージャック未遂で逮捕された。車を奪ってもいない。奪おうとして脅しに使ったピストルを引ったくられ、相手から撃たれた。逮捕されたのは、搬送された病院のベッドの上だった。翌年、一三年の刑が確定。それからの一一年間、少年期の終わりと青年期を、刑務所のなかで過ごした。二〇〇六年、仮釈放。二〇〇七年、再収監。翌年に刑期満了で出所し、その一年後、ロサンゼルスの路上で、射殺遺体となって見つかった。二九歳。バラク・オバマ大統領の就任から半年後のことだった。

どうしてこんなことになってしまったのだろう。彼が犯した罪に対して、この刑期は重すぎやしないだろうか。おかしいと思わない人はまずいないだろう。悲劇にちがいない。しかしこれは、同じような数ある悲劇のうちのひとつだ。彼と同時代に同じような運命をたどった多くのマイケルがいた。それを私たちは本書を通して知ることになる。

本書『マイケル・Aの悲劇』は、二〇一七年にアメリカで刊行されたCuz：The Life and Times of Michael A. の全訳である。ただし、「はじめに」は、翌年に英国で刊行されたペーパーバック版Cuz：An American Tragedyに書き加えられたPrefaceを訳出した。

著者のダニエル・アレンは、政治理論学者として、最近では政策提言者として広く名を知られた人だ。マイケルは、彼女にとって、八歳年下の愛するいとこだった。

ダニエル・アレンは、一九七一年、教育こそ子どもに託せる唯一の遺産という考えを持つ、政治学者の父と図書館司書の母のもとに生まれ、カリフォルニア州の学園都市クレアモントで育った。プリンストン、ケンブリッジ、ハーバードなどの名門大学で学んだのち、大学で教鞭を執りながら、古代アテネの刑罰と民主制、教育と民主主義、自由・平等・正義等の概念と政治思想の結びつきなどを研究しつづけた。本書のほかに五冊の著書と一冊の共著がある。二〇一七年に、ハーバード大学教授のなかでも最高の名誉称号、元学長の名を冠した〝ジェームズ・ブライアント・コナント・ユニヴァーシティ・プロフェッサー〟に任命された。二〇二〇年には、同大学エドモンド・J・サフラ倫理センター所長として、専門家の精鋭チームをまとめ、「パンデミックに強靭な社会へのロードマップ」を公表している。

本書を初めて読んだとき、著者のこのような華々しい経歴の一端より、むしろ彼女のただならぬ正直さに――自分を取りつくろうことなく、最初からすべての心の窓と扉を開け放っているような、率直な語り口に心を衝かれた。その率直さは、マイケルへの愛と、彼の生きた証を残そうとする覚悟と、生来の心の温かさと強さが混じり合ったものであるような気がした。〈一族のなかで両親が大学卒で、自分も大学に行くことを期待され、それを果たして専門職に就いた者〉として、彼女は親族に何かあるたびに〈バッター・ボックスに立った〉。

結束の固いアレン一族のなかにも、光と影があった。ダニエルの父親もまた、成功した兄として妹たちを支えてきた。マイケルの母親カレンは、その父親のいちばん下の妹だ。DVから逃れ、子どもたちを引き連れてロサンゼルスに出てきたカレンの奮闘を知っているダニエルだからこそ、マイケルの社会復帰を助けなければと力がはいったのだろう。マイケルの死に、ダニエルが打ちのめされるのは、愛する人を喪っただけではなく、助けられなかったという思いが恥辱としてこびりついているからだ。

一方で、少年期のマイケルが、どんなにダニエルの一家にあこがれていたかも想像にかたくない。引っ越しを繰り返さなくてもよい家庭、書物に囲まれてパイプ煙草をくゆらす父親、家族の会話に交じるフランス語。親身になってくれる人の期待に応えようとしても応えられないもどかしさ、目標がぐずぐず崩れていくときの自己嫌悪や、励ましてくれる人との距離感もわかる。再収監のあいだにマイケルの目から光が消え、心が壊れてしまっていたかもしれないのだが、それでも彼は光のほうに進もうとした。ダニエルがそれを望んでいたからだ。マイケルは〈周囲の人々が彼に求めるものを映し出す鏡〉。それを見抜いていたのは母親のカレンだった。

遠い国の異なる文化のなかに生きる人たちのなかに、自分にも身に覚えのあるものを、また身につまされるものを感じて、夢中でページをめくったことを憶えている。

著者は、そのようなパーソナルな語りのなかから、ゆっくりと時代的な、社会的な、制度的な問題を立ちあげていく。誰かに怪我を負わせたわけではない、自分のほうが重症を負った一五歳の少年に、一三年の刑期を宣告するなんて、どう考えたっておかしい。いったい、なぜそんなことが起きたのか。

ストリートギャングの抗争、麻薬ビジネスの台頭、厳罰主義と三振法、大量の収監者を生んだ、誤った麻薬政策〝麻薬撲滅戦争《ウォー・オン・ドラッグ》〟。すべてが折悪しく重なったことが説明されていく。マイケルが逮捕される前年に、カリフォルニア州で三振法が施行されていた。三振法は、三度目の軽微な罪（紙オムツや靴下の万引き）で終身刑になるような犠牲者を生んだだけでなく、逮捕者の急増によって機能不全に陥った司法が、弱くて貧しい人たちを、陪審裁判よりも簡便な司法取引に誘導するための脅しにもなった。カレンとマイケルだけに起こったことではない。しかし、渦中にいるカレンにはそれがわからなかった。司法取引を選んでしまって、母親としてどんなに苦しんだことだろう。

ドキュメンタリー映画『13th　憲法修正第13条』（エイヴァ・デュヴァーネイ監督、二〇一六）には、奴隷制廃止からはじまった黒人の大量収監と人種差別の歴史、その制度の変遷が明解に示され、たくさんのマイケルがいたことを理解するのを助けてくれる。あるいは、ギャングスタ・ラップの誕生を描く伝記映画『ストレイト・アウタ・コンプトン』（F・ゲイリー・グレイ監督、二〇一五）には、赤と青のストリートギャングの対立、黒人の若い男性というだけで〝犯罪者〟と見なす警察の偏見、暴力、重武装化など、本書でも語られているマイケルが少年時代を過ごしたロサンゼルスの一面が、物語の背景としてつぎつぎにあらわれる。

マイケル少年が逮捕されたのは、いまから三〇年近く前のことだ。だから、そこで起きていたことを、歴史の一コマとして捉えることも充分に可能だ。読み解くための資料も映像もある。けれども、著者が重心を置くのは、そこで起きていたことを歴史として俯瞰することではなくて、あくまでもパーソナルに、渦中にいてまわりで何が起きているのかもわからない、歴史の一点にすぎなかった人たちを書きとどめることにあるように思える。〈いまとなっては詮ない言い訳なのだが、私たちは、罪の報いは、ほどほどの量刑として下されるだろうと思っていた。三振法はまだ施行されたばかりだった。法規が変わったとしても、それがすぐに世の中に浸透するわけではない。法律のゆがみや予想外の結果が、すぐに認識されるわけでもない。そういったものは、生身の人間の体験をもって明らかになる。たとえばマイケルの人生をもって〉

これはなにもアメリカの法律にかぎった話ではないだろう。私たちは生身の痛手をもって歴史の過ちを証明してきた人を、気が遠くなるほど知っている。〈自分が受けた痛手より他者の痛手のほうが小さくあってほしい〉と願い、みずからの痛手と向き合い、声をあげて闘う人たちを知っている。

ダニエル・アレンは、「はじめに」を、つぎのような祈りの言葉で結んだ――〈どうか、あなた自身がこのような旅をすることにはなりませんように〉。読書もひとつの旅だとしたら、アレン一族の苦しみ多き〈旅〉に同伴した私たちは、旅を終えたとき、祈りの言葉に背中を押されて、それぞれの道へと戻る。本から顔をあげて、まわりを見まわすことを促されている。

最後になりますが、「『マイケル・Aの悲劇』に寄せて」を寄稿してくださった榎本空さんに心より感謝を申し上げます。榎本さんは一九八八年生まれの若き研究者。ニューヨークのユニオン進学校で黒人神学の泰斗《たいと》、故ジェイムズ・H・コーン教授に師事し、同教授の自伝『誰にも言わないと言ったけれど――黒人神学と私』(二〇二〇、信教出版社)を翻訳され、同神学校での経験をつづったエッセイ『それで君の声はどこにあるんだ？——黒人神学から学んだこと』（二〇二二、岩波書店）も上梓されました。近年は、米占領下の沖縄で土地接収に非暴力不服従を貫いた阿波根昌鴻《あはごんしょうこう》と伊江島の土地闘争について研究されています。〝ブラック・ライヴズ・マター〟（黒人の命が大事）と〝命《ぬち》どぅ宝〟（命こそ宝）の共鳴に触れつつ、阿波根昌鴻について語った論考「ガラクタの山を証すること」（『世界』二〇二一年二月号、岩波書店）に心をつかまれ、榎本さんに本書を読んでいただけたらと思いました。ただ、そのような訳者のふわっとした希望を受けとめ、がっちりと現実化してくださったのは、筑摩書房の編集者、柴山浩紀さんです。すばらしい解説によって、見えていなかった景色が開け、『マイケル・Aの悲劇』にもう一度出会い直すことができました。ありがとうございました。柴山さんにも、この場を借りて、深い信頼と感謝をお伝えします。

この本が、読んでくださったみなさんの心に響くものでありますように。

二〇二二年五月　訳者

『マイケル・Aの悲劇』に寄せて

いとこ《cuz》の物語と、伝記という近密な語り

『マイケル・Aの悲劇』が押し開いた可能性を十分に見つめるために、まず、こう問うてみたい。もしこの本がなければ、マイケルの生と死の痕跡は、いかに残存していくだろうかと。それは例えば、ローカルネットニュースの短い速報記事かもしれない（「サウス・ロサンゼルスで多数の銃弾を撃ちこまれた男性の遺体が見つかったことを、この土曜日に警察が発表した」）。もしくは、収監後のマイケルに割り当てられた無機質な囚人番号かもしれない（「K-10033」）。アーカイブの片隅に残されたこれらの断片と向き合うとき、わたしたちは途方に暮れてしまう。マイケルが無味な数字以上の何かである、暴力の犠牲者以上の何かである証拠はどこにあるのだろうか。

ハーバード大学の政治学者、および古典学者のダニエル・アレンが著した本書は、彼女のいとこ《cuz》であるマイケルの悲劇を条件づけた構造が、彼の生と死、そしてそのあとを語りうる唯一の文法ではないことを、まるで長く続く通夜にあって死者に寄り添うように、証

している。「太陽のような笑み」をもったマイケル。「天然のバネをたくわえた身体」をもったマイケル。消防士を夢見たマイケル。アレンが発掘したもう一つのマイケルの姿に、読者は、個性を持った人間としてのマイケルと出会う。本書の企図である、マイケルの物語を語り直すことは、彼の声を取り戻すことと同時に、彼の記憶のそれからに関わる闘いだろう。

そのためにアレンが選択したのは、伝記というジャンルだった。ここで奇妙に思う読者がいるかもしれない。いまだに人種差別が蔓延《はびこ》るアメリカの学問の世界にあって、もっとも成功を収めた黒人女性の一人であるダニエル・アレンならば――二〇〇一年の、天才賞として知られるマッカーサー賞受賞をはじめ、彼女の経歴は実にきらびやかだ――マイケルの死の理由について、厳密な学術の方法論に則って答えを用意することもできたに違いない。

事実、彼女のこれまでの著作を振り返るなら、そんな推測が的外れではないことがわかる。古代ギリシャの民主制と刑罰の関係について分析した *The World of Prometheus* (2000)。公立学校の人種分離政策を違憲とした一九五四年のブラウン判決――本裁判は、公民権運動を大きく後押しした――を起点に、アメリカにおける民主主義のあり方を問い直した *Talking to Strangers*（2004）。

これらの初期の著作に代表されるようにアレンは、古典学と政治理論の専門知に立脚しつつ、民主主義や正義、法といった現代アメリカの人種をめぐる課題について、類のない視点を提供してきた。そんな彼女が、「抽象化」と「距離を取ること」という研究者としての自己防衛の手段を踏み越えて、伝記を書いたのだ。もちろん本書においても、彼女は自らの学術的な背景を隠そうとはしない。しかし、物語を一義的に導くのは、幾つもの過去の断片を行ったり来たりする彼女の壊れやすく、不完全な記憶である。

もっとも、アメリカにおける黒人知識人の長い伝統において、アレンは独りではない。例えば古くは、奴隷制廃止運動を牽引したフレデリック・ダグラスの『アメリカの奴隷制を生きる』（邦訳、二〇一六）。社会学者のW・E・B・デュボイスの *Darkwater*（1920）や *Dusk of Dawn*（1940）。人類学者のゾラ・ニール・ハーストンの *Dust Tracks on a Road*（1942）。

ブラック・ライヴズ・マター運動の高まりを背景とした近年では、日本でも紹介されて久しい小説家のジェスミン・ウォードの *Men We Reaped*（2013）。甥への手紙というボールドウィン流の体裁をとる、タナハシ・コーツの『世界と僕のあいだに』（邦訳、二〇一七）。警官に射殺されたマイケル・ブラウンの母、レズリー・マクスパッデンが書いた *Tell the Truth & Shame the Devil*（2016）。ブラック・ライヴズ・マター運動の創始者の一人であるパトリース・カーン゠カラーズの『ブラック・ライヴズ・マター回想録』（邦訳、二〇二一）。

黒人の書き手にとって伝記を記すという行為は、どのような意味を持っていたのか。それは、自分語りに溺れる自己中心主義でもなければ、悪趣味な暴露主義でもないはずだ。奴隷制以来、四〇〇年に及ぶアメリカの黒人の経験には、伝記という形式でこそ叙述可能な領域があったのではないか。

個人の極めて近密な語りを通して、その生をまるで天候のように覆い尽くす社会構造を炙り出すこと。統計の暴力から個の生を救い——いや、「掬い」と書くべきか——、同時に、その経験を他の黒人の経験と共鳴させること。それを現代アメリカの最良の書き手の一人であるセイディヤ・ハートマンは「自叙伝的実例」と呼んでいる。つまり、「自己の形成を窓として、社会的、歴史的な過程を見つめること（Fugitive Dreams of Diaspora: Conversations with Saidiya Hartman）」。

そのような意味において『マイケル・Aの悲劇』は、これまで黒人が描いてきた伝記という形式の最良の部分を受け継いでいる。マイケルとアレンの物語は、取り替え不能なものであり、しかし、家族や親類の中に、必ず一人は収監を経験したものがいるという言葉が決して誇張ではない黒人コミュニティーにとっては、一つの典型なのだ。

「なぜなら《cuz》」という答えの条件

マイケルが「死ななければならなかった理由」、アレンはその答えを追い求める。一九九五年のロサンゼルス、カージャック未遂と強盗容疑で逮捕された一五歳のマイケル。一年という時を刑務所の中で過ごし、仮釈放から三年後、ガールフレンドに撃ち殺されたマイケル。なぜなのか。

ジョージ・フロイドの死を契機として爆発した、二〇二〇年版のブラック・ライヴズ・マター運動を目の当たりにしたわたしたちならば、アレンが最終的に辿り着いたマイケルの死の理由――麻薬ビジネスと密接に関わる影の国家《パラステート》と、犯罪の厳罰化を推し進める刑事司法制度――という「ふたつの対立する憎悪のシステム」は、聞き覚えのあるものかもしれない。

レーガン政権下に加速した麻薬撲滅戦争は、ギャングとドラッグの結びつきを殊更強調し、ギャング撲滅戦争の様相を帯びていった。それは警察の武装化や三振法の制定など、犯罪抑止政策の先鋭化を招く。公民権運動以後のアメリカにおいて、政治的に解決すべき社会問題として前景化した犯罪の問題は、しかし、極めて人種的な問題であった。特定の人種を潜在的犯罪者とみなす「人種的プロファイリング」や、都市部の黒人貧困地区で蔓延していたクラックコカインの厳罰化、人種的に不均等な大量投獄の実態――黒人男性の収監率は、白人の五倍とも言われている――など、司法制度を通して奴隷制以来の人種差別構造が再生産されていたのだ。『マイケル・Aの悲劇』の読者は、現代アメリカに存在する剝き出しの人種的な暴力を、目の当たりにするだろう。

もっとも、アレンが痛みとともに書き連ねるマイケルの死の理由に、出来合いの答えが用意されていたわけではない。彼女のなぜという問いと、「なぜなら」という答えがいかなる条件のもとで可能になったのかを、わたしたち日本の読者は覚えておく必要がある。マイケルの生と死を、肌の色に関わる問題として語るということは、特に人種後《ポストレイシャル》とも呼ばれる現在のアメリカ社会にあって、所与のものではないのだから。

二〇〇八年、キング牧師の夢をオバマ大統領が実現する。人種の問題は、過去の遺物になったのだ。さあ、差別のない世界を生きよう。そんな楽観論は、人種後のアメリカという幻想を生んだ。マイケルが殺されたのは、その翌年のこと。彼の死を、肌の色に拘わる制度的な問題として感知できたものは、少なかったはずだ。

多くの人々にとって、マイケルの死に対する妥当な「なぜなら」という答えは、例えば個人の努力や道徳に関係していた。「わたしたちのなかの最も貧しい人々が人生をしくじるのは」、その人が十分な努力をしなかったからであり、才能がなかったからだ。機会は平等に開かれている。それを摑めなかったのなら、あとは個人の責任だ。構造的な課題の解決を個人に委ねる能力主義は、人種後のアメリカにおいて、社会的な正当性を伴った強力なイデオロギーとして機能してきた。

マイケルの死を、家庭環境に求める人もいたかもしれない。この場合、マイケルのしくじりの理由は、シングルマザーのカレンの肩にのしかかる。マイケルの失敗は、カレンの失敗だ。彼女は、必要な保護と助けをマイケルに授けず、母親としての責任を放棄した。こうして黒人の母親は、強い女性というステレオタイプと理想を当てはめられる一方で、黒人に拘わる悲劇の責任を押し付けられてきた。

もちろん、本書を読んだ読者であれば、アレンが、マイケルについて書くときと同じ近密さと熱とをもって、カレンについて書いたことがわかる。アレンは、マイケルの物語だけではなく、カレンの物語も取り戻そうとするのだ。経済的な困難をなんとかやりくりし、幾度もの転職と離婚を繰り返し、アルコール依存症や家庭内暴力に晒され、息子が少年鑑別所へ入ってからはソファの上で胎児のようになってしまい、息子を守ることは許されず、ようやく最後の最後、葬儀の瞬間において、マイケルのためを思って決断を下すことが許されたカレンもまた、マイケルの生と死とを条件づけた構造によって、規定されている。

マイケルの悲劇には、いくつもの「なぜなら」という答えが、白人を規範とする社会によってすでに用意されていた。その多くは、マイケルの死の理由を単純に、個人の性質や家庭に求め、彼の生の可能性をどうしようもなく制限していた制度的な問題から目を背ける。そんな人種の問題が過去の遺物となったと囁かれる公民権運動以後のアメリカ、特にオバマ以後のアメリカにおいて、「なぜなら」という答えを肌の色に関わるものとして語ることは、アレンのみならず、他の多くの黒人の書き手にとって、闘いであったのだ。

「あんた《cuz》」を覆う沈黙と、わたしたち

アレンは「はじめに」で、本書を書く過程を振り返っている。「沈黙の闇から、マイケルの物語をたぐり寄せようとしたのだが、引き揚げられてくるものは物語ではなく、物語の無数の断片であることに気づいた」。本書は、マイケルとアレンの完全な物語ではない。アレンが配置し、ある一貫性を持たせて語り直す物語を、いくつものパズルのピースがぴったりと組み合わさった一枚の絵のように読んでしまうのは読者の誘惑だろうが、むしろわたしは、アレンがどれだけ近づこうとも近づけなかった沈黙を忘れたくない。

その沈黙は多くの場合、服役中のマイケルや、彼を「あんた《cuz》」と呼ぶストリートギャングの世界に関係している。学問に生きるアレンにとって、パラステートはあまりに遠かったのだろう。その沈黙に手を伸ばそうとするとき、あれほどまでに雄弁だったアレンの言葉は同じ沈黙に飲み込まれ、気づけなかった、知るよしもなかった、分からなかったという後悔や自責、恥辱が吐露される。アレンは、小説家の想像力を駆使して、その沈黙を別の言葉で補うこともできたかもしれない。しかし、書きうることと、書き得ないことについて、学者と小説家は異なる基準を持つ。

アレンは、マイケルが語らなかったことを、あえて語ろうとはしないようだ。その代わりに、マイケルが語ったことは隈なく記憶に残そうとするかのように、マイケルの書いた手紙やエッセイ、ラップの歌詞がアレンの文章には差し込まれる。それらを通してわたし

たちは、もちろんそれらも断片に過ぎないにせよ、マイケルの声を聴く。

もう一人、マイケルの生と死に決定的な形で関わっていながら、分厚い沈黙に包まれた存在がいる。マイケルが刑務所で出会い、恋に落ち、のちにマイケルを撃ち殺す黒人トランス女性のブリーだ。彼女については、こんな裁判の記録の断片が記される。「二〇〇三年、ミズ・ブレントは、バス停で居合わせた男性を銃で撃った。男性は彼女を男だとからかい、笑った」。もっとも、アレンがマイケルにしたように、ブリーのアーカイブの断片が、近密な物語や社会的分脈との対話によって補われることはない。

ここで読者は、想像することを求められる。ブリーもまた、マイケルと同じように、一九九〇年代、二〇〇〇年代初頭のロサンゼルスにおける制度的、非制度的な暴力や憎悪、嘲笑に絡まれていたことを。それどころか、人種とジェンダー、セクシュアリティという複雑な交差性を内包する彼女は、マイケルにも増して、当時の刑事司法制度との対峙を余儀なくされていた可能性が高いことを。

いとこを撃ち殺したブリーについて書くことは、アレンにとって葛藤の多い行為だっただろう。一方で、トランス女性が、過度な性欲に支配されるハイパーセクシュアリティや暴力性などのステレオタイプとともに、トランス嫌悪に晒されてきた歴史がある。ブリーを殺害者として描くことは、そんなステレオタイプを増長しかねない。しかしもう一方で、ブリーがマイケルを殺したことも事実であり——それがどういう状況で起こったのかは定かではないが――、自伝という性質上、それらを書くことは避けられない。

アレンの重要な決断は、本書をトランスの視点から批評するカシウス・アデアのレビューによると、トランス嫌悪を再生産しないような形で、したがってブリーのジェンダーアイデンティティと彼女の行為を直接的に結びつけないよう細心の注意を払って、ブリーについて書くことだった。その上でアレンは、マイケルとブリーの愛を、社会から選択肢をほとんど与えられることがなかった二人の、数少ない主体的な選びの瞬間として受け止める。「マイケルとブリーは、選択肢のかぎられた世界だったとしても、お互いがお互いを選びとった」のだ。

『マイケル・Aの悲劇』は、アレンの近密な自伝であるが、完全な物語ではない。アレンですら手を伸ばすことのできない深い沈黙が、マイケルを覆っている。しかしこの沈黙は、マイケルの物語を語り直すというアレンの試みが失敗したことを意味しないだろう。むしろこの沈黙こそ、日本語で本書を読むことになる多くの読者とマイケルが、袖と袖とが触れ合うように弱くつながるための条件なのではないか。本書が求めるのは、きっと、マイケルを完全に理解することではなく、彼とそれぞれが出会うことであり、分からないという距離を抱えながらも、アレンが留まろうとした喪という悼みと可能性の時に、読者もまたしばし留まることだからだ。

禍にあって自助が叫ばれ、喪の時と場に留まることがますます困難になり、あまりにも多くの命が無味な数字に置き換えられている日本にあって、本書が広く読まれることを願ってやまない。

著者とともに、最良の翻訳をもって可能性を押し開いた訳者以上に、本書に解説を付す適任者はいないことを思いつつ。

榎本 空

参考文献

・Adair, Cassius. "Representing Perpetrators: Reading Trans Violence in Danielle Allen's Cuz: Or the Life and Times of Michael A." in *Transgender Studies Quarterly* Vol 7, Number 1. February 2020.

・Saunders, Patricia J. "Fugitive Dreams of Diaspora: Conversations with Saidiya Hartman." In *Anthurium: A Caribbean Studies Journal* 6, no. 1: 7. 2008.

原注

文献のタイトル、著者名等は原語のまま記した。訳書のあるものについては最後に付け加え、文献が閲覧できるサイトについては最新のものに差し替えた。聖書の引用は新共同訳に拠った。英語文献に関して、既訳を用いた場合は本文中に出典を記し、そのほかは、先覚の方々の訳があれば適宜参照しつつ、訳者が翻訳した。

Ⅰ　釈放と復帰

＊1　Charles Olson, "Letter Five," *Maximus* (Oakland: University of California Press, 1985).『チャールズ・オルスン詩集』北村太郎・原成吉訳、思潮社。

3章　捜査その一　二〇〇九年七月

＊2　"A Body Riddled with Bullets," KTLA News website, July 18, 2009, 9:39 PM PDT.

＊3　"Man Found Dead in Car," July 20, 2009, ロサンゼルス市警のブログ、https://lapdblog.typepad.com/ に 2009 年 7 月 20 日に掲載された情報。

8章　葬儀　二〇〇九年七月二七日

＊4　Frank Bidart, "You Cannot Rest," *Watching the Spring Festival* (New York: Farrar, Straus & Giroux, 2009).

11章　最後の日々　二〇〇八年八月—二〇〇九年七月

＊5　"Catullus 85,"*trans. F. W. Cornish. Catullus. Tibullus. Pervigilium Veneris*, trans. F. W. Cornish, J. P. Postgate, J. W. Mackail, rev. G. P. Goold, Loeb Classical Library 6 (Cambridge: Harvard University Press, 1913).『ギリシア・ローマ抒情詩選』呉茂一訳、岩波文庫

＊6　Augustine, *City of God*, Book 19, chap. 8. アウグスティヌス『神の国（五）』服部英次郎、藤本雄三訳、岩波文庫〔第一九巻八章〕

＊7　Frank Bidart の詩 "Fourth Hour of the Night" より引用。引用箇所に先行するのは、〈我慢ならないことにも向き合わなければならないことを知る。どうやってそれを知るかは、それぞれの子の運命〉。

12章　罪と罰

＊8　Atul Gawande, *Being Mortal: Medicine and What Matters in the End* (New York: Metropolitan Books, 2014).

＊9　William Muth and Ginger Walker, "Looking Up: The Temporal Horizons of a Father in Prison," *Fathering* 11, no. 3 (Fall 2013): pp. 292-305.

＊10　Fabrice Guilbaud, "Working in Prison: Time as Experienced by Inmate-Workers," *Revue française de sociologie*: English issue. Vol. 51 (2010): pp. 41-68.

13章　家族はどこ？　弁護士はどこにいた？

＊11　"Governor Signs Death Penalty in Carjack Killings," *Daily Breeze* (Torrance, CA), September 27, 1995.

＊12　Romans 8:28. 新訳聖書「ローマの信徒への手紙」 第八章二八節

15章　ノルコ

＊13　Post at Prisontalk.com への 2008 年の投稿。〔2022 年現在、このブログサイトは存在しない〕

17章　面会　その一

＊14　Prisontalk.com への 2005 年の投稿。

＊15　同上

20章　カリフォルニア史上最大の山火事

＊16　Jack Blackwell and Andrea Tuttle, "California Fire Siege 2003: The Story," U.S. Forest Service and California Department of Forestry, n.d.

21章　火と氷

＊17　Claudia Goldin, Lawrence Katz, *The Race Between Education and Technology* (Cambridge: Harvard University Press, 2008).

＊18　Robert Frost, "Fire and Ice," *Harper's Magazine* (1920). ロバート・フロスト「火と氷」川本皓嗣訳、『対訳　フロスト詩集』、岩波文庫

22章　シングルマザーとしての出発

＊19　Michael Javen Fortner, *Black Silent Majority: The Rockefeller Drug Laws and the Politics of Punishment* (Kindle locations 737-738) (Cambridge: Harvard University Press, 2015). Kindle ed.

24章　「ヤバい、逃げろ!」

＊20　"Inside the Watts Curfew Zone," *Los Angeles Times*, August 11, 2015, http://graphics.latimes.com/watts-riots-1965-map/

＊21　Wendell Cox, "Transit in Los Angeles," *Newgeography Blog*, April 6, 2010, http://www.newgeography.com/content/001495-transit-los-angeles.

＊22　Cheryl L. Maxson, "Street Gangs and Drug Sales in Two Suburban Cities," *NIJ Research in Brief*, September 1995, https://www.ncjrs.gov/txtfiles/strtgang.txt.

＊23　Randall G. Shelden, Sharon K. Tracy, and William B. Brown, *Youth Gangs in American Society* (Cengage, 2013), p. 115.

＊24　Sanyika Shakur (aka Kody Scott), *Monster: The Autobiography of an L.A. Gang Member* (New York: Grove/Atlantic, 2004), p. 251.

＊25　同上

25章　ギャングバングとは何か

＊26　Robert A. Gibson, "The Negro Holocaust: Lynching and Race Riots in the United States, 1880-1950," Yale-New Haven Teacher Institute, Curriculum Unit 79.02.04. https://teachersinstitute.yale.edu/curriculum/units/1979/2/79.02.04.x.html で閲覧可能。

＊27　Himilce Novas, *Everything You Need to Know About Latino History* (New York: Plume, 2008), p. 98.

＊28　ブログ the Brown Kingdom blog に Lonewolf の名で 2015 年 12 月 11 日に投稿された "White Fence" と題する文章から引用。http://13radicalriders14.blogspot.com.　ギャングがどのように発展していったのかを正確に検証したものではないが、ギャングがどのように発展していったのかについて人々の認識を書き記している。〔引用した投稿じたいは現在削除されている〕

＊29　同上

＊30　Shelden, Tracy, and Brown, *Youth Gangs in American Society*, pp. 107-110.　本

書によれば、〈ギャングのメンバーのあいだで犯罪率が高い理由を説明するために、ふたつの理論が提示されている。ひとつは、〝選択モデル〟と呼ばれるもので、ギャングに入る可能性が高い若者たちは、“すでに非行や暴力に走りやすい傾向がある”とする。もうひとつの見解は、“促進モデル”として知られ、“ギャングのメンバーが他の若者と比べて非行や暴力に走りやすい傾向はなく、もしギャングに加わらなければ、犯罪率の上昇に寄与することもないと考える。しかしながら、いったんギャングに加わると、仲間からの圧力が非行への関与を促進させる”と見なす。圧倒的な量の事例が、後者の見解を裏づけている〉。本書の著者はこの見解を支持し、つぎのような典型例について記している。〈ギャングのメンバーにとって最初の逮捕は、通常はギャングのメンバーになって以降である。実際、調査がおこなわれたどの地域でも、同じようなパターンが観察された。12 歳か 13 歳あたりでギャングとの付き合いがはじまり、その半年から一年後に（13 か 14 歳で）ギャングに参加し、14 歳ぐらいで最初の逮捕を経験する。通常、最初の逮捕は、ギャングに入っておよそ半年後に起きる〉

＊31 Fortner, *Black Silent Majority* (Kindle location 822).

＊32 Shelden, Tracy, and Brown, *Youth Gangs in American Society*, p. 11.

＊33 組織犯罪に関する大統領諮問委員会（アーヴィング・カウフマン議長）: President's Commission on Organized Crime (Irving Kaufman, Chair) への報告書 “Trafficking and Organized Crime,” *America's Habit: Drug Abuse, Drug Trafficking, and Organized Crime* (1986), chap. 3, part 1. https://catalog.hathitrust.org/Record/001087693 より閲覧可能。

＊34 Shelden, Tracy, and Brown, *Youth Gangs in American Society*, p. 13.

＊35 ドラッグが麻薬依存症者に流通するパターンを理解するためには、州ごとに“全米麻薬情報センター”に提出される報告書 “Drug Threat Assessment”〔麻薬の脅威評価〕を参照のこと。一例として、2002 年のテネシー州からの報告書は、https://www.justice.gov/archive/ndic/pubs1/1017/1017p.pdf で読める。各州から提出される報告書に基づいて、全米規模でまとめられた麻薬の脅威に関する報告書が、司法省麻薬取締局によって公表されている。2016 年の同報告書については以下の URL を参照。https://www.dea.gov/documents/2016/2016-11/2016-11-01/2016-national-drug-threat-assessment

＊36 Cheryl L. Maxson, “Street Gangs and Drug Sales in Two Suburban Cities,” in *NIJ Research in Brief*, September 1995. https://www.ojp.gov/ncjrs/virtual-

library/abstracts/street-gangs-and-drug-sales-two-surburban-cities-research-brief さらには Randall G. Shelden, Sharon K. Tracy, and William B. Brown, *Youth Gangs in American Society* (Cengage, 2013) も参照のこと。

27章　子どもたちを助ける限界

＊37　California Attorney General's Office, Crime and Violence Prevention Center, *Gangs: A Statewide Directory of Programs: Prevention, Intervention, Suppression* (Sacramento, 1994).

28章　天使の街

＊38　麻薬取締局がまとめた〝パイプライン停止作戦〟の歴史に関する記録が以下のURLにある。https://www.dea.gov/sites/default/files/2021-04/1980-1985_p_49-58.pdf　同作戦の歴史については、Michelle Alexander, *The New Jim Crow* (New York: New Press, 2010) でも論じられている。

＊39　David Kocieniewski, "New Jersey Argues that U.S. Wrote the Book on Racial Profiling," *New York Times*, November 29, 2000. Michelle Alexander, *The New Jim Crow* (New York: New Press, 2010) も参照のこと。

＊40　Naomi Murakawa. *The First Civil Right: How Liberals Built Prison America* (Studies in Postwar American Political Development) (Oxford University Press, 2014), p. 116.

＊41　ギャングのデータベースに関しては以下を参照のこと。Max Felker-Kantor, "Managing Marginalization from Watts to Rodney King: The Struggle over Policing and Social Control in Los Angeles, 1965-1992" (Ph.D. diss., University of Southern California, 2014), pp. 381-83.　ロサンゼルス郡の25歳以下のアフリカ系アメリカ人男性のおよそ半数をギャングとした統計に関しては以下を参照。Nina Siegel, "Ganging Up on Civil Liberties," *Progressive* 61 (October 1997): pp. 28-31.

＊42　Donna Murch, "Crack in Los Angeles: Crisis, Militarization, and Black Response to the Late Twentieth-Century War on Drugs," *Journal of American History* 102, June 2015, pp. 162-73.

＊43　Ronald J. Ostrow, "Casual Drug Users Should Be Shot, Gates Says," *Los Angeles Times*, September 6, 1990, p. A19.　ダリル・ゲーツの投獄率をさらに上げるべきとい

う主張については、以下を参照のこと。Felker-Kantor, "Managing Marginalization from Watts to Rodney King," pp. 409-10.

＊44 カリフォルニア州におけるアフリカ系アメリカ人の受刑者数の推移は以下の論文に拠る。Murch, "Crack in Los Angeles," pp. 162-73.

＊45 迫り来る死の重圧が個人の意思決定にどう影響するのかを研究しているスタンフォード大学の心理学者に、少年受刑者の長期にわたる拘禁が精神に与える影響についての研究を知っているかどうか尋ねたところ、つぎのような返信が来た。〈親愛なるダニエル、メールでお話しできて光栄です。20年ほど前、私の研究グループは、感覚的な生涯の時間軸とギャングに所属することとの関係について調査をはじめました。そのきかっけは、犯罪多発地域で暮らす若者の多くが20代を生き延びられないと思っているという調査報告を知ったことでした。ギャングの若者たちが、きわめて選択的で強固な紐帯を保っているのは、高齢者が小規模で情緒的に意義深い社会的関係を好むのと同じ傾向ではないだろうかと推論したのです。犯罪多発地域で暮らす高校生を対象に調査してみたところ、彼らの感覚的な生涯の時間軸が短縮されているという仮説を裏づけるだけのデータが集まりました。ギャング組織に所属しているか所属しようと考えている若者たちは、高齢者に匹敵する余生の感覚を持っていました。同じ年齢でも、ギャングに所属しないか所属することに興味のない若者たちは、人生をはるかに長い時間軸でとらえていました。

私は、少年刑務所を訪ね、中高校生の年齢に相当するギャングの若者たちと、1日かけて語り合いました。そして1日を終えるころには、この問題を研究しようという考えをあきらめていました。若者たちから、彼らにとってギャングに入るか否かの選択は、本質的に存在しないと教えられたのです。"入った"のではなくて、家の番地によってあらかじめメンバーに定められていたのだと語った若者もいます。

私の研究調査によって彼らを助けられるものなら、私はそれを遂行したでしょう。しかし、自分の問題意識はいかにも机上の論理であり、私の理論が――たとえ彼らが過剰なほど意思決定しているように見えたとしても――役に立つとは思えませんでした。調査をつづけることが搾取的に思えて、私は手を引きました。データを公開することもありませんでした。あなたの手紙を読んで、そのときの記憶がよみがえりました。お問い合わせの問題に関するほかの研究は、発表されているものもされていないものも含めて、私は知りません。〉

＊46 Federal Judicial Caseload Statistics for 2013を参照。https://www.uscourts.gov/statistics-reports/federal-judicial-caseload-statistics-2013

＊47 Martin Kaste によるインタビュー。“Open Cases: Why One-Third of Murders in America Go Unresolved,” *National Public Radio: Morning Edition*, March 30, 2015. http://www.npr.org/2015/03/30/395069137/open-cases-why-one-third-of-murders-in-america-go-unresolved

＊48 同上。Jill Leovy, *Ghettoside: A True Story of Murder in America* (New York: Spiegel & Grau), 2015 も参照のこと。

＊49 Martin Kaste, “Open Cases: Why One-Third of Murders in America Go Unresolved,” National Public Radio, Morning Edition, March 30, 2015.

＊50 Mark Konkol and Frank Main, “59 Hours,” *Chicago Sun-Times*, July 5, 2010.

＊51 Mike Reicher, “LAPD Closed Homicide Cases Without Bringing Killers to Justice, Analysis Shows,” *Los Angeles Daily News*, January 24, 2015.

＊52 Brendan O'Flaherty and Rajiv Sethi, “Homicide in Black and White,” *Journal of Urban Economics* 68, no. 3 (November 2010): pp. 215–30.

＊53 Danielle Allen, “How the War on Drugs Creates Violence,” *Washington Post*, October 16, 2015, 引用：Office of National Drug Control Policy, “What America's Users Spend on Illegal Drugs: 2000–2010,” 2014. https://www.jstor.org/stable/10.7249/j.ctt6wq7r9 で閲覧可能。

＊54 Donna Murch, “Crack in Los Angeles: Crisis, Militarization, and Black Response to the Late Twentieth-Century War on Drugs,” *Journal of American History* 102, June 2015

コーダ《結び》——つぎには何が？

＊55 Committee on Causes and Consequences of High Rates of Incarceration, Committee on Law and Justice, Division of Behavioral and Social Sciences and Education, National Research Council, *The Growth of Incarceration in the United States: Exploring Causes and Consequences*, ed. Jeremy Travis, Bruce Western, and Steve Redburn (Washington D.C.: National Academies Press, 2014), p. 2.

＊56 同上

＊57 Drug Policy Alliance, “Drug Decriminalization in Portugal: A Health-Centered Approach,” February 2015. http://fileserver.idpc.net/library/Portugal_Decriminalization.pdf で閲覧可能。

ダニエル・アレン（Danielle Allen）
政治学者。ハーバード大学教授。古代ギリシアと現代アメリカにおける司法と市民権、政治思想に関する著名な研究者。同大学エドモンド・J・サフラ倫理センター所長として、さまざまな分野の専門家を率いて政策提言もおこなっている。The World of Prometheus（2000）、Our Declaration（2015）ほか著作多数。多くの学術賞にも輝く。

那波かおり（なわ・かおり）
翻訳家。上智大学文学部卒。訳書として、エヴァ・スローニム『13歳のホロコースト』、エリザベス・ギルバート『女たちのニューヨーク』『食べて、祈って、恋をして』、ナオミ・ノヴィク『銀をつむぐ者』『テメレア戦記』シリーズなど。

マイケル・Aの悲《ひ》劇《げき》

二〇二二年六月二三日　初版第一刷発行

著者　ダニエル・アレン
訳者　那波かおり
ブックデザイン　鈴木成一デザイン室
発行者　喜入冬子
発行所　株式会社筑摩書房
〒一一一-八七五五　東京都台東区蔵前二-五-三
電話番号〇三-五六八七-二六〇一（代表）
印刷・製本　中央精版印刷株式会社

ISBN978-4-480-86739-1 C0098